别放开我的手

NE LÂCHE PAS MA MAIN

〔法〕米歇尔·普西（Michel Bussi）———— 著　余轶 ———— 译

湖南文艺出版社
HUNAN LITERATURE AND ART PUBLISHING HOUSE

朗朗天行
CS-BOOKY

Ne lâche pas ma main by Michel Bussi

© Michel Bussi et Presses de la Cité, un département de Place des Editeurs, 2013.

Simplified Chinese edition arranged through Dakai Agency Limited

著作权合同登记号：图字 18-2020-148

图书在版编目（CIP）数据

别放开我的手 / （法）米歇尔·普西
（Michel Bussi）著；余轶译 . -- 长沙：湖南文艺出版
社，2021.4
ISBN 978-7-5726-0080-7

Ⅰ.①别… Ⅱ.①米… ②余… Ⅲ.①长篇小说—法
国—现代 Ⅳ.① I565.45

中国版本图书馆 CIP 数据核字（2021）第 028005 号

上架建议：畅销·外国文学

BIE FANGKAI WO DE SHOU
别放开我的手

作　　者：[法]米歇尔·普西（Michel Bussi）
译　　者：余　轶
出 版 人：曾赛丰
责任编辑：匡杨乐
监　　制：邢越超
策划编辑：郭妙霞
特约编辑：万江寒
版权支持：辛　艳　张雪珂
营销支持：文刀刀　周　茜
装帧设计：潘雪琴
封面插画：Rosé Illanes
出　　版：湖南文艺出版社
　　　　　（长沙市雨花区东二环一段 508 号　邮编：410014）
网　　址：www.hnwy.net
印　　刷：北京天宇万达印刷有限公司
经　　销：新华书店
开　　本：880mm×1270mm　1/32
字　　数：304 千字
印　　张：11
版　　次：2021 年 4 月第 1 版
印　　次：2021 年 4 月第 1 次印刷
书　　号：ISBN 978-7-5726-0080-7
定　　价：49.80 元

若有质量问题，请致电质量监督电话：010-59096394
团购电话：010-59320018

献给芳龄十八的克洛伊

Fé lève lo mort...

(惊醒往事是很危险的。——留尼汪谚语)

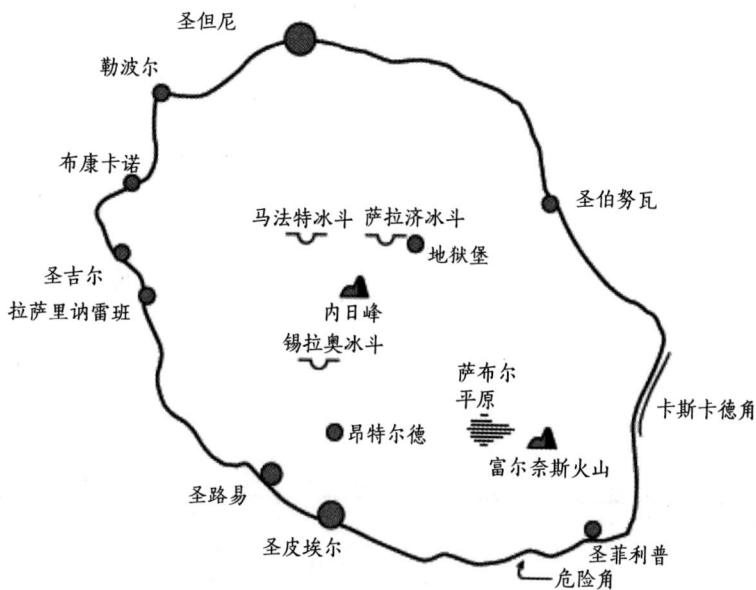

圣但尼

勒波尔

布康卡诺

马法特冰斗　萨拉济冰斗

地狱堡

圣伯努瓦

圣吉尔
拉萨里讷雷班

内日峰

锡拉奥冰斗

萨布尔
平原

卡斯卡德角

昂特尔德

富尔奈斯火山

圣路易

圣皮埃尔

圣菲利普

危险角

10km

留尼汪岛

目
录 Contents

Don't Let Go
Of My Hand

1　湿脚印　　　　　　　　　/ 002

2　浪里藏刀　　　　　　　　/ 006

3　空房间　　　　　　　　　/ 009

4　重返阿拉曼达酒店　　　　/ 016

5　蚊子舞会　　　　　　　　/ 028

6　东正教复活节　　　　　　/ 034

7　五比一　　　　　　　　　/ 043

8　潟湖幽灵　　　　　　　　/ 054

9　盛宴　　　　　　　　　　/ 057

10　热带 ITC　　　　　　　　/ 069

11　夸夸其谈　　　　　　　 / 080

1

12 索法逛天堂　　　　　/ 085

13 律师受讯　　　　　　/ 092

14 私对私租房　　　　　/ 099

15 勒唐蓬之约　　　　　/ 104

16 老奶奶的家　　　　　/ 110

17 尊严与慵懒　　　　　/ 114

18 约瑟法休息区　　　　/ 122

别 放 开 我 的 手

19 法国人初达岩洞　　　/ 128

20 小哥哥　　　　　　　/ 142

21 酌情量刑　　　　　　/ 146

22 雀鹰出动　　　　　　/ 152

23 香槟海峡餐吧　　　　/ 159

24 车库门　　　　　　　/ 167

25 警察的蜂蜜　　　　　/ 171

26 死亡之座　　　／176

27 金色鬈发　　　／181

28 消防员之梦　　　／186

29 伊梅尔达进"冰箱"／195

30 敞开的坟墓　　　／204

31 来自毛里求斯的问候／209

32 萨布尔平原　　　／223

别　放　开　我　的　手

33 大火炉　　　／228

34 高飞俱乐部　　　／232

35 秘密追踪　　　／236

36 逆温　　　／243

37 马尔巴人的家　　　／248

38 突破迷雾　　　／254

39 冰块和女孩　　　／258

3

40 渡渡鸟寓言　　　　/ 264

41 打伞的夫人　　　　/ 272

42 不要惊醒往事　　　/ 278

43 轮流监护　　　　　/ 285

44 天堂线　　　　　　/ 296

45 预支幸福　　　　　/ 298

46 尸陈河谷　　　　　/ 305

47 一命偿一命　　　　/ 310

48 星尘　　　　　　　/ 313

49 神秘熔岩　　　　　/ 316

50 环环相扣　　　　　/ 320

51 天使降临　　　　　/ 324

52 瀑布之下　　　　　/ 332

53 告别烟草　　　　　/ 336

Don't Let Go Of My Hand

留尼汪岛，圣吉尔雷班

2013 年 3 月 29 日，周五

1 湿脚印

"我回一下房间。"

莉安娜欢快地对丈夫和女儿说。不等他们回答，神采飞扬的她已经离开了泳池。她只是告诉他们一声而已。

卡班站在吧台后面。他那职业性不动声色的目光，在默默追随莉安娜的身影。莉安娜无疑是本周内阿拉曼达酒店里最美的女子，简直就是鹤立鸡群。其实，她并不属于平日里卡班爱多瞟几眼的那一类美女游客。她身段娇小，又特别苗条，不够丰满，却自有一种妙不可言的风情。她皮肤白皙，只在腰间晒出些许雀斑，恰到好处地点缀在她那金色嵌祖母绿的比基尼泳裤上方。她渐行渐远，小巧的臀部如同一枚绿色的果实，在微风中轻轻摇曳。那双光着的纤纤玉足，有一种就算是走在草地上也不会压弯任何一片草叶的轻盈。卡班的目光久久跟随着她，直到美人儿走进内院，穿过一排白色躺椅，被一棵瘦弱的棕榈树遮去半边身体。她留给他的最后的情影——正如他后来向普尔维警长描述的那样——是她悄悄褪去泳衣的上半截，露出光洁的脊背。可惜这帧性感的画面转瞬即逝。她早已抓起印有落日图案的大浴巾，裹住了自己的身体。

15 点 03 分

身体湿淋淋的莉安娜，朝前台的方向微微一笑。纳伊沃站在前台的桃木桌后面，殷勤地回应了她的笑脸。

"您好，小姐……"

她穿过酒店狭小的大堂。大堂两侧有摆满明信片的展架、用于售卖花衬衫和缠腰长裙的柜台。水滴沿着她的金色长发，落在她胸前的浴巾上。纳伊沃觉得这幅画面美丽至极。她的肩膀光洁如玉，没有肩带，也没有任何印痕。因为是光着脚，她特意放慢步伐，以免滑倒。照理说，酒店大堂是不允许光脚行走的，但纳伊沃不是那种爱招惹顾客的员工。水顺着女子的双腿不断滴落。不一会儿，她就消失在电梯的方向，只留下地上的几道水痕——那多么像爱美丽[1]的眼泪！当时，纳伊沃居然产生了这样的联想。事发之后，他一直在琢磨事件的原委，一连好几个小时、好几个昼夜，翻来覆去地回想。女子真的就这样如水一般，人间蒸发了！但他不敢把这些联想告诉警察。有些事情，警察们不一定理解。

15 点 04 分

电梯吞没了莉安娜，升往天堂的方向。第三层。当电梯门再次打开时，人们便可以透过走廊的玻璃窗，把醉人心脾的美景尽收眼底：楼下正南方就是泳池；稍远处，木麻黄树排成纵队，驻守在一望无垠、金光点点的艾尔米塔什海滩上；更远处，海浪冲向环绕潟湖的珊瑚礁，发出震耳欲聋的轰鸣。而在珊瑚礁内侧，潟湖里的浪花却要温顺得多。它们正在小口小口地啃食形如巨大牛角面包的金色沙滩，显得十分羞涩。

"小心！地板是湿的！"不等来人走出电梯，伊芙-玛丽便冲电梯口

---

1. 指法国电影《天使爱美丽》的女主角。——译者注（本书中脚注无特殊说明均为译者注）

大喊。

紧接着，伊芙－玛丽皱起眉头。原来是38号房间的金发女子。她果然是光着脚的，还把自己裹在浴巾里，装出一副娇羞而又难为情的样子——是那种面对小人物时拿捏得当的惺惺作态。女子踮起脚尖，只沿走廊边缘走，距离伊芙－玛丽的水桶和拖把有一米远。她一边走还一边道歉。

"不要紧，"伊芙－玛丽手撑拖把，嘴里嘟囔，"您尽管走吧，我待会儿再拖一遍。"

"真是抱歉……"

"得了吧……"伊芙－玛丽在心里嘀咕。

为了避免在潮湿的地砖上滑倒，金发女子几乎是在用芭蕾舞步前行，臀部有节奏地摇摆。伊芙－玛丽觉得，与其说她是"剧院里的小老鼠"[1]，她更像是一名花样滑冰运动员，在30度的热带高温下表演三周跳[2]！真叫人受不了！在女清洁工的注视下，美人儿完成最后一个侧滑，在她的房间门口停了下来。38号房间。她把钥匙插进锁孔，打开门，走进去，消失了。

光洁的地板上还残留着她潮湿的脚印，现在连这些脚印都开始蒸发、消失。美人儿仿佛完全被冰冷的地板给吸了进去，而最后被吸入的正是她的双脚。走廊的地板就像一种高科技流沙——当时，伊芙－玛丽的脑子里突然冒出这个奇怪的想法。

现在，只剩下伊芙－玛丽还留在嵌有玻璃窗的走廊里。她叹了一口气。稍后她还得擦拭墙上的挂画——全是留尼汪的风景画：高地、小群岛、原始森林，以及游客们从不涉足却暗藏着岛上最美风光的一些地段——再加上擦玻璃窗和清洗走廊的活，够她忙碌一个下午了。平日，一旦过了午休时间，她所负责的这一层走廊里基本上就没什么活干了。游客

---

1. 法国人用这一称谓指代那些登台表演的巴黎歌剧院舞蹈学院的年轻女学员。
2. 即阿克谢尔三周跳，是一种高难度的花样滑冰动作。

都待在泳池或潟湖，没人还会跑上楼来。除了这位 katish[1]……

伊芙 – 玛丽犹豫着要不要把女子刚踩过的地方再拖一遍，最后还是作罢。用不了多久，女子还会从房间里出来，只不过是换了另一套泳衣而已。也许她觉得先前那套不适合晒日光浴吧。

---

1. "katish" 即 "美女"。——作者注

2 浪里藏刀

罗丹的特长是驯服海浪。

他光凭眼睛就能做到这一点。

圣吉尔港口的那帮酒鬼想错了，这根本不是一件容易的事情。它需要时间，需要耐心，需要策略。不能因为其他事情而分神，比如说此刻身后传来汽车门响声。尤其不能看向陆地，一定要时刻紧盯海平面。

海洋是高深莫测的。罗丹年轻时，曾经参观过一家美术馆——确切地说，那是一个类似美术馆的地方，在法国北部，离巴黎不远，是个老头子的故居[1]。这老头子整天坐在池塘边，凝视水面反射的阳光。其实，池塘里连一丝波纹都没有，只有几株睡莲。最糟糕的是，那个地方特别冷，天压得特别低，好像人站直了就会撞到头。那是罗丹唯一一次离开留尼汪岛，而那趟出行也彻底断绝了他再次离开留尼汪岛的念头。在老头子家附近的那座美术馆里，陈列着许多风景画，画的是日落，灰蒙蒙的天，甚至还有大海。最大的一幅画有两米长、三米宽。美术馆里人满为患，尤其以女人

---

1. 指印象派画家凡·高的故居，位于巴黎近郊的奥维尔小城。

居多，大多是些老太太。她们似乎可以在某幅画跟前，一连站上好几个小时！

真是离奇。

身后又传来一声汽车关门的声响。他只要一听，就能判断出这辆汽车所在的位置以及汽车与他的距离：车停在港口的停车场里，距离他所坐的这块海堤岩石有三十米。说不定是个游客，自以为能用相机捕捉到海浪。就好比渔夫以为只要把钓钩浸入水中，鱼立马就会咬钩。这些人全是蠢货……

他又想起那个大胡子疯老头。说到底，那些画家其实都和他一样，都想要抓住光线与波浪的瞬息变化。其实，这又何须动用画布和画笔呢？只要坐在海边，静静看着就行。他知道，正因为他成天坐在这里，盯着海平面看，所以岛上的人都把他当作疯子。可是，他并不比那些盯着画看的老太太更疯癫。他甚至比她们还要好一些。至少，他看"画展"不花钱，是由天上那位杰出的"画家"免费提供的。

一声呻吟般的沉闷喉音，再次打破他身后的宁静。看来，那位游客遇到麻烦了……

但罗丹是绝对不会回头的！为了读懂大海，为了捕捉海浪的节奏，他必须纹丝不动，连呼吸都得小心翼翼的。海浪就像胆小的松鼠，你一动，它就逃……负责管理外省 RSA[1] 的那个女孩，曾问他想从事何种工作，有何才干，又做何打算。就跟要他写个人汇报材料似的。于是他回答，他能够读懂波浪，与波浪对话，并驯服它们。他认真地向女孩请教，像他这种具备特殊才能的人，究竟适合做什么工作。是科研类还是文化类工作？不是总有人对那些离奇古怪的东西感兴趣吗？可惜的是，那女孩瞪大眼睛望着他，还以为他是在开玩笑。她其实长得还算可爱，他很乐意带她去海堤，把海浪介绍给她认识。他常常带侄孙们这样做。小孩子能理解他，哪

---

1. "RSA" 即 "低收入家庭补助金"。

怕只有一点点。

不过，现在连这"一点点"也越来越少了。

一声尖叫在他身后炸开。这次不再是呻吟，而分明是呼救。

几乎是出于条件反射，罗丹扭过头来。反正他与海浪之间的交流已经被扰乱，得花好几个小时才能重新达成默契。

他的脸突然变得惨白。

就在扭头的那一瞬间，他恰好看见一辆汽车。那是一辆黑色的四轮驱动车。车旁有一个矮壮的身影，身高与体宽相当，穿一件库尔塔[1]，脸藏在一顶诡异的卡其帽下面。毫无疑问，那是个马尔巴人[2]。

罗丹开始结结巴巴地说话。人与海浪相处久了，难免口拙。他需要一点时间，才能恢复正常吐词。

"对……对不起……我只是……"

他的目光无法从马尔巴人手中的尖刀上移开。刀锋赤红。他不做任何反抗。在他内心深处，唯一祈祷能有机会去做的事，就是转过身去，重新面向大海，对波涛、阳光和地平线说一声再见。别的他都不在乎。然而，马尔巴人却没有给他这样做的机会。

罗丹只有时间瞥见四轮驱动车敞开的后备厢。那里露出一截床单，一只手臂，以及一个……

顷刻间，他的世界开始坍塌。

有一只手抓住了他的肩膀，另一只手将尖刀刺向他的心脏。

---

1. 一种无领长袖衬衫。
2. 印第安血统的非穆斯林留尼汪岛民。——作者注

3 空房间

16 点 02 分

太阳悬挂在泳池上方，像一枚永恒的巨型卤素灯泡。修剪齐整的棕榈树和银山毛榉树丛，三面环绕的高高的柚木墙，把这片空间围得密不透风。鹦鸟[1] 从空中飞过，提醒人们不远处有宽阔的海洋和清爽的热带信风。但是，在阿拉曼达酒店的花园里，只有一团热气滞留在方形草坪上空，为数寥寥的游客不胜高温，纷纷跳进散发着氯气的泳池中，或是躲在泳池边树荫下的帆布椅上。

"我去看看莉安娜在干什么。"

马夏尔用手撑住泳池边缘，支起身体，离开泳池。卡班打量着迎面向他走来的马夏尔。作为莉安娜的丈夫，马夏尔的相貌同样无可挑剔。他拥有修长健硕的双腿，线条分明的腹肌，宽阔结实的肩膀——从身材来判断，他应该是健身教练或消防员，要不就是 CRS[2] 成员。总之，是那种别人掏钱请你泡健身房的职业。与肌肤如雪的妻子不同，他的日光浴效果要

---

1. 留尼汪的一种长尾海鸟。——作者注
2. Compagnie Républicaine de Sécurité，法兰西共和国保安部队。

好得多。来这里不到一周，他的肤色已经能与卡夫尔人[1]相媲美……也许，马夏尔的体内早已暗藏了一丝黑色血统，一对由奴隶先祖传承的染色体。它们就像一道原本处于沉睡状态的神秘配方，只需一缕热带阳光，便会迅速复苏、蔓延，成为渲染整杯鸡尾酒的那一滴蓝色柑香。

马夏尔离吧台越来越近。卡班已经能清楚地看到从他光洁胸膛滚落的水珠。马夏尔·贝利翁和莉安娜·贝利翁是标准的俊男美女组合，他们一个富有，一个性感，构成一对在热带地区悠闲度假的幸运儿。对卡班他们而言，这不失为一件好事、一种双赢——既有钱又相爱的白人夫妻是幸福的，同时也是这个所谓天堂般的度假胜地的商业根基。

是酒店员工的钱袋子……

马夏尔来到卡班跟前：

"卡班，我的妻子下来了没有？"

"很抱歉，没有。我没看见她……"

卡班瞥了一眼身后的摆钟。莉安娜上楼有一个小时了。如果她的小翘臀再度进入他的视野，那他绝对不会忘记。马夏尔转身走向泳池，朝一个正在游泳的人说：

"玛高，你能帮我照看一下索法吗？我去楼上看看莉安娜在干吗。"

卡班记住了眼前的一切，包括每一帧画面和每一处细节：摆钟所指的时间、泳池中和长椅上人们的姿势……记忆的精确度之高，当时连他自己都没有意识到。后来，就算警察盘问他十遍，甚至要求他绘制现场图，他的描述都不会出现差池。

玛高几乎连看都没有看马夏尔一眼。她正沿着泳池游个不停。玛高是律师雅克的妻子，他们组成另一对游客夫妇。雅克正在长椅上看书，也可能是睡着了。

"您知道的，普尔维警长，"卡班后来如此辩解，"当时我戴着墨镜……"

---

1. 非洲血统的留尼汪岛民。——作者注

玛高·茹尔丹和雅克·茹尔丹这对夫妇，远不如莉安娜和马夏尔夫妇有魅力。他们看上去至少老十岁，还特别煞风景。雅克总是待在酒店大堂查看电脑邮件，玛高总是沿着泳池游个不停。泳池两端相隔 12 米，她究竟游了多少个来回，总计多少公里，算起来真叫人抓狂。她的状态，比一只被顽童关进笼子的 tangue[1] 更糟糕。在热带度假区，茹尔丹夫妇尚且如此沉闷乏味，那他们在都市巴黎过着怎样的生活，卡班连想都不敢想……

索法是莉安娜与马夏尔的女儿。其实，"索法"只是她的昵称。她的真名是约瑟法。此刻，索法正在泳池里撒娇，好像她随时有可能连同她的朵拉[2] 救生臂圈，一齐沉向池底。从这一家人到来的第一天起，卡班就觉察出这个金发小女孩的骄纵脾气。仿佛她此行是专程来破坏父母的假期，并且乐此不疲。才刚到六岁，她已经有了一副顽固厌世的老成模样。这也难怪——来 30 多度的热带地区度假，在木麻黄树树荫下的泳池里畅游，一边欣赏发着荧光的珊瑚，一边追逐那些在人脚趾间穿梭的小丑鱼……试问，小小年纪就拥有这般经历的巴黎女孩，又能有几个？

当卡班盯着这位被宠坏的独生女出神时，马夏尔已经走进了酒店大堂。

16 点 05 分

纳伊沃只记得马夏尔站在电梯前的背影。当马夏尔穿过大堂时，他一定是转过身去了，要不就是在埋头算账。但毋庸置疑，站在电梯前面的那个人绝对就是马夏尔。同样的拖鞋，同样的宽肩，同样的发型。虽然你很难向警察解释这一点，但是——没错，我们可以从背影准确无误地认出一个人来。

---

1. 一种生活在留尼汪岛上的小刺猬。——作者注
2. Dora，美国动画片中的人物。此处指以动画人物"朵拉"为形象的品牌。

16 点 06 分

"过吧，没问题。"伊芙－玛丽对面对洁白的地砖而迟疑不决的马夏尔说，"地板已经干了。"

透过三楼走廊洁净的玻璃窗，马夏尔朝酒店花园看了一眼。索法正独自坐在泳池边缘。玛高每游三下就朝她望一眼，算是履行看管索法的承诺。马夏尔叹了一口气，然后走向 38 号房间。

他在房间的深色木门上轻轻敲了几下，等候着，再敲几下。过了一会儿，他向并未开口的伊芙－玛丽解释道：

"钥匙在我妻子手里……她好像没有听见我敲门。我去前台找人帮我把门打开……"

伊芙－玛丽耸耸肩。怎样她都无所谓，反正现在地板已经干了。

不一会儿，马夏尔就回来了，身后跟着纳伊沃。此刻的纳伊沃就像圣皮埃尔[1]，手里拿着一大串叮当作响的钥匙。伊芙－玛丽无奈地翻了一个白眼——今天下午，她负责打扫的这层走廊人来人往，像是在过狂欢节，真叫人受不了！纳伊沃果然老到，他插进锁孔的第一把钥匙就打开了 38 号房间的门。

马夏尔走进房间。纳伊沃站在门口，距离马夏尔一米远。

房间里空空如也。

马夏尔向前走了一步，明显有点慌乱。

"这我就不明白了。莉安娜应该在的呀……"

纳伊沃把手放在门框上，一听这话，顿时感到一阵战栗从手臂传遍全身。他当时就意识到事情不对劲。当马夏尔的目光在房间为数不多的角落里搜寻时，他的目光则落在各处细节上：双人床上，紫红色的羽绒被卷

---

1. 传说中掌管天堂钥匙的人。

成一团；衣服四处散落；靠垫和遥控器被扔到地毯上；小桌上的白瓷花瓶翻倒了……到处都有疑似家暴现场的痕迹。

也许不是家暴，而是爱人之间一场过于激烈的鱼水之欢——纳伊沃努力把事情朝好的方面想。

马夏尔焦急地推开浴室门。

空无一人。

浴室里没人，其他角落里也没有。房间不带阳台，床下没有可供容身的空间。壁柜没有柜门，只有几排直接可见的架子。

马夏尔跌坐在床上，神色惊恐而迷惘。奇怪的是，纳伊沃却不太相信他所见到的一切。他不知道该如何向警察解释这一点，但是在他看来，马夏尔的表现不够真实。后来，纳伊沃只是向普尔维警长描述了 38 号房间的现场，并且提到，马夏尔这位四十岁的父亲、一家之长、一个原本自信满满的花花公子，在看到空无一人的房间后，竟沦落为一个穿着泳裤、坐在床上发呆的无助小孩。这种反差实在是太大了。也许正是因为这个反差，纳伊沃才觉得不真实。

不仅是反差，还有红色污渍……

纳伊沃的太阳穴开始冒汗。

房间的床单上，居然有红色污渍！

纳伊沃瞪大眼睛。床边的雪白地毯、窗沿以及窗帘上，也有十来处红色印迹。他不吭声了，眼里只有一个到处是鲜血的房间。

事情太可疑了。

眼前的场面只持续了几秒钟时间，却像永世那么漫长。马夏尔终于站起身来，沉默地来回走动。他把床上的衣物扬到半空，像是在寻找某种解释、只言片语，又或是任何提示。纳伊沃知道伊芙－玛丽正站在他身后张望。作为借口，她手里拿着一块抹布。那块抹布和她用来束头发的方巾颜色一样，都是蓝色的。

马夏尔把翻倒的花瓶重新摆好，良久才用苍白的声音重复：

"我真不明白。莉安娜应该在的呀……"

纳伊沃的目光再次投向那些被扔得到处都是的衣服。T恤、短裤、衬衫。

全是男士服装！

顿时，一股清风徐徐吹来，吹开了纳伊沃的思绪之门，把那些可怕的猜测一扫而空。

美女是像鸟儿一般飞走了……

作为一名欣赏美女的行家，他能以行家身份做证：莉安娜·贝利翁几乎每隔两小时就要换一套服装，让人怀疑她本人是坐科西嘉国际航空的航班飞来的，而她的衣物却是用集装箱海运到加莱角港的。可是，在眼下这个乱糟糟的房间里，却找不到任何蕾丝内裤、花边短裙、缠腰长裙、紧身上衣或是低领背心……

纳伊沃的呼吸变得顺畅多了。一时间，他忘记了血痕的存在。

"这不可能。"马夏尔嘀咕着，把那间仅两平方米的浴室又找了一遍。

"贝利翁先生，"纳伊沃轻声问，"我能帮您做些什么吗？"

马夏尔立刻转过身来，用飞快的语速做出回答，仿佛这句话他早已酝酿在心。

"报警！我妻子本应该在房间里的。一个小时前她就上来了，而且再也没有下楼。"

马夏尔关上浴室门，再次申明：

"对，您可以帮我把警察叫来。"

纳伊沃老练地掩饰住内心的不悦。把警察叫到酒店来——这个主意，老板绝对不会赞成。拜chik[1]和逾一千欧元的巴黎—圣但尼机票所赐，岛上的游客本来就不多。如果再把大盖帽们请到泳池边，让他们抓住那些珍

---

1. chikungunya，奇昆古尼亚热。——作者注

贵的游客一一盘问，后果将不堪设想……不行，老板绝对不想看到警灯。

可是他别无选择。

"好的，先生。"纳伊沃听见自己说，"我这就去给您找警局电话号码。"

纳伊沃与伊芙－玛丽四目相对。不用开口，他们已经彼此心领神会。纳伊沃最后看了马夏尔一眼。马夏尔令他想到一头被困笼中、原地打转的野兽。空调喷出的冷气令马夏尔的每一块肌肉都在颤抖。他像是一个迷失在波罗的海的冲浪者。

"您最好穿上衣服，先生。"

马夏尔好像没有听见。

"这……这不正常。"他还在嘟囔，"莉安娜应该在的。"

4 重返阿拉曼达酒店

17 点 07 分

阿加·普尔维警官咒骂着，踩下标致 206 的刹车。在玛丽安娜角隧道入口处，沿海公路的两条车道之一，正摆着一行长不见尾的橙色圆锥物。

道路居然在施工！

隧道入口像一张黑色大嘴，以令人抓狂的缓慢速度，吞下一串五颜六色的汽车。她的标致 206 只往前挪出十几米，就静止在一辆四轮驱动车后面。在她旁边，有一辆小型载重汽车。

阿加心烦气躁。她朝方向盘旁边的时钟瞥了一眼。

还得耗费多长时间，才能到达仅八公里开外的阿拉曼达酒店？三十分钟？一个小时？甚至更久？

阿加强压住心头怒火，将目光投向远方。印度洋的海浪正在拍打岸边的一块礁石。据说，这块礁石的外形与玛丽安娜有几分相似。尽是胡扯——在这块花岗岩上，阿加压根就看不出法兰西共和国象征性人物的半点影子。真应该用炸药把这块花岗岩夷平，而不是耗资几十个亿，在高处修建罗望子大道，不但破坏了风景，对疏导岛上交通也毫无裨益。它唯一的作用，就是让留尼汪岛民一直生活在某种幻觉之中，以为汽车牌照的数量可以无限制增加，以每年新增三万的速度，直至无穷。但人最后总得面对现实——留尼汪岛只不过是一座从海里冒出来的小山。岛上的人口几乎全部集中在沿海地带，又几乎全靠开车出行，大家一齐拥入介于海洋与火山之间的那狭长空间内，绕着海岛兜圈。他们的自由程度，甚至比不上回旋加速器里的质子。什么叫作粒子减速器？留尼汪的岛民每天都在亲身体验。

阿加无计可施，干脆让汽车熄火。旁边那个开小型载重车的家伙，利用座位比她高出一米的优势，一直盯着她看。他是个卡夫尔人，穿着白色T恤，一条手臂越过摇低的车窗，垂在车门外。就连这只手臂都让阿加觉得窝火。如果她开的是警局那辆雪铁龙多功能商用车，或者在这辆标致206的车顶上放个警灯，那她早就在这条沿海公路上逍遥而去了。前方车辆会不请自让，如同摩西眼前的红海。就连旁边这个伸长脖子偷瞟她的黑人，也得乖乖给她让路……阿加下意识地拢了拢衬衫衣摆。有时，这种男人让她恨不得裹上头巾，气死他们。

可惜，在30度的高温下，不管是头巾还是帽子，都算了吧……

要不，戴上警帽？

阿拉曼达酒店的总经理阿尔芒·朱托，从一开始就没完没了地强调：

"你要低调行事啊，阿加。千万别惊扰了我的游客！"

朱托这个"大白"[1]，因为从阿加幼年随父母来阿拉曼达酒店时起就认识她，所以敢对她以"你"相称。亲密与轻蔑之间的界限总是很微妙，这一点阿加心知肚明。

"这件事属于家庭纠纷，是私事。你明白吧，阿加？不要搞成官方调查。马夏尔·贝利翁自己也不想起诉。你过来意思一下，针对他妻子的事情安慰他几句就行。你就当是帮我一个忙。"

意思一下？帮一个忙？这算哪门子差事……可阿加还真不好拒绝。旅游业为圣吉尔提供了80%的工作岗位，酒店行业更是占去了其中的200

---

1. 指殖民后留在留尼汪岛的来自法国本土的富人。——作者注

个。仅阿拉曼达酒店，就有 30 多号员工。

按照阿尔芒·朱托的说法，这是一件再普通不过的事情，没什么好紧张的。一对从巴黎来度假的夫妇，女方带着行李远走高飞，男方被甩在泳池边上，活像个大傻帽，还得照顾一个六岁的孩子。

"真搞笑，不是吗？阿加，这种事情，要是摊在克里奥尔人——甚至是佐亥伊[1] 身上，大家都会一笑了之。可事情偏偏发生在一个游客身上……更何况那家伙根本不愿意面对现实。他的爱情鸟早就飞走啦！可他坚持要报警，请警察立刻介入……你明白吧？"

阿加明白。所以，她这位圣吉尔专区警局的警长才会立即介入。如同富尔奈斯火山刚一冒烟，消防员就得紧急出动……

眼下，隧道完全被堵死了，所有车辆都进退两难。傍晚的交通状况真让人没辙。阿加叹了一口气，不耐烦地摇下车窗——当然是驾驶座这一侧的。天气闷热，连一丝风都没有，气温高得能让车胎化掉。一曲赛加[2] 从小型载重车的音响里飘出来，在静止不动的车队间流淌。黑人司机用戴着戒指的手指，跟着这首克里奥尔乐曲打节拍。他也许在等待岛上自由电台的主播来解读这绵延几公里的塞车状况。好像这还不够令人沮丧似的，电台主播还会进一步强调，岛上既不存在可供大家选择的二号路线，"灵巧的公牛"[3] 也并非当地物种。

阿加把头重重地靠在座椅上。她恨不得把汽车丢在这里，徒步走完剩下的路程。那个黑人司机倒是不着急，反而显得乐在其中。也难怪，这里有音乐、阳光、大海……甚至有美女。

也许他成天就没别的事情可做。

---

1. 来自法国本土，定居留尼汪岛的法国人。——作者注
2. 留尼汪本土音乐流派。——作者注
3. Bison Futé，即法国交通信息和交通法规系统，用于向法国本土的司机推荐可规避交通拥堵的路线。

17 点 43 分

马夏尔·贝利翁来到阿加·普尔维跟前。警长留意到，他的脸色白得吓人。刚才明明是她坐在标致 206 那发烫的皮椅上，头顶烈日赶了一个小时的路，可现在大汗淋漓的人却是他。再说，酒店大堂还开着空调呢！她刚走进酒店大堂那会儿，他正坐在一把塑料扶手椅上，像一尊罗丹的雕塑。

"您是普尔维警长？"

他张大嘴巴，好像只有这样才能顺畅呼吸。这让他看起来很像他身后水族箱里的热带鱼。

"我……我很抱歉打扰您，警长。我想，对警察而言，这样的一场失踪，也许再……再寻常不过。可是……怎么跟您说呢……对不起，警长，我不知道该怎么说才好。在这场失踪的背后，其实……"

马夏尔用衬衫一角抹去额头上的汗珠。阿加做出同情的神态。马夏尔刚一开口，就已经道歉两次。她觉得这份内疚感有点来历不明，更与他俊朗的硬汉形象极不相称——他的 Blanc du Nil[1] 衬衫因为汗水而变得透明，勾勒出他完美的胸肌。为什么他会如此自责呢？

马夏尔深吸了一口足以用来打破世界憋气纪录的空气，突然说道：

"警长，我这样跟您说吧：我不是傻子，我知道大家都以为我是被妻子给甩了。我也知道，这个岛上到处都有诱惑。听我说，警长，事情并非你们所想的那样……莉安娜不会就这样一走了之，至少不会丢下她的女儿……我保证……"

阿加打断马夏尔吞吞吐吐的讲述。

"我明白，贝利翁先生。您没必要解释。我们会尽力而为的。您很幸运，阿尔芒·朱托经理奉行'客户至上'的原则。在这家酒店，警卫服务同样属于客服内容之一，目的就是确保客户安全。我会着手调查您妻子的

---

1. 法国高端服装品牌。

失踪事件，并向您保证，我们一定低调行事……"

"您认为……"

汗水使他的亚麻衬衫紧贴肌肤，并产生透视效果。阿加微笑着，把目光转向水族箱里那些神气的黄色刺尾鱼。她总觉得，这位不知所措的游客所流露的态度里，有什么东西不对劲。

"贝利翁先生，今天已经不早了。明天一早，您就去圣吉尔专区警局，就您妻子失踪的事情正式报警。另外，您还需要提供身份证件，办理一些手续。在此之前，我会想想还有什么可以做的。您有妻子的照片吗？"

"当然，我有。"

他递上一张照片。阿加盯着莉安娜·贝利翁完美的鹅蛋脸，瀑布般的金发，洁白如贝的牙齿。她显然拥有纯正的血统。阿加知道，在留尼汪这样一个混血大工厂里，血统纯正的女孩绝对很惹火。阿加咬住嘴唇，若有所思。

"谢谢您，贝利翁先生。阿尔芒·朱托已经把事情的大致经过告诉我了。您暂时先留在大堂或是花园里，喝点朗姆酒或者啤酒什么的。这会让您感觉稍微好一点。不过，您别急着回房间，也不要碰房间里的任何东西。等我几分钟，我会跟您保持联系的。"

17点46分

卡班看着阿加警长绕过泳池，朝吧台走来。她动作麻利地把那张照片放在吧台上。

"酒店里有这样漂亮的女人，你一定已经留意到了吧，卡班？"

卡班并不急着回答。通常，站在他柜台前的客户，会把目光投向他身后那些整齐陈列、占去三层壁柜的朗姆酒。它们被装在花里胡哨的酒瓶里，像药剂师柜台上的催情药一样令人目光错乱。可是阿加不一样。她的目光直射他的双眼。至于那些朗姆酒，她压根就不感兴趣。与大部分的扎拉伯人[1]一样，她滴酒不沾。其实，当她还是个小女孩、坐在泳池边等待父母下班时，倒是曾有人提议她喝一点尝尝。那是在悲剧发生之前。

既然阿加盯着他看，卡班也毫不避讳地迎向她的目光。圣吉尔专区警局的警长，是岛上极为罕见的一朵奇葩——她是克里奥尔人与扎拉伯人的混血儿。这两类人通常很少混血。卡班对扎拉伯人有着独到的见解：扎拉伯人不喜欢分享他们的基因，一如不喜欢分享他们的银行卡；他们为人低调，行事高效；留尼汪有十三座清真寺，二万五千名扎拉伯人，他们不戴面纱，不裹头巾，不接受任何显眼的装扮……可他们却掌控着岛上全部的布艺、汽车和五金产业！

阿加的父亲是扎拉伯人，母亲是克里奥尔人。可以说她是美女吗？卡班自问。很难下结论。有些混血儿是大自然精心创作的艺术品，拥有与生俱来的盖世容颜，美得令人心醉。但是，在大多数情况下，大自然的作品还处于尝试阶段。比如说阿加。她由罕见的一系列部件构成：长发是黑色的，眼睛是蓝色的，还有两道几乎拧在一起的黑色浓眉。也算是一种潜在的美吧——卡班如此总结。只有在阿加笑起来的时候，这种潜在的美才会外显。另外，她还得穿上泳装。阿加很少笑，穿泳装的时候更是少之又少。她来自圣保罗地区，出生在石头高原[2]一幢破旧的居民楼里。他认识她时，她还是个初中生，但已经表现得卓尔不群——就像是满教室 endormis[3] 中的一只 margouillat[4]。阿加是那种十年难遇的聪明学生。不但聪明，还比别人刻苦。她不晒日光浴，不去潟湖玩，一天到晚就是学习、学习、再学习。像很多人一样，阿加也去法国本土深造过，先是在巴黎第二大学学法律，后来又去了位于沙托兰的布列塔尼高等警察学院，成绩全校第一。但是，与岛上其他外出求学的青年才俊不同，她在学成之后选择了回到留尼汪岛。

---

1. Zarabes，印第安血统的留尼汪穆斯林岛民。——作者注
2. Plateau Caillou，位于留尼汪岛西部，是圣保罗的居民区之一。
3. 即"变色龙"。在法语中，"变色龙"一词也有"昏昏欲睡"之意。
4. 蜥蜴。——作者注

也许，现在的她正为当初的选择感到后悔。因为，对一个混血儿来说，要挤入留尼汪岛的权力高层，简直难于登天……就这样，她被安插到圣吉尔专区警局，一身才华无处施展。好在她野心未泯，依然属于活跃的行动派。卡班很了解她，她是一只能爬得很高的蜥蜴。为家族雪耻的渴望是她的另一个动力来源。圣但尼的佐亥伊们别想压制她太久……

阿加把照片拿到卡班眼前，不耐烦地晃了晃。

"怎么样，卡班？"

"什么'怎么样'？我又没听到警笛声……你该不会是在打黑工吧？"

"怎么可能，你是了解我们警察的。如果一个克里奥尔女人被丈夫打了，绝对没人出警。但是，一个玩失踪的女游客，那就另当别论了……"

卡班笑了，露出一口大白牙。

"阿加，你变得世故了。这倒也好……"

阿加没有回答。她思索着什么，又追问道：

"怎么样，你对这个 tantine[1] 有什么了解？"

"没什么了解，我的美人儿。你知道，我一直站在吧台这儿，跟一棵木麻黄树差不多。我无非是看见她穿过躺椅，褪去泳衣，裹上毛巾，然后就消失了……你去问问纳伊沃吧，他是新来的，负责前台接待。你一定能找到他。他是马达加斯加人，长得像狐猴，八成还打着领带。就是他给马夏尔·贝利翁开的房门……"

17 点 51 分

阿加回到酒店大堂。大堂里根本没有马夏尔·贝利翁的身影。看来，他是听从了她的建议，悄悄走远了，好让她展开调查。接下来，她忍不住笑了——卡班说得没错，负责站前台的果然是只狐猴！纳伊沃正坐在桌子

---

1. 女朋友。——作者注

后面，两只棕色的眼睛圆溜溜的，像是两颗弹珠；满脸都是浅色绒毛，灰色头发又硬又直，在两耳之间连成一片，活像一顶帽子；他系着一条黑白相间的领带，仿佛是狐猴把自己的尾巴缠到了脖子上。

而且，这还是一只对金发美女异常敏感的狐猴。只要把莉安娜的照片在他圆鼓鼓的眼睛前面晃两下，他的话匣子就关不住了：

"是的，普尔维警长，今天下午，我看见莉安娜·贝利翁回房间了……是的，她丈夫来大堂找过我，让我给他打开38号房间的门。要问这之间相隔多久？大约一个钟头吧。可怜的男人，他看起来很焦急，甚至可以说是惊慌失措。当时他还穿着拖鞋和泳裤，模样惨兮兮的……是的，警长，是我给他开的38号房间的门……房间里的情形？怎么说呢，房间里乱得很，像是发生过打斗，要不就是老公老婆睡午觉时留下的痕迹……您明白我的意思吧，警长……"

两颗弹珠中的一颗突然消失在由灰白色眉毛构成的密林里。阿加猜测，狐猴大概是在朝她眨眼睛。

"不过……"纳伊沃继续说道，"那女人的衣服全都不见了。您可以相信我，在这种事情上，我向来都看得很准。莉安娜·贝利翁是带着行李离开的。"

狐猴的睫毛再次闭合，像是魔术贴。

"但这还不是最重要的，警长。最重要的是，房间里还有……怎么说呢……"

阿加眯起眼睛。凭借直觉，她预感接下来他要说的话并不讨喜。狐猴挺直了身体：

"房间里还有一些痕迹，看上去很像血迹。"

阿加保持镇定：

"如果不麻烦您的话，我们上楼去看看。您给我开门。"

两人上了楼。第三层。透过走廊的玻璃窗，阿加望向楼下的游客。在绯红的晚霞中，他们正端着鸡尾酒，在泳池边聊天。女人袒露的背部、徐徐上升的烟圈、顽童激起的水花，一齐映入她的眼帘。在池底彩灯的照射下，池水的颜色持续变换，蓝色、红色、绿色……

这是一个典型的热带之夜。宁静安详，宛若天堂。阿尔芒·朱托说得对，警笛声确实与这里的氛围格格不入。

狐猴纳伊沃晃动手中的钥匙，朝 38 号房间走去。他像一个动物园管理员，不得已去开启已失踪的黑猩猩的笼门。

"警长，我能跟您说两句吗？"

突然，一个声音像是从隐形的喇叭里飘出来，飘进阿加的耳朵。她扭头一看，发现走廊尽头站着一位克里奥尔老妇人，手肘支在拖把上。见警长注意到自己，这位老妇人便踮脚向她走来，嘴里念叨：

"你就是普尔维警长吧？莱拉和拉希姆的女儿，小阿加，对不对？"

阿加不知道究竟是哪一点更令她不悦——被一个素不相识的女人提及身世？还是女清洁工那慵懒的语调？作为回答，阿加含糊地点点头。

"你知道吗？我经常遇见你的母亲，我亲爱的小阿加。"这位克里奥尔老妇人继续说，"就在圣保罗地区的室内集市上。我们几乎隔天就要见一次，一起聊聊往事什么的。我们真的是老了……"

阿加挤出一丝笑容。

"您有什么话要跟我说……"

狐猴没有动弹，老妇人也没有动。局面僵持。

"我想单独跟你谈。"老妇人最终强调。

"行。"阿加表示同意，并看了纳伊沃一眼。

狐猴瞪大双眼，用眼神表示不满，就连眉毛和太阳穴上的毛发也竖立起来，纷纷抗议。他不情不愿地挪到走廊尽头。老妇人手持拖把，好像在思索该从何说起。阿加等了几秒钟，干脆主动出击：

"您在这儿很久了吗？"

"三十年零六个月了，我的小阿加……"

阿加叹了口气。

"我是说今天下午，夫人。您在'走廊里'待了多长时间？"

伊芙－玛丽笑了。她不紧不慢地抬起手臂，看看手表，这才回答：

"四小时三十分。"

"已经有很长时间了，不是吗？"

"怎么说呢……平时，我负责的这一层可不像今天这么闹腾。"

阿加看了看走廊的地面、挂画和玻璃窗。一切都一尘不染，干净得可以与医院相媲美。女清洁工的名字绣在她的褂子上。

"伊芙－玛丽，您看上去是个做事细致、井井有条的人。请您准确地告诉我，今天下午，在您的走廊里，都发生了些什么。"

克里奥尔老妇人仿佛花了无穷无尽的时间才把拖把靠墙放好。

"是这样的：16 点钟左右，纳伊沃和那位丈夫上楼来，打开了 38 号房间的门。房间里没人，而且……"

伊芙－玛丽整了整系住她一头鬈发的头巾，又一缕接一缕地整理发丝。为了加快谈话进程，阿加接过话头：

"伊芙－玛丽，我们都知道，马夏尔·贝利翁是 16 点之后上来的。莉安娜·贝利翁则是在一个小时之前，也就是 15 点之后上楼来的。我感兴趣的，是发生在这两个时间点之间的事情。如果您没有离开过走廊的话，那您一定看到莉安娜·贝利翁女士走出房间了。"

伊芙－玛丽在离她最近的一块玻璃窗上发现了一个别人看不见的污点，开始用蓝色抹布的一角反复擦拭。仿佛过了一个世纪，她才重新开口：

"从 15 点到 16 点，我看见不少人从我的走廊经过。但是，我没有看见那位金发美女……"

对阿加来说，这句话不啻当头一棒。

"怎么可能？！"阿加几乎是在吼叫，"莉安娜·贝利翁没有走出房间？"

伊芙－玛丽料到阿加会是这种反应，故意不紧不慢地把抹布叠成小方块。她真应该去写侦探小说。

"她丈夫上来了。"

"在一个小时之后——这一点我已经知道了。"

"不，不是在一个小时之后。比这更早。大概就在他妻子上来一刻钟之后……"

又是当头一棒。

"您……您确定？"

"噢，当然！我的小阿加，你完全可以信任我。在这一层走廊里，没有人可以逃过我的眼睛。"

"这一点我毫不怀疑。伊芙–玛丽，请继续说……"

伊芙–玛丽提防地看了纳伊沃一眼。狐猴正在电梯前踱步。老妇人压低了声音：

"马夏尔走进房间。当时，我以为他想跟老婆快活一下。那时正是午休时间，你知道我想说的是什么，我的小阿加。他们的女儿留在楼下，和小伙伴们待在一起。几分钟后——最多十分钟，丈夫就从房间里出来了。他走向我，要我帮他一个忙。"

阿加透过自己映在玻璃窗上的身影，把目光投向四米之下荧光色的池水。

"帮他一个忙？！"

伊芙–玛丽又花了仿佛无穷无尽的时间，慢慢转过身去，看着身边的小推车。推车上装有清洁剂、刷子和垃圾袋。

"对，帮他一个忙。他问可不可以借用我的推车。不是这一辆，比这更大，是我用来运送被子、床单和毛巾的那辆大推车。他推着空推车进了房间，十分钟后又重新出来，上了电梯，然后就消失不见了。后来，我在一楼找到了我的推车，就在停车场附近。你也许会觉得奇怪，我的小阿加。不过，在这家酒店里，我们无权对顾客说'不'。"

警长将一只狂躁不安的手按在窗台上。

"他为什么要借用那辆运送床单的大推车，您问了吗？"

"要知道，在这家酒店，我们同样无权过问顾客的事。La lang na

pwin le zo[1]。"

阿加咬了咬嘴唇。

"有其他人进过他们的房间吗？或者从房间里出来？我指的是整个下午。"

"没有！你可以相信我，阿加。38号房间的美女，再也没有走出来过。"

的确，为什么不相信伊芙–玛丽的话呢？

"您的……推车，它……它有多大？"

伊芙–玛丽像是在思考。

"这么跟你说吧，推车上写着'载重80公斤'。我知道你在想什么，我的小阿加。说实话，我觉得那金发美女还不到这一半重。"

就在伊芙–玛丽寻找其他看不见的污点时，阿加望向酒店的花园。只有不到20个游客在花园里喝酒聊天，等待日落。阿加看到了马夏尔·贝利翁。他正坐在霓虹灯下的一把高脚椅上，膝头坐着一个六岁光景的小女孩。

他的妻子再也没有走出过房间……

纳伊沃提到房间内有打斗的痕迹，还有血迹。

金发美女为爱私奔的假设，尽管更令人宽心，此刻却变得越来越不可信……

狐猴应该是注意到她俩的谈话结束了，于是从走廊的一端走来，手里还拿着那串钥匙。阿加得告诉他，同时也告诉酒店老板，情况有变。阿尔芒·朱托又该不高兴了……38号房间里乱糟糟的物件，很有可能都是案发现场的证物。阿加低头看了看手表。最好今晚就动手采集指纹、血迹、DNA，走完必要的流程。

就看要如何说服克里斯托跑一趟了……

---

1. 留尼汪谚语，"舌头没有骨头"，意为要注意自己的言辞。——作者注

5 蚊子舞会

20 点 34 分

索法既没有碰烤鸡肉，也没有吃米饭。她在生闷气，一个人看 Ti-jean¹ 童话集。

为了维护颜面，马夏尔勉强吃完了他的那份香熏猪肉饭。相反，莉安娜的失踪好像并不影响雅克和玛高夫妇的胃口。

三人在沉默中进餐。泳池前，一个身穿花衬衫的家伙正对着话筒，高唱 20 世纪 80 年代的流行歌曲。在他身后，一个女人在为他伴舞。她穿着紧身衣，满是皱纹的脖子上挂着一串红艳艳的金凤花项链。女人不时用手打节拍，或是伴唱一两句，显得并不投入。

在这家名为"沙粒"的阿拉曼达酒店餐厅里，坐着二十多位顾客。无人鼓掌，也无人交谈。

"旅途啊旅——途，漫长得胜过白昼与黑夜。"

---

1. "男孩小让"。他是童话故事里的一个留尼汪小英雄。

这两名表演者无疑是酒店花钱雇来的。不为营造气氛，只为粉饰在座的老夫老妻之间的相对无言。雅克又给马夏尔倒了一杯锡拉奥酒。他的手在微微颤抖。他犹豫了一下，然后凑过去，用盖过二重唱的声音对马夏尔说：

"她会回来的，马夏尔。你别担心，她一定会回来的。"

马夏尔没有回答。雅克的同情来得并不真切。这位来自巴黎的律师，真的会为一个相识不到五天的男人感到难过吗？马夏尔对此持怀疑态度。雅克和玛高不过是因为找到了比他们更倒霉的夫妇而感到心安罢了。他们的心态介于怜悯与冷漠之间。

"她是如此脆弱，别让她伤心。"

注意气氛……

马夏尔努力苦中作乐。没错，说到底，他妻子的失踪对雅克多少还是有影响的。他又不是傻子，心里很清楚——对这位律师而言，热带假期不可言说的乐趣之一，就是觊觎莉安娜的曼妙娇躯。

马夏尔恨不得立刻起身，撇下茹尔丹夫妇，带索法离开。可他忍住了。他嚼着一块已经冷却的熏肉，如同嚼蜡。不，这一次，他绝对不能向自己的冲动妥协。他必须保持耐心，不动声色，扮演好一个因为妻子失踪而黯然神伤的丈夫。他提醒自己，成败在此一举。制胜的关键在于细节，以及他在警察面前瞒天过海的能力。他知道，指向他的嫌疑如同一个系在他脖子上的活结，只会越收越紧。但是，只要警察找不到关键证据，嫌疑就无法成为罪名……万一事情进展不顺利，他说不定会需要茹尔丹夫妇的帮助。尤其是雅克的帮助。他不是每天都要查阅好几百封电子邮件吗？应该在巴黎的律师市场上挺吃香。

沉默变得让人难以忍受。

高音二重唱越来越不堪入耳，可餐厅里没有一对夫妻起身离开，这真是令人费解。

"别再哭泣，留在这里，问问自己，这一切究竟是什么原因……"

马夏尔迅速设想了一下明天的日程。即将搭建完毕的陷阱、警察、审讯、不被允许离开酒店的游客……茹尔丹夫妇也会受到警局的传唤。至少，他可以破坏这些伪君子的假期！值了。

21 点 17 分

"走，索法，我们上楼去。"

马夏尔走到卡班的吧台边，手里捏着钱包。卡班递给他一杯调制好的朗姆酒。马夏尔尝不出酒中的水果是什么，只觉得像是一种黄色的欧楂。

在付钱的时候，卡班触碰到他的手。马夏尔不由得打了一个寒战。

"这是枇杷朗姆酒，先生，特别酿造而成。您的妻子，她一定会回来的，您别担心。"

至少，这一位的神色是诚恳的。马夏尔挤出一丝应景的苦笑。

"您得理解她。"卡班继续说，"您的妻子是个有品位的女人，怎么会愿意留下来听今晚这种音乐？明天的乐队不错，她会回来的。"

22 点 12 分

"生——活，在热——带的阳光下。"

泳池上方，霓虹灯投下黄色光晕。蚊子是今晚唯一的舞者。

酒店二楼。马夏尔离开 17 号房间的窗沿，朝儿童床走去。那是纳伊沃费了九牛二虎之力，才放进双人床和墙壁之间的。索法终于睡着了。在过去的一个小时里，她一直吵着要妈妈。马夏尔尽力哄她，给她做解释，像个笨拙的父亲。

"妈妈会回来的，索法。她去散步了，很快就会回来。"

无济于事。

女儿的问题接踵而来，让他应接不暇。

为什么妈妈不接电话？

为什么她走之前没有抱抱我？

为什么她不带我一起走？

妈妈在哪里？她在哪里？

为什么我们不睡昨天那个房间？

"因为警察要来采集我们的指纹，索法。"不行，这种话马夏尔没法对女儿说。

他又给女儿讲了好几个关于男孩小让、卡尔祖母和魔鬼的故事。她好不容易才进入梦乡。真是难为她了，楼下的那两位还在鬼哭狼嚎呢！

马夏尔从头顶扯去 T 恤，又脱掉裤子，就这样光着身子站在黑暗中。

他心绪不宁。

事情没有按照他预设的方向发展。

在他头顶上方，再过几个小时，最迟明天清晨，警察就会来拆除 38 号房间里的封条。纳伊沃会对警察谈起房间里凌乱的衣服、翻倒的什物……当然，还有血迹。

马夏尔走进浴室。

今晚，直到晚餐之前，一切还都在他的掌控之中。可是眼下，事情出岔子了。

水从他头顶上方淋下来，近乎冰凉。

他那混乱的思绪，仿佛无法在光滑的大脑内壁上站稳脚跟，纷纷跌入一个巨大的黑洞里。当初他又何苦想出这个荒诞的计划？他亲手挖掘的陷阱，会不会慢慢困住他自己？

他用力擦拭身体，恨不得擦出血来，把这块绣有酒店标志的白毛巾染红。

那些骇人的画面，再次浮现在他眼前。

他当时有选择的余地吗？

马夏尔走出浴室。他光着身体，站在窗前那片不足以完全遮掩他的黑暗中。反正不会有人看向这边。只有少数几个游客还在楼下继续消遣。终于有夫妻缱绻相拥，在柚木地板上跳舞，其中没有茹尔丹夫妇。他们不属于这种夫妻类型。

"当美人鱼——在你眼前死去……"

无休无止的慢狐步舞，让人预感这对歌者很快就会收拾包裹走人。

马夏尔后退几步，倾听儿童床上索法轻柔的呼吸声。这张儿童床对她来说太小了。

而他的床又太大。"King size"（豪华大床），纳伊沃当时特别强调。这个傻瓜，真是会挑时候！

马夏尔掀开棉质被单。被单已经被空调吹得发硬，像块裹尸布，触感欠佳。莉安娜留下的空白突然变得令人难以承受。马夏尔咬住被单一角，强忍着不吼出声来。他知道，每天晚上，莉安娜也是这样咬住被角，抑制高潮带来的呻吟。

老天爷，他究竟做了什么？！

只要此刻能感受到莉安娜胴体的赤裸相依，他愿意付出一切代价！如果可以让时间倒流一天、倒流一周，那该多好！

如果他不曾回到这座岛屿，那该多好！

窗外，泳池上方的霓虹灯熄灭了，如同一颗幻灭的星。

今夜，他注定无眠。

Don't Let Go
Of My Hand

2013 年 3 月 30 日，周六

6 东正教复活节

9 点 11 分

伊梅尔达钻出被窝，像一座处于喷发状态的火山，随后定格成一座灰黑色的灰烬之山。

"克里斯托，你的手机上有一条未读短信！是昨晚发来的，19 点 43 分。难道你从来都不看手机吗？"

"只要我在你的床上，我就绝对不会看手机！"

克里斯托·康斯坦丁诺夫伸了个懒腰，头却没有从伊梅尔达的身体上离开。她不由分说地推开他，把身体靠近当作床头柜的椅子，以便伸长胳膊去拿手机。

"是你长官发来的信息，克里斯托。"

伊梅尔达丰满的身体完全暴露在被窝外。克里斯托的眼中再无他物。

"是阿加？她居然在复活节的这个周末，打扰岛上唯一的东正教徒？我要去告她扰民……"

克里斯托嘟囔着爬到伊梅尔达身边，想要紧贴 Cafrine[1] 的黑色肌肤。

---

1. 卡夫尔女人。——作者注

伊梅尔达的身体就像一个充满魔法的床垫，每年都要增厚好几厘米。他曾在抽屉里发现过一本旧影集，里面有伊梅尔达二十岁时的照片。照片上的她赤身裸体，摆出不同的造型。摄影师一定大饱眼福，从不同角度拍摄她那仙子般修长、精美、紧致的胴体。可是，克里斯托说什么也不愿意拿二十年前伊梅尔达那纤瘦颀长的年轻身躯，来交换现在作为他情妇的伊梅尔达那饱满丰盈的身躯。当你尝过蜂后的滋味，又怎会满足于小蜂腰[1]？伊梅尔达的身体就像一块添加了双层奶油的巧克力。她的体形是盈润的，流动的，变化的，像一朵性感的云，能揉捏出他欲望的形状。

这一切，她又怎么会知道？

伊梅尔达做了个鬼脸，举着手机问：

"我能看看吗？"

克里斯托叹了口气。那是他的公务手机，纪律不允许这样的情况发生。不过，只要伊梅尔达高兴，他才不在乎呢。床边的柜子里，有一大堆侦探小说，伊梅尔达就像是黑人界的马普尔小姐[2]。这也是她的迷人处之一。

"你想看就看吧。"

伊梅尔达的手在警务手机上操作，克里斯托的手却顺着她的大腿游走，逐渐向上，去探索她腹部堆积的山峦。这天早上，克里斯托觉得自己像个诗人，根本没有心思去警局报到。

他看了一眼靠墙放置的摇篮。小多莱恩正在睡觉。运气好的话，她还会继续睡很久。

"是阿拉曼达酒店，"伊梅尔达盯着手机屏幕解释，"你得去那里处理指纹、血迹、DNA 和一整个烂摊子。"

"好吧，"克里斯托做出让步，"我知道了。等到喝饭前开胃酒的钟点我再去。卡班·巴耶特，就是阿拉曼达酒店的调酒师，能调配出岛上最好

---

1. 法语中用"小蜂腰"来形容纤细的腰肢。
2. 马普尔小姐是阿加莎·克里斯蒂所著侦探小说《寓所谜案》中的女侦探。

的朗姆酒。如果在喝咖啡的钟点跑过去，那是对他的大不敬。"

"你迟早会被开除的……"

克里斯托的食指擅自游移。

"那你来养我，反正也不多我这一个……"

"我才不管你这个懒鬼呢！靠我那笔 argent-braguette[1]，五个孩子已经够我受的了……"

克里斯托将一只膝盖挪到伊梅尔达的身边。

"居然说我克里斯托·康斯坦丁诺夫是个懒鬼？"警察喘着粗气，"你真不应该招惹马斯克林群岛[2]的种马……"

三个小鬼钻进被子里来：多里安，乔利，艾米克。分别是头发浓密的男孩，头发卷曲的女孩，留着平头的男孩。十二岁，七岁，四岁。再加上睡在摇篮里的小不点儿，只差纳齐尔没来了。据克里斯托所知，伊梅尔达的这五个孩子，分别来自三个不同的父亲。最后一位父亲离开十一个月后，才轮到他出场。这真是一个难以归类的乱糟糟的幸福之家。克里奥尔人、马尔巴人，外加他这个佐亥伊，全都挤在三居室的小屋里。花园算是第四居室，老大纳齐尔只能睡吊床。

三个孩子都跳到他身上。克里斯托有口无心地呵斥着。

他哪有什么威严可言？

"耶稣，你不上班吗？"

"我是克里斯托，不是耶稣！没错，我正要去上班呢！走开，小家伙们！你们今天不用去上学吗？"

没有回答，只有如瀑布般倾泻的欢笑声——恐怕连萨拉济瀑布听到这些笑声都会自愧弗如。

伊梅尔达起床，穿上缠腰长裙。看来是没戏了，克里斯托心想。无奈，他也只好跟着起床。

---

1. 指家庭补助金。——作者注
2. 位于印度洋的火山群岛，由留尼汪、毛里求斯和罗德里格斯三岛组成。

"头儿她说什么了？"

伊梅尔达根本不用翻手机。似乎只要看过一眼，她就能记住短信的全部内容。

"一个游客把老婆弄丢了。嗖！她就这么带着行李飞走了。"

"那个男人真傻！"

克里斯托穿上一条赭石色的帆布长裤，一件皱皱巴巴的衬衫。

"为了不把老婆弄丢，你知道我是怎么做的吗？"

伊梅尔达没有回答。她用力扯了扯被子，又赶走孩子们。

"跟我防止弄丢钥匙的做法一样。"

还是没有回答。伊梅尔达正在弯腰捡拾散落在地上的靠枕。

"我多配一个！"

克里斯托大笑着走出房间。三个飞来的靠枕不偏不倚，正好砸在他头上。

10 点 03 分

阿拉曼达酒店。克里斯托本能地朝吧台走去，如同一只走向猫粮的猫。他没有欺骗伊梅尔达——卡班提供的确实是圣吉尔乃至全岛最好的朗姆酒。克里斯托每次来酒店附近公干，几乎都是在晚上，任务是让那些从"红白"或"洛夫特"酒吧出来的夜猫子消停一些。卡班是当地小有名气的人物。如果把鸡尾酒比作音乐的话，他就是一名技艺精湛的爵士乐手，一个敢于尝试任何即兴搭配的创意怪才。十年来，留尼汪各大酒吧为了他而竞相抢夺，如同球队争夺一个进球率极高的留尼汪甲级联赛冠军队前锋。

卡班面带微笑，看着向他走来的克里斯托。克里斯托的灰色长发被绑成马尾，久经阳光炙烤的蓝色衬衣和过时的帆布鞋，让人很难相信他是一名有三十多年警龄的副官。

"瞧，'先知'来了！"卡班率先打招呼，"今天来得不算早啊，我们原本还等着你来吃羊角面包呢。"

克里斯托只做了一个大拇指向下的动作。卡班也不多言。他是酒精疗法的天才医师，无师自通地学会了观察、倾听并分析顾客，然后针对不同顾客迅速给出个性化的酒疗配方。这一次，他为克里斯托调制了一杯迈泰[1]，紧接着又递上第二杯，好让副官有足够的时间，听他细致讲述事情的经过：一对俊男美女组合，泳池边的拥吻，招人烦的六岁女孩，妈妈独自上楼，然后，"嗖"……

克里斯托满脸同情地听着，两只眼睛一会儿看看杯中正在融化的冰块，一会儿望向空无一人的泳池。没有女人可供他偷瞄，就连生过孩子的中年妇女都没有。

"卡班，我跟你说，那些佐亥伊应该多加防范才对。因为留尼汪岛根本就是一个该死的陷阱。喏，我给你举个例子：你知道我为什么会出现在这里吗？"

卡班叹了口气，摇了摇头。他的头衔应该叫作"酒精治疗师兼心理医生"才对。

"我原先住在新庭[2]。"克里斯托自说自话，"那年我才二十五岁，接受了去圣但尼警局的一个调令。圣但尼警局距离我家大概十五公里，就算塞车，也只有三十分钟车程。我只是忽视了调令中的一个细节，一个非常小的细节，区区几个数字而已……"

在把话说完之前，克里斯托先一口喝完了杯中的酒：

"调令上写的省份区号是 9-7-4，而不是 9-3……你不得不信，这就是命！我干脆把心一横，把全部家当装进集装箱，直奔热带地区……这一

1. 一种由白朗姆酒、黑朗姆酒、君度酒、青柠汁、柳橙汁、甘蔗汁、巴旦木仁糖浆汁等调制而成的鸡尾酒，酒名在塔希提语中有"棒极了"之意。
2. 法国城市，位于法国本土的圣但尼省，而圣但尼省恰好与留尼汪的圣但尼专区同名，这也是后文中所提到的误会产生的原因。

走就是三十年。”

卡班擦拭着他的酒吧柜台，无动于衷。

“你不觉得我的故事很精彩吗？”

卡班连眼皮都不抬：

“这个故事你已经讲过五遍了！你经常老调重弹，克里斯托。”

克里斯托耸耸肩。他把玩着只剩下冰块的酒杯，同时努力搜索记忆，想要找到反驳卡班的例证。可是，最后他不得不放弃。

“你对调酒很在行，卡班。不过，你的幽默感还有待提升。跟客户打交道，幽默感很重要。好了，我要去检查楼上的那间‘洞房’了。弄丢老婆这种事情，还真是傻到家了，不是吗？”

他刚要离开，又迟疑了一下，转过身来：

“卡班，为了不把老婆弄丢，你知道我是怎么做的吗？”

卡班朝天翻了一个白眼：

“不知道……你多配一个？”

这个傻瓜！

10 点 09 分

克里斯托将小锡皮箱放在床上，又从箱子的不同格子里取出装有 bluestar® Forensic[1] 的小瓶子、试管、荧光灯和微型数码相机。他是圣吉尔雷班地区的全体警员中——包括阿加在内——唯一会使用这套工具的人。他拥有特殊才能，所以能享受特殊待遇，比如说睡懒觉。他又想起了帮他打开房门的那个前台的马达加斯加人——纳伊沃·兰德里安那索罗阿里米诺。当时他就想出了一个笑话，足以让他以此为由，再享受一杯朗姆酒——喂，卡班，你这么聪明，知道在豪华大酒店前台迎宾的人最怕什么

---

1. 即“鲁米诺”，又称发光氨，法医学上用来检验犯罪现场含有的血迹。

吗？你不知道？那你去问问纳伊沃·兰德里安那索罗阿里米诺吧。

最怕连箱子都帮客人提进来了，自己的名字还长长地拖在门外呢……

嗯，这个笑话也不怎么样……

还是干活吧……

这真不是人干的活。

地毯上、床单上、淋浴间、马桶边……每遇到一处可疑的痕迹，他都得在那儿洒上一点鲁米诺。而在此之前，他还得花大量时间，做许多繁复的准备。因为鲁米诺只有在调配了由过氧化氢和氢氧化物组成的活化剂以后，才能对血迹起显像作用。并不是只有卡班那个傻瓜才懂得调配——克里斯托如此宽慰自己。用上鲁米诺后，只要房间的光线足够昏暗，每一块血渍都会变成闪烁蓝色荧光的绚丽水彩。

克里斯托加快节奏。荧光显像只能持续不到 30 秒钟。他既要借助荧光灯探测血迹，还要拍摄现场照片，时间十分吃紧。如果不加快动作，他就得从头再来，没完没了。

克里斯托叹了口气，将荧光灯贴近地面移动。蓝色印迹几乎转瞬即逝，好像是被地毯吸了去。不过，事实已经摆在眼前：房间里几乎到处都有血迹，包括床上和墙壁上。

就像屠夫的案板……

克里斯托努力寻找反证，但最终不得不面对现实。

38 号房间就他妈是个犯罪现场。

克里斯托把荧光灯放在床上。换作别的警察，一定会为这一发现而兴奋不已，就好比昆虫学家发现了一整窝新品种的蚂蚁，天文学家发现了一颗不为人知的行星。可是，对克里斯托而言，这个发现仅仅意味着麻烦……他得重新调配试剂，重新喷洒，重新拍照，一平方米接一平方米地把整个房间都拍摄下来。在美国的电视剧里，随便哪具尸体旁边，都有至少二十来名警察忙前忙后。可是，在留尼汪岛的圣吉尔专区警局，他却总是单枪匹马，独自应对棘手状况，像个没人管的大男孩……

而且，他这套蓝色的"填色游戏"，还仅仅是一个开始。

这些血迹是谁的？是贝利翁夫人的吗？还是贝利翁先生的？又或许是他们两人的？克里斯托知道，他得小心翼翼地从床单和枕头上剪下一些布片，塞进塑料袋里；他得费尽力气地趴在地上，截取完整的地毯采样；他得举着拔毛钳，去浴室搜集那些疑似鼻毛、腿毛的玩意儿；他还得拿着试管，把双手伸进马桶里……

他想起了伊梅尔达的大儿子，那个名叫纳齐尔的抽 zamal[1] 的傻瓜。那小子整天只知道看朋友帮他下载的侦探节目 *Experts*[2]，看了一遍又一遍。对了，或许应该带纳齐尔来警局实习，也算是领他入行。说不定这样他就能戒掉那些让人变 bourik[3] 的烟。

又或者，他应该问纳齐尔要根烟来抽抽。眼下，他一点都不反对抽烟。权当犒赏自己。

副官朝窗外望去。来得最早的一批女游客已经躺在泳池边的长椅上了。她们全都又老又丑。经验告诉克里斯托，那些年轻漂亮的女人，不会无所事事地在潟湖边的酒店里一边晒日光浴，一边等着脚趾上的指甲油晾干。相反，她们会把脚塞进高筒皮靴里，攀爬在马法特冰斗和内日峰之间。克里斯托早就过了想要追随她们而去的年龄。这倒也无所谓，他向来只喜欢比自己小十到十五岁的女人，而现在他都快六十了……

克里斯托转过身来，看着壁柜。他认为有必要再清查一下整个房间。据酒店前台那个马达加斯加人说，莉安娜·贝利翁所有的衣物都不见了。这一点，他得加以确认，图个安心。说到底，他更希望这只是一场妻子离家出走的闹剧。发现血迹并不代表这里发生过犯罪行为。要定性为谋杀案

1. 留尼汪岛的烟草。——作者注
2. 一档电视节目。
3. 傻。——作者注

的话，就一定得有受害者的尸体。或者，至少要有凶器。

　　克里斯托的脑子里突然灵光一闪。他站到床上，将壁柜里的东西有条不紊地一一清空：运动包，鞋子，雨衣，墨镜，棒球棍，手电筒……

　　这时，他的手触碰到一个黑色塑料盒，立刻就静止不动了。那是一套烧烤用的工具，拥有"自然与发现"或"世界之家"高科技品牌专利的那种。如果亲朋好友要出远门，而目的地的居民还停留在吃手抓饭的阶段，那么这种工具就是馈赠亲友的首选礼品。克里斯托一把扯去裹住黑色塑料盒的维可牢搭扣。盒子里有大大小小的格子，用来摆放不同的餐具：XXL号叉子、抹刀、刮刀、钳子、油醋刷……当然，有一个格子是专门用来放刀的。就是那种有木质刀柄，结实耐用、刀刃锋利，轻易就能切断牛肋骨的刀。

　　至少，克里斯托是这么猜测的。

　　因为盒子里的刀不见了。

7 五比一

15 点 13 分

阿加坐在办公桌边，与马夏尔·贝利翁面对面。克里斯托更愿意站着，与他们稍稍拉开距离。圣吉尔专区警局位于罗兰－加洛斯大街，由几个大小不等的水泥立方体组成。警局外墙被漆成奶油白色，与另外一个立方体相连——这个立方体由板材搭建而成，被当成接待室。总之，这是一个普通而破旧的警局，与法国其他几千个警局雷同。唯一不同之处在于：这些简陋的立方体被放置在距离海滩仅五十米的地方。站在警局主厅，打开门就能看见海滩和圣吉尔港口。克里斯托对这片风景百看不厌——从港口驶出的游艇和帆船、海上的冲浪者，还有 18 点以后下班时才能欣赏到的 IMAX[1] 版日落——不过这种情况很少在他身上发生。阿加呢，恰恰相反，她总爱窝在自己的座位上，就算被瞬间转移到敦刻尔克的郊区，她可能也不会察觉。

马夏尔·贝利翁没心思去欣赏这片热带海滨风光。

他被通知 15 点钟来警局。但他提前二十分钟就到了。还是那副神情，

---

1. 巨幕电影。

像一条挨了打的狗，或者说是一条寻找女主人的丧家犬，很有可能还戴着绿帽子。

"您有我妻子的消息吗，警长？有没有新发现？我快急疯了！我的女儿索法比我更难过……"

克里斯托觉得阿加很快就要发飙了。

好家伙，你如何解释墙上的血迹？还有那把不翼而飞的刀？

阿加不是那种喜欢和嫌犯兜圈子的警察。对于马夏尔·贝利翁的小把戏，她不会容忍太久。

"贝利翁先生，您想知道消息，那我就告诉您……"

阿加站起身来。克里斯托很欣赏她那一身笔挺的天蓝色制服，衬衫的扣子扣到最后一粒，饰带上过浆。克里斯托的制服早已不知去向。阿加从不放弃对他的规劝，劝他换身正规的行头，把衬衫熨一熨，就算不打领带、不配肩章、不戴警帽，至少把衬衫的扣子扣好，把衣摆扎进裤腰里。阿加·普尔维警长烦起人来简直没完没了。马夏尔·贝利翁恐怕很快就会领教到这一点。

阿加突然转过身来。

"贝利翁先生，我对您算是很有耐心了，一直乖乖地看您扮演'可怜的丈夫'的角色。现在，这出戏该演第二幕了。让我们把牌摊开了打——伊芙-玛丽·纳迪维尔，也就是阿拉曼达酒店的女清洁工，把您在三楼走廊里的来来去去、所作所为都讲得清清楚楚。您借用了酒店用来运送脏被单的推车，把它推到一楼，就在停车场的东北角。电梯门正对着停车场，那里停了不少车……"

马夏尔·贝利翁转动眼珠，显得特别惊讶。演技不错——克里斯托在心里为他加一分。阿加继续施压：

"她的证词与您的陈述大相径庭，不是吗？"

马夏尔·贝利翁深吸一口气，然后说：

"那个女人搞错了，要不就是她在撒谎。"

克里斯托坐到窗台上。他喜欢这场对决，但绝不会押哪怕是一欧元在马夏尔·贝利翁的身上。马夏尔·贝利翁首轮交锋失利，辩词苍白乏力。伊芙－玛丽凭什么要撒谎呢？她又怎么会搞错呢？真是可笑！

阿加继续加码。

"伊芙－玛丽·纳迪维尔撒谎了——就算是吧！贝利翁先生，让我们继续。除了伊芙－玛丽·纳迪维尔，坦吉·迪若克斯先生——也就是阿拉曼达酒店的园林工，看到您于 15 点 25 分出现在停车场，手里推着那辆运送被单用的推车。试想，一个来自法国本土的游客，去给一个克里奥尔女清洁工帮忙——这样的画面恐怕很难被人忽略，不是吗？另外，在酒店附近踢足球的三个孩子，看见您随后走向一辆停在停车场的灰色雷诺克力奥，那恰恰是您租来度假用的车。"

阿加上前一步，直视马夏尔的双眼。

"在这种情形下，贝利翁先生，您还坚持说自己在 16 点以前没有离开过泳池？"

又是一次屏气凝神。但没过多久，马夏尔就吐出他的回答：

"他们弄错了，要不就是他们在撒谎……"

阿加朝天花板翻了一个白眼。克里斯托忍不住发笑。马夏尔这个人很犟，或者说很傻。他还在自掘坟墓。

"我……我想起来了，警长。我当时在泳池里陪女儿玩，教她游泳。后来我还在长椅上睡了一会儿。我……我没注意时间，但是……"

如此蹩脚的借口，让克里斯托都有点怜悯他了。马夏尔是在逆流而上。克里斯托很想抛给马夏尔一个救生圈，可头儿不会同意。阿加在房间里来回走动，也许是故意为之，好让马夏尔多熬一会儿，像熬咖喱鸡块那样，一直熬到骨肉分离，才会更加入味。马夏尔两眼发直，盯着墙上用图钉固定、彰显海外省警队荣光的蓝白红三色宣传画。画面的右侧是海军，他们穿着潜水服，骑着水上摩托艇；画面左侧是空军，拥有直升机、绳梯等装备，随时准备从天而降……整张宣传画烘托出一派惊心动魄的气氛，丝毫不亚于《紧张大师》[1]。

你倒是配合一点啊!

阿加一下子爆发了,蓝色衬衣上的一粒纽扣崩落。

"贝利翁先生,我没时间陪您兜圈。酒店所有员工的证词都与您的陈述相矛盾,而他们的证词却彼此吻合!您的说法一刻都站不住脚!伊芙-玛丽是个做事认真的人,她看管自己的楼道胜过三头犬看管地狱。您的妻子是刚过15点进入房间的,之后她就再也没有出来过。唯一走进房间、走出房间、一个小时后再次走进房间的人,就是您本人!所以,贝利翁先生,我再问您最后一次:您承不承认,在您妻子上楼一刻钟之后,您也上楼进入房间?"

马夏尔迟疑了。墙上的宣传画中,一架直升机正飞过铁洞[2]上方。他仿佛下定了决心,要并拢双脚,直直地跳入深渊。

只听见一句呢喃:

"我承认……"

克里斯托朝警长眨眨眼睛。不错,马夏尔,有进步。阿加趁热打铁。

"谢谢,贝利翁先生。那您承不承认借用了伊芙-玛丽的推车?"

仿佛永世的五秒钟。马夏尔把目光投向宣传画上那个乘坐橡皮艇的蛙人女警官。

"我承认……"

克里斯托又眨了眨眼睛。这个简短的回答,几乎等同于招供。来,马夏尔,再努一把力……

阿加的声音突然降低八度,变得近乎温柔:

"您为什么要借用推车,贝利翁先生?"

这一次,马夏尔不再看向任何地方。他的目光仿佛已经穿透宣传画和墙体,消失在黑石海滩和贝卢夫森林。

---

1. *High Anxiety*,1977年美国惊悚喜剧片。
2. 位于留尼汪的天然竖井。

"我再问一次，贝利翁先生。当您从房间出来时，您的妻子是不是还在房间里？她是不是……还活着？"

克里斯托冲阿加点点头。马夏尔没有任何反应。他已经进入了另一个世界。他不再逆流而上，也不再下沉沦陷，而是一直保持漂浮状态，随波逐流……他是在等待返潮。考虑到警方现有证据的数量，他完全可以等待很久。

终于，他嚅动嘴唇：

"普尔维警长，我上楼后，发现房间是空的。我们……自从来到留尼汪岛以后，我和她之间就闹了点别扭。我原以为她只是……怎么说呢……想跟我拉开距离。"

"您昨天可不是这么跟我说的呀，贝利翁先生。您把我叫去阿拉曼达酒店，斩钉截铁地对我说这不是一场离家出走，还说您妻子绝对不会抛下孩子独自离开。"

"那是昨天……是为了让您展开调查。"

阿加抿紧双唇，一副不相信的样子。

"那推车的事情又如何解释？"

"那是我在发现空房间后的冲动之举。我把莉安娜的衣服全部装到了推车上。她走的时候几乎没带什么东西，把衣服全留下了。"

克里斯托冲阿加一笑。显然，马夏尔并没有完全缴械投降。他还在顽抗。到底要过多久，他才会彻底沉落水底？

"这一点，我们会去核实的。"阿加用冰冷的声音说，"没有任何人看见您的妻子从房间出来，完全没有。"

马夏尔的脸色更白了。

"我也想不明白，警长。也许酒店的员工当时不在岗，却又不想暴露这一点。警长，昨天下午是我给您打的电话，请您帮我寻找妻子。要不是我真的有这个诉求，又何必惊扰您呢？"

对于马夏尔的话，阿加只是耸耸肩膀。办公室里突然变得很安静，气氛令人压抑。警长又象征性地问了几句，把马夏尔那些毫无价值的回答记录下来：他也不明白烧烤套件中的刀为什么不翼而飞，是不是他的妻子带走了？要不就是被酒店员工拿走了？他把妻子的衣物胡乱塞进垃圾袋，扔在波旁大街的艾尔米塔什废品站。他可以确定，在莉安娜独自上楼之前，房间里是没有血迹的，也许是她在离开之前受伤了？

警长明白她无法从马夏尔·贝利翁口中获取更多信息。于是，克里斯托介入谈话。他总是最后才介入，做技术性陈述。

"贝利翁先生，现在请您去隔壁的医务室。我们的同事莫雷兹会给您抽血，与我们在您房间里发现的血迹做对比。坦白跟您说，我整整一个上午都在跟这些血迹玩填色游戏，我特别想知道，这些血迹到底是谁的。"

15 点 55 分

克里斯托望向窗外的圣吉尔城。三十来个头戴荧光帽、身穿印花短裤的孩子，正跟在一个教练身后，排着队从沙滩上经过。这群孩子上课时可以面朝大海，把绵延几公里的沙滩当作教室，他们有没有意识到自己是多么幸运？

阿加根本不关心窗外发生的事。她的目光停留在那张警队宣传画上。

"你有什么想法，克里斯托？"

副官转过身来。

"我认为，这些宣传画全他妈是骗人的。我们最好告诉岛上那些想当警察的孩子，画中的直升机、水上摩托之类的东西，在地区警局里统统没有。另外，开直升机这种事情，基本轮不到一个克里奥尔人去做……"

"别胡闹，克里斯托！我问的是贝利翁事件，你有什么想法？"

克里斯托关上电扇，打开窗户。一股热浪涌入审讯室，顺带捎来了孩子们的欢快叫声。

"先说说你的看法吧，阿加。"

阿加一屁股坐到办公桌上。

"如果我没有理解错的话，马夏尔·贝利翁一直在说谎。我们有证人，而且有五个！很难想象，酒店所有的员工会一致对外，联合起来反驳同一个男人的陈述。他们为什么要这么做？你想想，五个证人，一个嫌犯——五比一！"

"是六比一。"副官纠正道，"最后连马夏尔·贝利翁自己也承认，他确实是偷偷摸摸地又上过一次楼。"

"你说得没错，克里斯托。就算他妻子能躲过一个酒店员工警觉的目光，那也不可能躲过所有人吧！除非她是被西达汉[1]背出房间的！如果房间里的血迹真是他妻子的，那马夏尔·贝利翁就难逃牢狱之灾！"

"要不，我们先拘留他，怎么样？让这位帅哥去'冰箱'[2]里待着？"

"我们没有找到尸首，克里斯托！没有作案凶器、没有犯罪动机、没有诉状、没有证据……什么都没有！再说，你可别忘了，在阿拉曼达酒店，他每天都和一个律师共进午餐。为了不让检察官笑掉大牙，我们最好再监视他几个钟头，同时等待血检结果。留尼汪是一座海岛，谅他也逃不到哪儿去。"

克里斯托思忖：

"这件事有点蹊跷。你想想，昨天他给警局打电话时，明明知道所有证据都对他不利，他甚至没把那辆该死的推车藏起来，只差没在上面写明'我就是用这辆推车运送我妻子的尸体'。如果他是凶手，如果他老婆不是偷偷一走了之，那他的所作所为等同于自投罗网。"

"也许是因为他别无选择，克里斯托！"

副官扯来一把椅子，然后坐定。

"你这句话是什么意思，头儿？"

---

1. Sitarane，留尼汪巫师，曾犯下多宗离奇的罪案，被当地邪恶势力奉为神明，其坟墓前常有人祭拜。——作者注
2. "冰箱"指圣吉尔专区警局一间没有窗的小房间，后文有所提及。

“你想象一下：妻子先上楼；随后，丈夫悄悄回房间与她会合。他们发生了争执，事态恶化，他杀了她——暂且说是失手杀了她吧。然后呢，他还能怎么办？把尸体留在房间？如果被人发现就完蛋了！不，他没有其他办法，只能做出相对稳妥的选择：他把尸体偷偷运走，连同凶器一起藏了起来。”

“在房间留下血迹，撞见五个证人，再重返事发地点？这跟自投罗网有什么两样？”

阿加不悦地看了一眼副官那敞开的衣衫：

“噢，当然不一样！因为警察找不到尸体，找不到作案工具，也无人招供！就算所有证据都证明他有罪，他依然有机会逃过制裁。因为法律上有‘判例’一说。你还记得‘维吉尔事件’吧？当时所有证据都证明是雅克·维吉尔杀害了他的妻子：苏珊娜·维吉尔突然失踪；她与其他男人的奸情可以解释为作案动机；犯罪现场有打斗的痕迹；丈夫清洗过床单，还把床垫扔进了垃圾站……雅克·维吉尔就是杀人凶手，这一点大家心知肚明。可是，没有尸体，没有作案工具，没有供词……雅克·维吉尔在2010年被宣告无罪。”

克里斯托显得并不服气。

“就算是吧！如果真如你所说，莉安娜·贝利翁没有跑去给本地boug[1]投怀送抱，那你的机会就来了，阿加！新闻媒体会对这件事情争相报道，你会成为风云人物，以后再也不用去酒吧区夜巡、去海边收拾醉鬼、去制止疯狂的摩托飙车……这将是你职业生涯的一块跳板，我的美人儿！你不是等待已久了吗？”

“闭嘴，‘先知’！”

克里斯托把头探出窗外，尽情享受热带信风的轻拂。

“阿加，DNA检测需要多长时间？”

---

1. 汉子。——作者注

"你又不是不了解我，我会催他们加快速度的。也许今天下午就能拿到结果，最迟明天早上。时间还来得及。说不定，那时我们已经在艾尔米塔什废品站找到莉安娜·贝利翁的内裤了。"

"好！那我赌 100 欧元——房间里的血就是他老婆的。"

"不如赌 200 欧元！"另一个声音在他们身后响起。

一级警员莫雷兹走进房间。莫雷兹是个热心肠的年轻人，经常和克里斯托一起值夜班。两人要么喝渡渡鸟啤酒[1]，要么打扑克牌。不过，莫雷兹喝酒比打牌在行。

"或者赌上全部家当！"莫雷兹进一步说，"当马夏尔·贝利翁脱下衬衣准备抽血时，你们猜怎么着？他身上居然有伤！那是一道刀伤，就在腋下的位置。伤口不深，而且非常平整，像是被锋利的刀刃所割伤。"

"是旧伤吗？"克里斯托问。

"依我看，就是昨天弄伤的。"

"妈的！"阿加说了一句，"马夏尔·贝利翁的罪证还真不少……"

---

1. Bière Bourbon，即波旁啤酒，是留尼汪当地的啤酒品牌，酒瓶上画着一只渡渡鸟，因此也被称为"渡渡鸟啤酒"。

Don't Let Go
Of My Hand

2013 年 3 月 31 日，周日

8 潟湖幽灵

"爸爸，我们什么时候回去？"

爸爸坐在沙滩上，连看都不看我一眼，只是说：

"快了，索法。我们很快就回去。"

但愿如此。

我不太喜欢潟湖。这里的水太少了。

潟湖跟游泳馆里的浅水池差不多。不同的是，潟湖里有脏东西，还硌脚。如果要在潟湖里行走，必须穿上塑料凉鞋，哪怕凉鞋会把你的脚磨得通红。

爸妈非说这里比泳池好玩，还说，只要我耐心一点，仔细看，就能看见五颜六色的鱼。鱼有什么好看的，我早就看腻了。我又不是傻瓜。那些鱼小小的，有黑有白，绕着珊瑚游来游去。妈妈说珊瑚特别美。其实，珊瑚不过就是水里的一块石头而已，是给小鱼们躲猫猫玩的。珊瑚会扎到人，当我套着救生圈漂在水里，我总担心珊瑚蹭破我的膝盖……

潟湖嘛，就是一个不能游泳、只能行走的危险的泳池。

而且，就算你只是在潟湖里走走，你也得十分小心。潟湖的水底有海草，如果你碰到它，你会以为是鱼擦着你的脚踝游过，但实际上是一种黏糊糊的海草在舔你的脚，特别恶心！水底甚至还有一些浑身长毛的大鼻涕虫，很可怕！妈妈说，它们是海黄瓜，不伤人。妈妈还说，它们之所以叫"海黄瓜"，是因为中国人把它们当食物吃。吃鼻涕虫？！这我可不太相信。再说，中国人买下了岛上所有的店铺，包括餐厅，怎么还会吃这种恶心的玩意儿？有时妈妈说话根本不经过大脑。又比如，爸妈说我总是不开心。可他们自己呢，我就没见他们去潟湖游过泳！

"爸爸，我们回去吧？"

"很快就回去。别走远了，索法。"

爸爸正躺在沙滩上的一棵树下。那棵树的树根露出地面，活像一条条蛇。爸爸从来都不用心听我说话。如果我脱下救生圈，我敢保证，他一定不会发现。他总是要我注意这、注意那，可他从来不注意我。

瞧，我冲他做了个鬼脸，只是想测试一下。他果然没有看到。爸爸总是这样。他偶尔会抬起头来，问我好不好、热不热、冷不冷，叮嘱我别走太远了。然后呢，他会再次陷入沉思，显得很忧伤……他总是看着别的方向，好像水里还有另外一个人似的。那个人不是我，而是一个隐形的孩子。有一次，他甚至叫错了我的名字。

他管我叫"亚历克斯"。

仿佛他是在跟一个只有他才看得见的幽灵说话。

爸爸有时真是古怪。

尤其是妈妈离开以后，他更是如此。

无论如何，有一点是确定的——比起潟湖来，我更喜欢泳池。泳池里的水更暖、更蓝。当然，泳池比潟湖要小得多。我望向大海，想尽量望得远一点。要是我足够勇敢，我一定会离开这里，笔直向前游，直到海水最深的地方，深到连珊瑚都蹭不到我的腿。我不为别的，就为了看看爸爸会不会意识到我已经离开了。远处，海水像是撞上了一扇看不见的窗，水花飞溅开来，声音大得吓人。妈妈曾经告诉我，那里有由珊瑚组成的屏障，相当于一道水下围墙，保护着我们。据说，墙的另一边有鲨鱼。

"爸爸，我们回泳池去，好不好？"

现在我已经习惯了。所有的话，我都必须说三遍，而且一次比一次大声，爸爸才会听见。

9 点 33 分

马夏尔什么都没听见。他凝视着空旷的潟湖。

他必须重整思绪，采取行动，尤其不能犯自相矛盾的错误。给警察的说法必须前后一致，不留破绽。他必须制定一套策略，小心行事。他已经没有回头路可走了。往后的一切，都将以不可抵挡的速度，劈头盖脸地向他砸来。他还有多长时间？几个小时？他必须集中全部注意力。

然而，他根本无法控制自己的思绪。他的视野也开始变得模糊。潟湖还是这片潟湖，只是周围的房子少了些。没有租脚踏船的商铺，没有卖冰激凌的店。看管潟湖的只有那些木麻黄树，就连太阳都早已下山了。沙滩上只剩下几个被遗弃的玩具。

一个红色小桶。

一把黄色铲子。

水中有个小小的身影。是个六岁的男孩。

孤零零的。

"爸爸——！我无聊死了！我要回泳池去！"

马夏尔这才如梦初醒，被索法的叫声拉回现实。

"哦，哦……索法，回泳池？我们才刚来不久啊……"

不过，他没再坚持。

"好吧，我的宝贝，我们这就回酒店。"

女孩走出潟湖，把救生圈和凉鞋扔在一边。

"妈妈什么时候回来？"

"快了，索法。快了。"

9 盛宴

11 点 45 分

克里斯托喜欢坐在露天酒吧，喝点小潘趣[1]。这一喝就是三十年。三十年来，圣吉尔在他眼皮子底下发生了翻天覆地的变化。当然，他并没有亲身经历圣吉尔还是小渔村时的古老历史，也没有亲眼见到男人们乘坐火车，从圣但尼赶回圣吉尔与妻儿团聚的光景——那些走下火车、撑起阳伞的，清一色全是白人。不过，他倒是亲历了 20 世纪 90 年代的变革。那时，留尼汪岛还梦想着有朝一日能赶超它的"大姐姐"——毛里求斯岛。后来，他见证了现代化娱乐港的落成，留尼汪的黄金旅游地段也应运而生。现在看来，至少这个创意是不错的。圣吉尔河谷的水早已不再汇入大海，除非是来了龙卷风。河水在沙滩上就断流了，疲惫地倒在距离终点仅几米的地方。为了让大海彻底向市民敞开怀抱，领土治理者把海滨地带细致地划分为不同片区：娱乐港、渔港、潜水港……再把所有片区用热烈的色调装饰一新：涂有鲜艳油漆的渔船，餐馆的黄色塑料座椅，"珊瑚潜水"和其他俱乐部周围的翠绿的树林，"孩子王"小港口的水彩色游艇，

---

1. Ti-punch，在朗姆酒的基础上加糖和青柠汁制成。

和平圣母院的粉红屋顶，干涸河谷上方的灰色天桥，陡峭山岭上的白色草寮……这一切，都被装入一个镶嵌着棕榈树的巨大珠宝盒里。规划者当初没把这些棕榈树砍掉，真是英明。

当然，这幅画卷中也少不了黑色。

随着房地产业的发展，克里奥尔人纷纷住进位于高地的卡洛斯街区。每天都有大批人从山上下来，拥入渔港、码头，直到他们的小船上。

城市规划的初衷是好的，但规划者期待看到的是热闹非凡的街道，而不是眼下这些无人光顾的酒吧。

在这一点上，至少不能怪他克里斯托没努力。他可是酒吧的常客。

比如说现在。他、让－雅克、雷内，是海滨酒吧里仅有的三位顾客。海滨酒吧的视野极佳，可以眺望大海、游艇，以及在五颜六色的冰桶上排开的二十几个克里奥尔渔夫的屁股。

让－雅克正漫不经心地翻阅一份《留尼汪日报》。

"你说，那个可怜虫找到他的 nénère[1] 了吗？"

克里斯托嘬了一口酒。海滨酒吧的朗姆酒与卡班调出来的相去甚远，好在这里的美景无与伦比。

"伙计们，这是职业机密……"

"什么鬼职业机密！"雷内哼哼，"河谷的这一边好不容易有点故事发生……"

克里斯托挪了挪凳子，把身体移出太阳伞投下的阴影。

"你们把我灌醉，兴许我就说了……"

让－雅克一边帮他倒渡渡鸟啤酒，一边打量摆在桌上的牛车朗姆酒[2]、盛在碗里的冰块，以及由酒吧不限量供应的开心果和印度咖喱角[3]。正所谓物以稀为贵，店里的顾客数量少，受到的礼遇反而高。

---

1. 女伴。——作者注
2. Rhum Charrette，留尼汪岛最负盛名的朗姆酒，因酒瓶上画着一辆牛车而得名。
3. 一种裹有肉馅的油炸面点。

"岛上所有的不幸,都藏在这瓶朗姆酒里。"克里奥尔人让 – 雅克说,"愚昧、暴力、懒惰……"

克里斯托喜欢听让 – 雅克这样漫不经心地道出一个深刻的观点。让 – 雅克有一份职业,还有一份嗜好。他的职业是法式滚球运动员,他的嗜好是哲学。两者调换着说也可以。

克里斯托在烈日下闭上双眼,只有耳朵还在继续聆听。

11 点 48 分

在圣吉尔港口海堤尽头的石堆中,有一具尸体被泡到发软。海浪一波接一波地涌来,细细剥离尸体的皮肉;又一波接一波地退去,反复冲刷尸体的伤口。红色的螃蟹大军也加入了这场清理行动。小个头的螃蟹纷纷钻进尸体的各处洞孔,赶在食尸昆虫下手之前,先把内脏啃食干净;大个头的螃蟹则盘踞在尸体表层最柔软的部位,包揽了嘴唇、眼睛以及生殖器等部分。不断有新的螃蟹部队赶来分一杯羹,先到者对此并不介怀。这顿大餐够它们吃的了!平时,它们只能靠死去的软体动物果腹呢!

11 点 49 分

雷内转动他头上那顶"974"帽子,仿佛帽子是用钉子固定在他的光头上。他盯着朗姆酒商标上的那辆牛车,问道:

"我可不想傻死,让 – 雅克。你得给我解释一下,这岛上的不幸,跟这瓶酒有什么关系?"

克里斯托依然闭着眼睛,耳朵却不肯放过哪怕是一个词。他知道,让 – 雅克化身为哲人的时刻马上就要来临了。

"两者的关系,就体现在对劳苦大众的剥削上。不管是黑皮肤的奴隶,还是白皮肤的穷鬼,大家全都迷上了这些用甘蔗酿成的朗姆酒。每年都有好几百万吨朗姆酒从这里装船，被运往法国本土。他们波兰人在矿上喝伏特加，我们克里奥尔人在地里喝塔菲亚[1]，地球上大多数的穷光蛋都泡在酒里，醉生梦死。是酒精麻痹了他们想要翻身的神经……"

海滨酒吧的服务员史蒂芬诺把手肘撑在柜台上，觉得有必要干预一下：

"喂，让－雅克，那些卖塔菲亚的人，才不会在乎你怎么说呢……"

"我也不在乎。"雷内举起酒杯，随声附和。

雷内是个渔夫，或者说他曾经是个渔夫。他在圣皮埃尔做了二十年水产批发生意，直到鱼价赶不上拖网渔船的油价。于是，他来到圣吉尔，改行做旅游。他的经营策略是，带游客出海去看剑鱼、海豚、鲨鱼、座头鲸之类的"海上奇兽"。这往往需要去远海，有时甚至得去凯尔盖朗岛[2]。他的经营口号是：不满意就退款。游客如果没有看到海上奇兽，就不用给钱。结果大家什么都没看到——至少游客们下船后是这么说的。雷内经常把自己灌得醉醺醺的，没法跟人家理论。无奈之下，他为了招揽生意，甚至把"看美人鱼"都写进了服务项目里。

"管他是塔菲亚还是牛车，"雷内一口喝光杯中的朗姆酒，"我喝酒就是为了向岛上的人类文化遗产致敬！"

让－雅克小口啜着啤酒，像是要故意嘲讽他的老伙计。

"人类文化遗产？你少来……"

11 点 54 分

现在，红螃蟹们开始有组织地向尸体发起进攻，像一支训练有素、秩序井然的大军。强健的螃蟹撕扯着蓝色的腐肉，那肉质如黄表纸一般蓬

---

1. 一种甘蔗酒。
2. 位于南印度洋的法国领地。

松；柔弱的螃蟹承担运输工作，优先运走那些最可口的内脏：肠道、肝脏、大脑……尸体只剩下一具空洞而轻盈的躯壳，如同被高效率搬家公司腾空的房间。

突然，十来只螃蟹停止了动作。

尸体刚刚动弹了一下！

胆小的螃蟹早已躲进海堤的大石头下面。小个头的螃蟹纷纷从尸体的嘴巴里逃出来，仿佛是死人打了一个嗝，把它们给吐了出来。

尸体又不动了。螃蟹们谨慎地看着刚刚撞上尸体的物件。

物件是圆形的，光滑、冰冷。

11 点 56 分

让－雅克挥舞着手中的《留尼汪日报》，像是在挥舞一本圣经。他太过激动，以至于差点从塑料椅上摔下来。

"你们就视而不见、充耳不闻，继续喝你们的朗姆酒吧！偷盗、抢劫、暴力、强奸，都在报纸上白纸黑字地写着呢！留尼汪一直保持着这方面的最高纪录。"

克里斯托重新睁开双眼，把杯中酒一饮而尽，这才加入对话：

"奴隶制早就被废除了，雷内。留尼汪人爱喝酒，这一点不能赖大白……"

让－雅克一歪身子，从口袋里掏出一个 pil plat[1]。

"那这个呢？你认为酒厂为什么要发明它？你在酒吧喝 5 厘升白朗姆酒的花销，足够在商店买 20 厘升这种小玩意儿……"

"我知道你想说什么，让－雅克！"史蒂芬诺站在柜台后面喊道，"光是那瓶小饮料本身，就是一场国难，是 kantines[2] 的末日，是反人类的

---

1. 瓶身小而扁平的便携装朗姆酒。——作者注
2. 酒吧。——作者注

罪行……"

雷内又激动地斟了一杯朗姆酒。

"我也赞同你的说法，让－雅克。岛上的文化遗产，是49度的牛车朗姆酒，而且是大瓶装的！才不是这些装在小瓶子里的、被政府限制在40度的糖浆水……"

克里斯托坐在塑料椅上，向前探了探身体。他就喜欢朋友们唱反调的劲头。他把目光投向远处。阳光炙烤着海港，船只停泊在海面上，船帆被海风吹得鼓鼓的。他觉得这里就是天堂。一年三百六十五天，每天都充满幸福感。他以前根本想象不到，世界上还有这样美好的地方存在。唯一需要忍受的，就是三年一次的飓风——那也无非是在被窝里睡两天而已，问题不大。

让－雅克还不服气。他把便携装凑到雷内的鼻子底下：

"你尝尝，傻瓜！这里头的酒也是49度。你只需要一个液体包装袋，3升软塑料装的牛车朗姆酒，再加一个水龙头，就能自己制作便携装……这是酒厂的最新发明，目的就是麻痹劳苦大众……"

说着，他索性站起身来，装成一个醉醺醺的木偶：

"伙计们，在自由主义的全球化进程中，留尼汪人如同一个木偶，被两根细线操纵：一根是便携装的朗姆酒，另一根是智能手机。刚好，一个裤兜里揣一根！"

雷内傻傻地摸了一下自己的牛仔裤兜。

"不过，我倒是无所谓！"让－雅克继续说，"我甚至可以说求之不得！在滚球赛场上，如果所有的留尼汪RMistes[1]都揣着便携装朗姆酒，先嘬一口再上场，那我一定能成为全岛最佳球手！"

说完，让－雅克举起手中的渡渡鸟啤酒瓶。雷内忍不住大笑，也端起自己的朗姆酒，凑向让－雅克手中的啤酒，意欲干杯。他模仿普罗旺斯口

---

1. 最低社会就业安置金领取者。

音说：

"一个是 Peuchère（可怜虫），一个是 grand fada（大傻瓜）[1]，大家完全可以做朋友嘛……"

让－雅克嫌弃地摇摇头：

"听你这口音，好像在跟一个马赛[2]滚球手说话，我可……"

"傻瓜，你好好想想，我说的是让甘蔗朗姆酒和啤酒做朋友……"

让－雅克看看手中的啤酒，露出不解的神情。

雷内得意扬扬地说：

"哎呀！'甘蔗'（Canne）和'啤酒'（Bière）做了朋友，才会有'康毕艾尔大街'（Canebière）[3]呀！"

克里斯托发出一阵狂笑，又奇迹般地稳住即将向后仰倒的椅子。

让－雅克叹了一口气，哭笑不得。

"真有你的，雷内。"史蒂芬诺又给他们送来一盘印度咖喱角，"这种笑话你都想得出来！"

12 点 01 分

"妈的，这里有个死人！凯文！这里有个死人！"

"别瞎说，罗纳尔多，快去把球捡回来！你的得分还差得远呢，别浪费时间！"

"我没瞎说，凯文！这里真的有一具尸体！就在岩石上，已经被螃蟹啃掉一半啦！"

---

1. Peuchère、grand fada 都是法国南部普罗旺斯的俚语。
2. 马赛是位于法国南部普罗旺斯的重要城市。
3. 康毕艾尔大街是位于马赛市中心的一条历史名街。

12 点 05 分

让－雅克又开始读他的《留尼汪日报》，好像他已经厌倦了伙计们之间的说笑。雷内扭过头去，眺望马伊多山峰上的云朵。

克里斯托默默地享受着当下。他永远都不会厌倦这种经年不变的云淡风轻。如果把这里比作愉悦人心的康毕艾尔大街，也有几分道理。只是这里没有熙熙攘攘的人群，只有几个怡然自得的懒汉。克里斯托虽然出生在法国本土北部，但他已经不再适应寒冷天气。大冷天的，人们只能把花园餐桌搬进屋里，把木柴捡回屋里，最后连人也被关在屋里。有几个在法国本土生活的傻瓜曾经问他，是否怀念变化分明的四季，是否厌倦一成不变的蓝天，厌倦从不落叶的绿树，厌倦每天同一时间发生的日落……那些傻瓜以为，非得经历三个月的连绵阴雨，才能懂得欣赏风和日丽；非得驱车驶出雾霾，去追逐密斯托拉风[1]，才算真正享受假期……

真是一群十足的傻瓜！

依照他们的思维，非得等到垂垂老矣，才会懂得时光可贵；非得节食三周，才有权饱食一顿。这种用隐忍换取幸福的想法，完全就是陈腐教条。

克里斯托觉得，他本人是一个特例。

通常，"佐亥伊"不会在岛上待超过五年的时间。他们一边领取按工资总额 53% 发放的额外津贴，一边把积蓄用于投资房地产，还能享受税费减免。这些都多亏了贝松[2]、佩里索尔[3]、吉拉尔丹[4]和其他政要颁布的优惠政策。等钱攒够了，佐亥伊们就会回到法国本土，去城郊买一幢梦寐以求的别墅。他们拿孩子当作离开留尼汪的借口，说是要让孩子上个好点的学校。

---

1. 法国南部特有的一种天气现象。
2. Eric Besson，法国工业部原部长。
3. Pierre-André Périssol，曾主导税收减免，鼓励住房建筑投资。
4. Brigitte Girardin，法国海外部原部长。

　　对，他克里斯托没有孩子。

　　圣伯努瓦警局有个二级警员——是克里奥尔人——曾说克里斯托让他想起电影《正打歪着》里由诺瓦雷扮演的主角吕西安·科尔迪耶。当时听他这么说，克里斯托还挺不高兴。后来克里斯托一直在想，看人真的不能光看外表——同样是白人警察，科尔迪耶在非洲的小村庄里过得百无聊赖，用消极的目光看待热带生活，最后还杀死了所有他看不顺眼的人，而他克里斯托却恰恰相反：他在留尼汪过得特别舒服，如同一个无忧无虑的婴儿，一只优哉游哉的猫，一枚高挂枝头的金色果实，根本不用担心被人摘走吃掉。圣伯努瓦的那个小喽啰之所以会那么说，一定是出于嫉妒。因为他们那儿地处海岛的迎风面，年降雨量多达六米，创下世界之最！而在佐亥伊云集的海岛背风面这一侧，连一点雨星子都没有！

　　在这片小天堂里，没有大风大浪，你可以平安无事地干到退休。这片天堂属于大家，自然也属于他。直到十七世纪，留尼汪依然是一个荒岛，没有原住民，更没有人嚷嚷要收回土地所有权。因为没有任何人曾捷足先登，大家都在位于印度洋中央的这片孤岛上同舟共济。

　　当然，留尼汪也有浓重的官僚主义，有攀比之风，有时还有暴乱冲突——人口一多，这些缺陷就在所难免。

　　但这里就是没有种族主义。

　　因为大家都在同一条船上，人人都是船工……

　　就在这时，透过他的雷朋墨镜，克里斯托看到两个孩子疯狂地挥动手臂，朝他跑来。他们这是怎么了？

　　克里斯托摘下墨镜。

　　真是见鬼！

　　跑在前面的孩子年龄稍小，穿着一件宽大的联合国儿童基金会文化衫，神色惊慌。跑在后面的孩子扯着嗓门大喊：

　　"是罗丹！是罗丹！"

让－雅克一下从椅子上蹦起来。

"该死的，什么'是罗丹'？"

12 点 08 分

克里斯托气喘吁吁地朝海堤尽头跑去。两个孩子在与他相隔五米的前方带路。让－雅克上气不接下气地在后面追。雷内与其说是在走，不如说是在挪动。

"在那儿！就在那儿！"

海堤一望无垠。

是罗丹。

只有在圣吉尔专区警局供职三十年的人，才懂得这道密码。克里斯托曾在一本殖民时期的旧画册上读到这样一句格言："克里奥尔人是天生的冥想家。"罗丹就是这句格言的真实写照。日复一日，年复一年，罗丹总是坐在圣吉尔港口海堤尽头的黑礁石上，久久地凝视着海面，只把自己的背影留给身后的人群、海港、酒吧、夜总会和停车场。他这样一坐就是一整天。如果说克里奥尔人都是哲学家，那么罗丹就是第欧根尼[1]。

罗丹就在那里。他从岩石上掉了下去。落差五米。

只要稍稍探身，就能看见他的尸体。

克里斯托努力平复呼吸。他打算下去看看。万一这个克里奥尔人只是摔晕了呢？

尽管这种可能性微乎其微。

孩子们全都盯着克里斯托，好像他就是霍雷肖·凯恩[2]，一定不会让他们失望……

克里斯托沿着湿滑的岩石往下走。这些岩石是用来阻挡海浪、保护海

---

1. 古希腊哲学家，犬儒学派代表人物。

2. 美剧《犯罪现场调查：迈阿密》的主人公，职业是警察。

堤的，上面长满了黏糊糊的海藻，踩上去脚底直打滑。他成了没有职业装备的霍雷肖。早知如此的话……

"怎么样，克里斯托？"雷内不知所措地站在高处，焦急地询问。

什么"怎么样"？还能怎么样？难不成他克里斯托把手往罗丹身上一放，罗丹就能醒过来？

克里斯托吼叫着赶走那些红螃蟹。该死的甲壳类食腐动物，跑得慢的活该被他踩。蟹壳在他脚底发出脆生生的碎裂声，如同干枯的落叶。

尸体保持俯卧姿势，双脚朝向大海。

人是已经死了，但看不到伤口。

克里斯托下意识地咽了口唾沫。他明白，得把尸体翻转过来，才能有所发现。长久以来，罗丹早已适应了海洋环境，他坐在岩石上，比吸附在养殖场木栅栏上的贻贝还要稳。如果不是有人推他，他绝对不会摔下来……

克里斯托听见海堤上方传来让－雅克的哭声。罗丹是克里奥尔人心目中的偶像，是克里奥尔式智慧的最佳诠释。

克里斯托不愿多想。他抓住死者牛仔裤上的腰带一提。尸体出奇地轻盈，也很配合——如果可以这么说的话。很快，一张被螃蟹啃烂的脸完全暴露在阳光下。

妈的！

克里斯托差点失去平衡。他的手按到一团软乎乎的像软体动物的东西，仿佛正是它把石块粘在了一起。

真是倒霉透顶！

罗丹的胸口插着一把刀。

克里斯托顿时明白了。哪怕是最愚蠢的警察，也会产生同样的联想。这把刀坚固、平整。唯一显露在外的刀柄色泽光洁，是用一种并不生活在留尼汪岛的动物的角雕刻而成的。克里斯托凑近一看，刀柄上刻有商标，像是要进一步挑明事实——万一罗丹落在最笨的警察手里呢？

"世界之家"牌。

这个品牌的刀，全世界都有出售……除了留尼汪岛。

克里斯托飞快地转动脑筋。

为什么要杀害罗丹？

克里斯托抬头看向海堤。让－雅克还倚在雷内胸前抽泣。两个孩子，大的牵着小的，小的抱着球。

为什么要杀害罗丹？

肯定不是为了抢劫。罗丹身无分文。他简直一无所有，甚至没有一个可以遮风挡雨的家。克里斯托转身看向海港的航道。有一种假设浮现在他的心头，荒诞而又可信。

万一是罗丹回头了呢？就一次，一辈子绝无仅有的一次？因为身后的一声叫喊，一句呼救，于是他稍稍回头，时长不到一秒。

这一秒，与他一生漫长的凝望相比，何其短暂。

万一噩运偏偏选择向罗丹下手呢？命运有时爱开玩笑，残酷的玩笑。

仅仅是一次回头……在最不应该回头的时候。

10 热带 ITC

16 点 01 分

马夏尔犹豫不决。他应该采取行动，回到房间，把衣物统统塞进行李箱。警察迟早会来的，对此他十分肯定。他应该把索法叫出泳池，带她离开这里。他必须抢占先机，哪怕只有一点点。

可是，索法正玩得开心。自从来到这里，她还是第一次找到玩伴。她戴着朵拉泳圈跳进泳池，其他孩子都围绕着她，就像一群侍臣围绕着王后。索法发出阵阵欢笑。一个矮个子男孩，皮肤晒成焦糖色，长长的金发垂在背上，正凑在她耳边说悄悄话。索法又发出一阵笑声，把水泼到男孩身上。

马夏尔把心一横。

不能心软，采取行动！把索法叫出泳池，然后逃离。

别把一切都搞砸了。事情还没完呢……

16 点 03 分

在戴高乐将军街，警局的小货车冲上斜坡，碾过银山毛榉树叶，毫不怜惜那些淡紫色的马鞍藤花。莫雷兹恨不得把油门加到最大，与他相向而

070

行的汽车全都慌慌张张地闪躲开来。这一次，阿加不会束手束脚。她以最快的速度下达对马夏尔·贝利翁的逮捕令，然后带着一种几近亢奋的心情，断送了海滨浴场和阿拉曼达酒店的宁静与祥和。除了正全速冲向阿拉曼达酒店的 BTA[1] 小货车，警长还召集了圣保罗警局、圣勒警局的同行。于是，其他四辆警车、二十多名警察正在赶来与他们会合。万一马夏尔从酒店溜走了，他们就会堵住所有出城口，切断圣吉尔与外界的交通。

因为谁都不知道马夏尔·贝利翁还会有何动作。

在汽车的颠簸之中，坐在副驾上的阿加又读了一遍圣但尼技术部门提供的分析报告。报告显示，克里斯托在 38 号房间采集的血样确实属于莉安娜·贝利翁。技术部门已经拿这些血样与瓦勒德瓦兹省德伊－拉巴尔镇的科菲实验室发来的信息做过对比。那里是莉安娜·贝利翁在法国本土的抽血点。不过，触发逮捕令的并不是血检结果，而是那把插在罗丹胸口的刀。就在十五分钟前，凶器分析结果也出来了。除了罗丹的鲜血，刀锋上还有另一个人的血迹，是更早之前染上去的。那便是莉安娜·贝利翁的血！

一件凶器。两名遇害者。

凶手只有一个。

像是为了进一步澄清案情，刀柄上还留有许多指纹。

全都是马夏尔·贝利翁的。

莫雷兹突然来了个急转弯。汽车驶上波旁大街，激起一团灰尘。阿拉曼达酒店就在前方，位于水上公园和夜总会片区之间。阿加十分后悔昨天在警局听马夏尔·贝利翁胡扯的时候，没有当场拘留他。她派了两个警员去艾尔米塔什废品站找了整整一个上午，根本不见莉安娜·贝利翁的任何衣物。马夏尔·贝利翁用推车运送的肯定就是莉安娜的尸体！这个看上去

1. Brigade Territoriale Autonome，即专区警局。

不知所措的男人，其实早已心狠手辣地杀害了自己的妻子。可能是因为口角争执，因为争风吃醋，因为怒不可遏，又或是因为孩子……行凶之后，他慌了神，于是又杀死了一个碍事的目击者。

第二次下手时，他已经变得残忍无情。

天知道他还会干出什么事来。

16 点 05 分

我穿着人字拖鞋，根本跑不动。

爸爸紧紧抓住我的手。再这样下去，我的手臂会被他扯断的。再说，我根本就不想离开泳池。

"爸爸，走慢一点，你把我弄疼了……"

"你得加快脚步，索法。"

爸爸把我带到酒店后面，朝停车场的方向走。我们租来度假用的汽车就停在那里。

"爸爸，你走得太快了……"

我跑掉了一只拖鞋。其实我是故意的。可爸爸根本就不管这些，只顾拉着我的手臂往前走。地上的沙砾硌疼了我的脚，我停下来大喊大叫。爸爸不高兴了。

"索法！快点走！我求你了……"

奇怪，爸爸并没有吼我。他的声音很轻，仿佛在害怕什么，仿佛后面有食人怪在追赶我们。他的大手紧紧抓住我的小手。我不得不跟跟跄跄地跟上。我不停地抽泣，可是爸爸根本不理会。

我们的汽车就停在那里，距离我们很近。爸爸用遥控器打开车门，但他的脚步一点也没有放慢。停车场的水泥坪蹭破了我的脚。我哭得更大声了，还一边哭一边发脾气——这个我很擅长。如果爸爸不放开我的手，我就不罢休!

爸爸突然停了下来。

不过,并不是因为我在哭喊。

他瞪大了眼睛,紧盯汽车,仿佛是有人刚坏了我们的车,偷走了车轮、方向盘什么的。就连他的声音也在颤抖。

"快,索法。上车……"

我没有动。我是个聪明的孩子,妈妈一直都这么说。我已经识字了,几乎所有的字我都认得。

比如说现在写在车窗灰尘上的这些:

地点

卡斯卡德角

明天

16 点

带那个女孩来

我读不太懂。我想把这些字再看一遍,好弄个明白,至少是把它们记下来。

可我来不及这样做——爸爸当即就用手去擦车窗。车窗上留下脏乱的痕迹。

"上车,索法。快!"

爸爸从来没用这么严厉的口吻对我说过话。我有些害怕,只好服从他。我爬上汽车后座,坐上儿童座椅。

爸爸为什么要去擦车窗?是因为不想让我看到吗?

那这些字是写给谁看的?又是谁写的呢?

是爸爸?

还是妈妈?

就在爸爸发动汽车的那一刻，我清楚地听到后面传来叫喊声。

16 点 08 分

阿加带头冲进阿拉曼达酒店的大堂，莫雷兹紧随其后。克里斯托在稍远处观察。

纳伊沃从柜台后面冒出来，如同一个装了弹簧的绒毛玩具。很快，阿尔芒·朱托也出现了。他瞪着两只错愕的眼睛，脑袋一边的头发翘起来，另一边的头发耷拉着，显然是刚从午睡中惊醒。阿加连看都不看他一眼，直接下令：

"莫雷兹，你去楼上 17 号房间；克里斯托，你跟我去花园。"

电梯门开了。伊芙－玛丽大声喊道：

"别踩湿……"

那三个身穿警服、脚蹬半筒皮靴的浑蛋，根本不听她的话，径直从湿地板上踩了过去。走廊的地板上多了一串蒙着沙尘的脚印，一直延伸到 22 号房间门口。他们还把脚蹬在洁净的墙面上，有人飞腿踹向对面的房门。

房门被猛烈踹开。

那些潮湿的鞋底开始踩躏房间里的地毯。

"没有人！"莫雷兹冲对讲机大喊，"警长，他跑了！"

"妈的！"阿加咒骂了一句。

她扫视酒店花园。那些惊呆了的游客像是被遗弃在泳池边的充气娃娃。不等她下令，警察们已经开始分头行动，到处搜索酒店里可能的藏身之处。除了克里斯托……

这位副官正倚着一棵棕榈树，用目光拷问卡班。卡班耸耸肩，黑着脸，好像在说："你们再这样折腾下去，我就得换工作了。"

克里斯托紧锁眉头，表示他不会让步。卡班擅长调酒，却不擅长表演。他非常努力地挥动手臂，如果观众不挑剔的话，可以看出他是在模仿留尼汪鹞[1]，或者是野翁鸟[2]，也可能是蝴蝶。总之，是有翅膀的东西。

他的用意很明显。

马夏尔·贝利翁飞走了。

16 点 10 分

马夏尔把车开得飞快。他沿波旁大街而上，驶入戴高乐将军街。圣吉尔就像一条镶嵌在潟湖与森林之间的长丝带。如果要远离警戒海域，他必须朝国道的方向开，同时避开与警局毗邻的海港。这样一来，他只能穿街走巷，哪怕这些街巷有一半都是死胡同，正如一座危机四伏的迷宫。

马夏尔驾车驶出大约一公里，这时却猛踩刹车，爆了一句粗口。河谷上唯一一座通往国道入口匝道的天桥被堵死了。车辆排起密密麻麻的长队，像一条两百米长的项链……

马夏尔暗自咒骂。

这到底是当地时常发生的普通塞车，还是警察在封路盘查？答案并不重要，重要的是绝对不能坐以待毙。他得立刻想办法，另寻出路。

克力奥的车轮嘎吱作响，车头掉转方向。

马夏尔重新驶入波旁大街，沿着原路往回走。在距离阿拉曼达酒店三百米的地方，汽车猛地右转。一条泥路沿着艾尔米塔什海滩铺陈开来，路程两公里，交通还算通畅。只要不撞上红色的海滨火车就行。这种火车穿梭在潟湖的不同入口之间，速度比乌龟还慢。

道路向南延伸，通往拉萨里讷雷班。他比警察快了那么一点点——马夏尔尽量给自己打气。克力奥裹挟着一团赭石色的尘土，先后驶过水上公

---

1. 一种留尼汪猛禽。——作者注

2. 一种留尼汪麻雀。——作者注

园、珊瑚村那些外形一致的楼房，以及罗德里格斯林荫道。路边骑脚踏车的人对他避之不及；在流动商铺前买冰激凌的家庭被他激起的灰尘呛得连连咳嗽；几个光着膀子、背上搭条毛巾的汉子冲他破口大骂。马夏尔知道，他的出逃毫无隐蔽性可言。再这样下去，游戏恐怕玩不了多久。

可是，他别无选择。

尘土从被摇低的车窗涌入车内。索法坐在后排哭泣。

"爸爸，沙子飞到我眼睛里去了。"

马夏尔紧张地摇起车窗。照理说，他应该继续沿海南下，穿过拉萨里讷和图多海滩，再驶上圣皮埃尔大道。尽管圣吉尔城内的道路如迷宫一般复杂，但出城口只有三个：其中两个在沿海国道，分别通往南北方向；另一个在100省道，通往高地……

克力奥再次驶上沥青路面，车速随之加快。艾尔米塔什海滩的木麻黄树像电线杆一样飞速后移，海滩上不同肤色的游客全都化作一道虚线，从树干之间忽闪而过。

从南边走一定没问题——马夏尔强迫自己这样想。

"爸爸，你别开这么快！"

在汽车的后视镜里，他看见索法正死命地抓住安全带。她显然是被吓坏了，好像父亲变成了一个陌生人，急着要把她带去地狱。车内仪表盘上的速度指针在持续攀升。

突然，一个男孩出现在一幢别墅门口。六岁光景。赤脚，胳膊下夹着一块冲浪板。男孩一动不动，像一只被吓呆了的小兔子。

马夏尔猛踩刹车。索法发出一声尖叫。男孩拔腿就跑，消失在guétali[1]后方的庭院里。

马夏尔汗如雨下。在片刻恍惚之间，他好像看见了亚历克斯。

他快要被逼疯了！是眼下的这场出逃，惊醒了原本在他体内沉睡的

---

1. 留尼汪别墅特有的亭子。——作者注

魔鬼！

良久之后，他才重新发动汽车。他的太阳穴仿佛要炸裂开来，他不得不用汗津津的手抱住处于膨胀状态的头颅。他已经做出了下一步的行动决策。克力奥先是向前一米，驶入这座殖民风格别墅的大门投下的阴影中，把小径上粉色的沙石轧得四处乱溅。紧接着，克力奥 180 度转弯，朝反方向飞驰而去。

"爸爸，你在做什么？"

马夏尔没有回答。刚刚的短暂停顿，让他突然意识到，自己是在往狼嘴里送。普尔维警长一定已经通知了圣勒和圣保罗的警察，他们正赶往圣吉尔，他们会做的第一件事就是把警局货车横在马路中间，拦住沿海向南或向北的出城口。

他只剩下一线希望，那就是向高地走[1]，把汽车开上山。

然后……

16 点 14 分

"那是一辆租来的汽车！"莫雷兹冲对讲机大喊。

他在阿拉曼达酒店的停车场上狂躁地大踏步走。稍稍平复呼吸后，他又说：

"是一辆灰色的克力奥！从 ITC Tropicar 租车公司租来的，前面的遮光板上写着'ITC Tropicar'，后车门上贴着租车公司的宣传画，大家不可能错过它！"

"好的！"对讲机里传来阿加的喊声，"我们已经封锁了所有出城口，马夏尔·贝利翁是跑不远的。你们去海滨公路，在出城口增设路障，加强防范！"

---

1. 留尼汪的地形特点是沿海地带为狭窄平原，其余大部分为高原山地。

警长踩在酒店花园的草皮上，不断发号施令。圣吉尔的警察们，除了克里斯托，全都跟在她身后，像一群贴身保镖。泳池周围的游客，有的已经开始穿衣服，有的仍然呆立不动，只把脖子转来转去，目光追随那些来来往往的警察，生怕错过这场好戏的任何细节。大部分孩子已经被大人抱在膝头。除了一个留金色长发的男孩，他在用目光挑战大人的权威。

阿加的目光与男孩的目光相遇。她突然一怔，随即把对讲机靠在嘴边。

"不！方案有变！你们先去高地！伊森图、米诺，你们还在海洋路上吗？你们去守住100省道的转盘。沿海公路有人把守，马夏尔·贝利翁一定会往马伊多公路上开，去往冰斗的方向，或者上罗望子大道。你们要做好准备。妈的，我敢打赌，他一定是企图从高地上逃跑！"

随后，她调整呼吸，尽量用平和的语气说：

"不要鲁莽行事，伙计们。我知道，我们要对付的是一个背负两条人命的杀人犯……可是，有个小女孩正坐在他的汽车后座上。"

16 点 15 分

"爸爸，我晕车！"

这一次我没有撒谎。我是真的想要爸爸停下来。他在胡乱开车，迟早会撞上别人，或者错过转弯的路口。我很累，也很害怕。我想回酒店。我想回游泳池。

我想见妈妈。

我知道，当我说后面有食人怪在追我们时，我其实并不是在胡说。警察们赶到的时候，爸爸正好溜走。他其实早就听到了警笛声。我怀疑这事跟妈妈有关。在泳池的时候，那些小孩都说她已经死了。

我朝他们泼水。我才不愿意在他们面前哭呢。于是我放声大笑。可是他们没完没了，还用大拇指在脖子上一划，盯着我的眼睛说：

"就是你爸爸杀了她!"

我忍住泪水,忍住悲痛,只是做了个鬼脸。

"胡说,你怎么可能知道?"

"是我妈妈告诉我的!"

最高的那个男孩,就是留长发的那个,看上去对此很有把握。其实他也没那么高啦!不过,也许他说的是真的。

爸爸好像读懂了我的心思,他转过头来问:

"你看,索法,看到我们对面的那座山了吗?那就是我们要去的地方,在云层里。"

"我们是去找妈妈吗?"我问。

16 点 16 分

马夏尔没有回答。克力奥在艾尔米塔什的二级公路上蛇行。梦幻路、椰树路、椰枣树路,条条都与海洋路相连。接下来,他只要通过 1 号国道与 100 省道交会处的转盘就行。

然后,他就自由了……

他得加快速度,赶在警察封路之前通过那里。

"爸爸,你说的是真的吗?妈妈真的跑到云层里去了?"

"索法,妈妈当然没有跑到云层里去。"

"那你为什么……"

"等会儿再说,索法!"

马夏尔的声调突然提高了八度,但他很快就为此而感到自责。他无法集中精力,也无法纾解心头的忧虑。他离海滨已经越来越远,但这份忧虑却越来越强烈。

他是逃不掉的。

警察们都在用对讲机保持实时沟通，一定早就掌握了他这辆克力奥汽车的特征，正在圣吉尔各个出城口的公路上候着他呢，其中就包括通往高地的路。

此刻，克力奥给一辆丰田汽车让道。马夏尔重新放低车窗。他分明听到了警笛声，就在几个街区开外。

"爸爸，我们回酒店吗？"

他意识到，自己在这场躲猫猫的游戏中毫无胜算。开着这辆租来的汽车，他很难不惹人注意。警察布下的罗网，轻轻松松就能把他网住。

"不，索法。我们不回酒店。我……我要给你一个惊喜。"

他只是随口说说而已，好让索法消停消停，留给他思考的空间。

要不干脆把车停在这里，走完剩下的路？不行，警察很快就会发现这辆汽车。再说，有索法跟着，他恐怕走不出一百米。

"我不想要惊喜，爸爸。我想要回酒店。"

索法坐在后排发牢骚，两只脚不停往马夏尔的座椅上踢。

"我要见妈妈！你听见了吗？我要妈妈！"

街区又传来短促而尖厉的警笛声，就像轮船的汽笛。马夏尔必须想办法让索法安静下来，同时为自己争取更多的时间。他不能落在警察手里，那样一切都完了。

他没有失败的权利。

因此，他不得不"牺牲"掉拖他后腿的东西。

"索法，我带你去一个神奇的地方。那里就像天堂。你想不想去天堂看看？"

11 夸夸其谈

16 点 57 分

平时，圣吉尔专区警局的停车场就是一块沐浴着阳光的空地。有时，它又是一块不太规整的滚球赛场。十几年来，在让－雅克的配合下，克里斯托在这个赛场上从来就没输过。

现在，这块停车场已经被征用，变成了搜捕马夏尔·贝利翁行动的指挥部。五辆货车、多部雪铁龙多功能商用车停在这里，全都车门敞开，旁边是二十几个躁动不安的警察。

阿加从一组人走向另一组人，像是最后一次彩排时神经高度紧绷的导演。几分钟过去了，她一直在冲电话另一边的人发脾气。

"他没这么快通过！"警长吼道，"是，我很确定！所有的出城口都堵住了。相信我们，这只是个时间问题。妈的，我们了解本地的路段，我们会抓住他的！"

阿加快要抓狂了。在过去的一个小时内，他们搜遍了圣吉尔乃至周边的大街小巷，压根就没发现那辆灰色克力奥的踪影，更别提马夏尔·贝利翁和他的女儿了。那辆汽车像是凭空蒸发了一样！无奈之下，阿加不得不给圣但尼的

ComGend[1] 打电话。一个慌里慌张的小职员跟她讲了不到一分钟，就直接把她连线给拉罗什上校。上校是个客套、耐心的家伙，从不流露半点紧张的情绪。不仅如此，这个可恨的家伙居然还采用一种同情的口吻，反过来安慰她：

"别着急，普尔维警长。我们都知道您和您的团队已经尽了你们最大的能耐。GIPN（Groupe d'intervention de la police nationale，法国国家警察干预队）和我的人马很快会接管这个案件，让我们保持联系……"

"已经尽了最大的能耐？！"

这个操着佐亥伊口音、来留尼汪上任不到三个月的家伙，居然用一种哄小孩的口吻对她说话，这让阿加愤懑难平。然而，她还得请求这位上校，再多给她几个钟头的时间。司令部有十来个警员，平日里训练过度，个个都摩拳擦掌，就等着找机会施展拳脚。他们还有摩托部队、海上部队、空中部队、高山部队……与司令部相比，她的 BTA 团队实在是寒酸。她祈祷拉罗什不是想把他的人马全都拉到圣吉尔这一全岛最受欢迎的疗养胜地来。那样的话，这场真刀实枪的追捕行动一定会吓走所有游客，效果比一场蚊灾还要好。

阿加在电话里费了很长时间的口舌。

"行，普尔维警长，"拉罗什终于做出让步，"我再给你们两个钟头，希望你们能抓住那位潜逃的游客。再怎么说，一个杀人犯带上自己的女儿潜逃，还算不上是绑架儿童……"

上校故意停顿了一下，才继续把话说完：

"尤其是当孩子的母亲不在，没法报案时。"

一阵沉默。

"我是开玩笑的，普尔维警长。"

这个蠢货！

阿加恨不得立刻挂断电话，但最终还是忍住，反而在电话中保证，每

---

1. 海外宪兵司令部。——作者注

隔一刻钟她都会向他汇报进展。再次谢过上校后，她终于挂断了电话。

这个蠢货！

她明白，如果不能立刻找到马夏尔·贝利翁，那她辛辛苦苦争取来的两个小时也于事无补。案件一定会被拉罗什的司令部接管。而她，只能坐到观众席上，直到落幕。

稍远处，两棵木麻黄树之间系着一张破吊床。克里斯托就站在木麻黄树的树荫里，不无感慨地看着眼前的一切，仿佛在看一张超现实主义的画卷：停车场摇身一变，成为一场高强度搜捕行动的指挥中心；几米开外是圣吉尔海滩，游客们在尽情享受休闲时光，只有那些敏感的游客才会留意到警局这边的动静，并警惕地倾听从警察对讲机里传出的虫鸣一般的电流声。他们在猜测，也许是火山即将爆发，也许是警局在筹备周末复活节时的酒驾大搜查——这恰好也是阿加吩咐下去的说法，用来向路人解释为何要在出城的路口展开排查。

克里斯托心想，好戏就要开场了。宁静的海湾小城即将迎来一场飓风。抓紧时间享受吧，你们这群游手好闲的家伙！享受小丑鱼群，享受插着小阳伞、挂着橙子圈的鸡尾酒，享受日落——趁警局还没有下达戒严令。很快你们就会收到这道命令了。一个杀人凶手正在城里晃荡，他杀死了妻子，说不定这会儿连女儿也杀了。她们的尸首或许就埋在你孩子正挖着玩的沙子底下……

阿加没工夫欣赏海滨的休闲风光。她背对沙滩，走进警局正中央的房间。这里所有的门窗都敞开着。主墙上，由一台连接笔记本电脑的投影仪投射出一幅宽两米、长四米，比例为1∶10000的圣吉尔市地图。一名警察正在实时输入警方的拦截处和搜寻点。地图上的颜色在不断加深，表示警察在该地巡逻的次数在不断增加。

阿加盯着地图上不断变化的色块。黄色，橙色，红色。这项填色工作将持续好几个小时……突然，她抓起一盒记号笔，走到地图对面那张光洁的墙壁前。她踮起脚尖，尽量在墙壁最上方，用粗壮的笔画写下几行大字：

（黑色字迹）

汽车在哪里？

（红色字迹）

莉安娜·贝利翁的尸体在哪里？

（蓝色字迹）

她的女儿在哪里？

（绿色字迹）

马夏尔·贝利翁在哪里？

阿加盖上最后一支记号笔的笔盖。克里斯托轻轻走到她身后。

"也许我们不该大张旗鼓地去酒店捉拿马夏尔·贝利翁。"

警长转过身来，明显正在气头上。

"那你当时有何高见？穿泳装去秘密包围游泳池？"

克里斯托不还嘴。他能理解。小阿加有自己的尊严与抱负，却弄砸了她所负责的第一个真正意义上的刑事案件。

"你不必自责，阿加。该想的办法你都想了，能用的警力你都用了。"

他看了一眼停车场上乱成一锅粥的警察们，然后把手搭在阿加的肩头，继续说道：

"你还记得吗，我的美人儿？上一次圣保罗、圣吉尔、圣勒警局联合行动，是为了执行 2005 年 9 月颁布的法令，追捕苏里索德海滩上的裸体主义者。尽管是三大警局联合行动，却仍有半数以上的肇事者，光着屁股逃到了特鲁瓦巴桑……"

阿加勉强挤出一丝笑容。

"克里斯托，马夏尔·贝利翁并没有逃出城去！我们在第一时间封城，我甚至还派了卡伍拉马和拉罗斯去港口把守出海口。"

警长死死地盯着墙上那张布满橙色圆圈的巨幅地图。

"他还在这里，就在我们附近的某个地方。我有预感。"

克里斯托也皱起眉头，看着地图。

"那我只能说马夏尔·贝利翁是个魔法师了。他开着一辆租来的汽车，拖着一个六岁的女孩，在一个只有 3500 名居民的小城里，躲过了十来个满大街巡逻的警察……"

阿加并不听他言语，而是转身离开房间。她回到停车场，冲她的部下喊话。

所有警员都转过头来。

"伙计们，圣但尼的司令部很快就会来支援我们。因为在他们看来，我们的能力实在是有限。其实，他们不过是一群爱夸夸其谈的家伙，仅此而已。所以，我们要拿出看家本领来，让他们瞧瞧！大家心里都有数，知道马夏尔·贝利翁根本就没能逃出城去。你们去给我搜查所有出城车辆的后备厢，以及所有民宅的车库，不管是楼盘、别墅，还是不对外的官邸；不管住户是富人还是穷人，是克里奥尔人还是佐亥伊。这些我统统不管——我说了，是所有的房子！哪怕要耗费一整晚的时间，你们都给我去搜！他开的是一辆租来的车！该死的！上面写着大大的'ITC Tropicar'！都给我盯紧了，伙计们！我们要亲手逮捕他！"

在警长慷慨激昂的演讲之后，却是一阵令人心虚的静寂。

"真是叹为观止！"克里斯托在她耳边悄声说，"你简直就是约翰·韦恩[1]！接下来，就看你的部队有没有做好准备，迎接这场恶战了……"

阿加转过身来，用刚刚喊话时的口吻对副官说：

"你，先知先生，别再说什么预言了。你去阿拉曼达酒店调查，好好盘问茹尔丹夫妇、酒店员工、在停车场玩耍的孩子……所有人！我要一张案发前贝利翁家庭的作息时间表，详细到秒的那一种！"

---

1. John Wayne，美国演员，曾出演电影《大追踪》。

12 索法逛天堂

每次索法用手指一碰，含羞草的叶片就会合上。真是太神奇了！含羞草就像一只小动物！几秒钟后，叶片又小心翼翼地重新舒展开来，似乎有点害羞。

索法完全被这株植物吸引了。仅仅是碰一碰、吹一吹，或是一滴水，都能让它缩成一只小蜗牛。一开始，索法还有点害怕。但是现在，她已经把这当成了一种游戏，而这仅仅是一个开始——在埃当花园，还有许许多多奇特的植物等着她去发现。

马夏尔没有撒谎。这里就是天堂。

马夏尔看着自己的女儿，安下心来。至少，索法可以暂时忘记一切。他猜公园外面现在乌烟瘴气。所有警察都在找他，都在为他的潜逃而气急败坏，都在脑子里追问千千万万个问题。

这也难怪！

谁又会想到，岛上被警察追得最紧的犯人，既没有选择逃跑，也没有藏进民居，而是和女儿一起，正不紧不慢地游览留尼汪最负盛名的植物公园——埃当花园？哪路警察又会跑到这里来搜查？

警察们要找的是一辆灰色克力奥。

一辆租来的汽车，藏在哪里最合适？

不到一个钟头前，在此起彼伏的警笛声中，面对覆盖全城的搜捕行动，马夏尔必须在几秒钟内做出决定。这个决定在他看来是显而易见的：最好的躲藏，就是不躲不藏。

"呀！真恶心！"索法爆发出一阵笑声。

此刻，她驻足在一株香苹婆前，正努力辨识木牌上写的植物名称："粪便树"。她闻了闻枝头的花朵，立马捏住鼻子，笑成一团，然后继续蹦蹦跳跳地往前走。

马夏尔沉默着跟在她身后。

不躲不藏……

说起来容易做起来难！刚才，马夏尔不得不再次驶上波旁大街，就在警察的眼皮子底下，冒着随时与警车撞个正着的危险，从距离阿拉曼达酒店仅几百米的地方经过。当路边出现一座淡紫色的混凝土楼房时，他猛踩刹车，把车停在楼房前面沥青停车场的栅栏边。

ITC Tropicar 汽车租赁公司。

停车场停放着五辆等待出租的汽车，其中有两辆是灰色克力奥。显然，租车公司的生意不太好……现在是周末，又恰逢复活节，租车公司不营业。想要还车的顾客都知道停车场的入门密码，既可以把车钥匙留在信箱里，也可以打电话叫经理来拿。经理的电话号码用黑色油漆写在紫色外墙上。马夏尔把车停在停车场最里面的几棵木麻黄树下。这样，从街上无法直接看到它。

停车场原本有五辆车还是六辆车？是不是多了一辆车？这些问题，除了租车公司经理，谁又会关心呢？就连经理本人，最早也要到周二上午才会来上班！至于警察，他们不太可能跑到这里来确认。一个被警察追捕的逃犯，通常不会花时间，把租用的汽车再归还到租车公司的停车场去。尤其是当停车场距离他最初逃离的酒店只有三百米时。

就这样，马夏尔赢得了两天的时间……

索法来到仙人掌区。她饶有兴致地弯下腰，凑向一团毛茸茸的圆球。它看起来像蜷成一团的沙漠刺猬。又是一种长得像动物的植物！

"金琥。"索法指着木牌上的字，结结巴巴地念道。

她再次发出欢笑，朝竹园里的小木桥跑去。

在她身后，马夏尔陷入沉思。ITC Tropicar 租车公司有另一个优势：它的停车场与一片小树林相连，他们可以在树林里穿行，沿着圣吉尔的沿海大道走，不必担心被人发现。大概走一公里，就到了埃当花园。因为是节假日的周末，花园里几乎没有人——依照当地习俗，克里奥尔人更喜欢去高地野餐。花园里只有寥寥几个游客，而且岁数都不小了。他们手里拿着蓝色的游览指南手册，对花园外热火朝天的搜捕行动毫不知情。

此刻，埃当花园就是一片无人侵扰的天堂，一处理想的庇护所。

但仅仅是此刻……

索法把目光投向一株旅人蕉，立刻就被它迷住了——旅人蕉的树叶如同一枚小太阳，在半空中洒下千万道绿光。从踏入花园的那一刻起，索法就一直在念植物旁边小木牌上写的名称和解说。那些复杂的拉丁学名、深奥的植物学术语，全是她读不懂的字眼。

Ravenala（旅人蕉）。

可是，索法依然摆出一副学究的模样。她皱起眉头，把手指埋进长发里。这个动作是她从妈妈身上学来的。莉安娜在参观博物馆或是看画展时，总是会做这个动作。马夏尔惊讶地发现，在这短短的几分钟内，他的呼吸逐渐趋于平静。尽管警察正在对他展开全城搜捕，他却能享受当下，就这样静静地看着女儿。索法是一个害人精，一个惹人怜爱的害人精。她聪明，活泼，倔强。

没错，莉安娜对她太过宠溺。可是，他哪有底气去加以干预？从今往后，他在家里的地位又会发生怎样的变化？当年，为了抚养索法，莉安娜早早地放弃了她在社会语言学领域的研究。她本来打算在九个月的孕期内写成一篇四百页的论文，主题是"从《小王子》的异域翻译看口头语言向书面语言的发展"，并完成论文答辩。从理论上说，这个计划行得通，哪怕她每周还得花三个半天的时间，以图书管理员临时工的身份，去位于伊西莱穆利欧的圣埃克苏佩里[1]儿童基金会工作。

但实际情况是，莉安娜连论文的引言部分都没有完成。怀孕第四个月时，她辞去了基金会的工作。基金会原本计划在她完成论文答辩后，就录用她为正式员工。

一次怀孕足以改变一个女人——马夏尔怎么把这一点给忘了呢？莉安娜毅然决然地放下所有个人抱负，把全部时间和精力都倾注在这个体重3.512公斤、身高和一棵白菜差不多的女婴身上。"所有个人抱负"——如果他当着莉安娜的面提到这个，她一定会跟他翻脸。索法的到来，让莉安娜前所未有地感到平和、满足。这一点，他无法理解。

无法理解莉安娜。

无法理解他和莉安娜之间究竟怎么了。

怀孕、产子的过程，夺走了那个曾经与他缠绵不休的莉安娜，那个迷恋最大胆、最刺激的性爱游戏的莉安娜。自从有了索法之后，他们也不是完全没有性生活，但那些曾经让他们为之着迷的游戏，现在却变成了计划行事、偶尔为之，甚至成了"每周任务清单"上的一条。他们彼此仍有性爱需求，但不再是首要需求。他依然是莉安娜生命中的重要人物，但不再是首要人物。

这实在令他难以接受。

索法还在奔跑，树木不断从她身边闪过。有时她会停下脚步，有时她

---

1. 即《小王子》的作者。

会抬头看天，有时她会瞪大双眼，如同一只好奇的猫头鹰，打量那些成群结队、乔装打扮，仿佛在过狂欢节的植物：猴面包树、面包果树、油棕树、露兜树……

有那么一会儿，她突然埋头冲向开满红色九重葛的小桥。

马夏尔立刻就看不见她了。

"C'est la vie（这就是生活）！"莉安娜一边摇晃着怀里的索法，一边娇媚地说，"生活就是平凡的日常。是日常琐事把两个人连在一起，直到永远。所有的夫妻都这样。"

不，莉安娜！马夏尔好几次都想高声呼喊。不，莉安娜，不是所有的夫妻都这样！

莉安娜从未责怪过他。可是，沉默反倒更加压抑人心，没说出口的话语反倒更加振聋发聩。马夏尔，你能照顾好索法吗？哪怕仅仅是爱她，你能做到吗？你值得信任吗？莉安娜从来不跟他谈论以前的事。"亚历克斯"这个名字，她绝口不提。莉安娜是个细心、体贴的女人。尽管如此，马夏尔还是从她的眼神里读出了一丝不安。他好几次跌入质疑的旋涡，而这个质疑也同样在折磨着莉安娜：索法，你的爸爸到底是不是一个恶魔？

"小心！"

马夏尔本能地伸出手，一把抓住索法的手腕。女儿责备地看了他一眼，眼神与其说是生气，不如说是委屈。

"这叫鱼尾树。"马夏尔指着那串挂在路边的绿色果实解释道，"如果你吃了它，它就是毒药；如果你碰了它，它就是全世界最有效的痒痒药。"

索法半信半疑，略带防范地打量着眼前这株奇怪的植物。然后，她一言不发，继续走在小径上。

索法，你的爸爸到底是不是一个恶魔？

他没有答案。

他不能再让自己分心。花园 18 点关门。再过几分钟，他们就会被赶出门去，束手无策，流落街头。这片街区肯定到处都有警察，他们从岛屿的四面八方赶来，把目标锁定在他和他的女儿身上。留尼汪第一电视台很快就会公布他和女儿的照片。

一个父亲，独自带着一个孩子……

用不了多久，就会有人认出他们来。他们随时面临被游客或路人举报的危险。

索法停在路边。在一簇刺玫中，一只小小的变色龙正慵懒地趴在枝头。随着花枝的摇摆，它的颜色也由红转绿。

只需要一点点想象力……

而索法有足够的想象力。

"宝贝，你留在这里别动。我去一下花园门口。"

索法没有回答。她正入迷地盯着小变色龙的双眼。这两只眼睛能同时转向不同方向，有如两只陀螺。马夏尔又看了索法一眼，然后走入由藤蔓搭成的绿廊。他知道，他们现在没有汽车，没有衣服（除了随身携带的那几件），没有食物充饥，没有地方过夜。

别说是附近，他在整个岛上都没有熟人。他得一人对抗全世界，来一场赤手空拳、前途未卜的恶战。

在去往花园大门的路上，必须经过一个巨大的橡木酒桶。告示牌上说，这个大酒桶制造于 1847 年，可以装下 57000 升朗姆酒。马夏尔一边走，一边观察位于花园门口的接待处的女孩。她站在明信片展架后面，正在苹果手机上打字。她抹了指甲油，戴着鼻钉，头发编成充满非洲风情的小辫。从统计学的角度看，这位美女关注脸书的概率，远远高于关注贴有逃犯照片的新闻网站的概率……

马夏尔戴上墨镜。他别无选择，只能去碰碰运气。接待处的陈设很少，柜台上放着宣传折页，用于介绍岛上的主要景点和娱乐设施。除此之外，还有一些圣吉尔地方报刊，以及各式各样的广告……

全是些没用的摆设。

至少乍一看是如此。

突然，马夏尔的脑中闪过一道灵光。他想出了一套方案。

实施这套方案需要一点点运气，以及很多很多的勇气。

13 律师受讯

"喂？是阿加吗？"

普尔维警长独自留在警局大厅。她从投影仪前方走过，光束把她的身影投射到圣吉尔地图上，犹如一团突如其来的乌云。

"是我本人。"

"我是基尔达斯，圣伯努瓦警局的警长。你还记得吗？我和我这些得穿着长筒靴和防水衣办公的警员……"

阿加记得他。基尔达斯·雅库在圣伯努瓦警局当警长已经有二十五年了。二十五年里，他像当地人培育烟草一样，精心培育出一张尖酸刻薄的嘴。二十五年里，他始终要求调换岗位，可调令迟迟不来。圣伯努瓦那个地方，全年有一百天在下雨，一半人口失业，始终保持着全岛最高的犯罪纪录……

"你找我有事吗，基尔达斯？我们忙着呢！你如果不是想帮忙的话……"

基尔达斯咳嗽了几声，好像他那边正值隆冬。

"阿加，关于马夏尔·贝利翁的案件，我有新情况。"

阿加两腿一软。看来，马夏尔·贝利翁真的已经钻出了她布下的罗网，成功逃到了海岛的另一端，即将消失在马法特或是萨拉济冰斗。

"你……你发现了马夏尔·贝利翁的踪迹？"

"我倒是想啊！我在警局忠心耿耿、兢兢业业苦干了几十年，一直无人问津，我也想抓住逃犯，风光一把——可惜我没有。听好了，是我的学徒芙洛拉，本周负责值班的那个。她看见莉安娜·贝利翁了。"

阿加抓住离她最近的一把椅子，跌坐下来。

"她还活着？"

基尔达斯又在电话里咳了几声，让人不禁想象他此刻正裹着围巾，戴着棉帽。

"是的，她活得好好的。"

又是一阵咳嗽。然后他才不紧不慢地说：

"不过，那是五天前的事了……"

阿加恨不得立刻冲到他面前，亲手掐死他。

"别开玩笑了，基尔达斯。我们没这闲工夫！"

基尔达斯并不理会，继续说：

"26 号那天，莉安娜·贝利翁本人来过警局。"

也就是她失踪的三天前——阿加在心里计算。

"她去干吗？"她急切地问。

"这个嘛，一下子也说不清楚。据我所知，她有点神神道道的。至于细节，你得去问芙洛拉。是她做的陈述记录。"

"好，基尔达斯。带你的芙洛拉到我这里来。我等你……"

基尔达斯粗哑的笑声和他的咳嗽声混在一起。

"你真是一点都没变啊，阿加，还是一副长官的派头。要知道，我这里也有一大堆工作。你要是想见芙洛拉，就开着你的小卡车，绕着海岛跑一跑。你很幸运，眼下没有飓风……"

"基尔达斯，我这里有个逍遥法外的杀人犯！"

"是的，我知道。我手上也有凶杀案，而且每周都有！要是再算上那些强奸案和抢劫案的话……"

"别烦我，基尔达斯。你要是不配合，小心司令部找你的麻烦。"

基尔达斯的口气一下子强硬了：

"少跟我来这一套，阿加！难道我会害怕圣但尼的那帮佐亥伊？这么说吧，大家各有各的苦，还算是同病相怜的朋友。每人走一半，如何？我把车开到勒唐蓬，剩下的路归你走。我们在昂特尔德见面，地点定在布拉斯德蓬托公墓前，怎么样？"

阿加把目光投向墙面。巨幅地图的填色游戏进展缓慢，非常慢。

"我走不开，基尔达斯。这里需要我。"

"你得学会用人，阿加。学会用人……"

17 点 21 分

克里斯托示意茹尔丹夫妇坐下。他自己则舒舒服服地靠在一张柔软的皮椅上，心中好不得意。这张皮椅，原本是属于阿拉曼达酒店经理阿尔芒·朱托的。

阿尔芒·朱托早就被他兴高采烈地撵走了。

走啊，快出去，我的老伙计。你的办公室被征用了。特殊情况，特殊处理！

克里斯托就爱看这个大白慌里慌张的神情。如果把他赶出办公室、盘问他顾客的副官是个黑人，那画面就更妙了……克里斯托嵌在皮椅里，吊扇送来的凉风正好吹进他的颈窝。他瞬间就理解了朱托——谁都会沉迷于这种当大老板的感觉，不可自拔。

坐在他对面的这对夫妇，是律师雅克·茹尔丹和他的妻子玛高·茹尔丹。两个人看上去都很紧张。

克里斯托将那把"世界之家"牌的刀摆在桌上。

"茹尔丹先生，茹尔丹夫人，我再问你们一次：这把刀是马夏尔·贝利翁的吗？"

"啊……这……"

你怎么不再巧舌如簧了，律师先生？

克里斯托不是傻瓜。他看得出来，雅克·茹尔丹早就认出了这把刀，正犹豫着要不要做证。这个决定关乎个人名声，关乎阶级团结，关乎一个心照不宣的协议。再怎么说，他昨晚还跟马夏尔·贝利翁在同一张桌上吃饭呢……

克里斯托捋了捋一缕被风扇吹乱的白发。

"茹尔丹先生，茹尔丹夫人，让我们先把话说清楚：我们三个人坐在这里浪费时间，岛上的警察却已经倾巢出动，展开围捕。现在，一边是猎人，一边是猎物。两者中间，夹着小女孩的一条性命。所以，你们可别耽误太久……"

克里斯托把刀转得像乐透彩票盘上的指针。

"这把刀，是在一个倒霉鬼的胸口发现的。刀柄上布满了马夏尔·贝利翁的指纹。我并不是要你们告发谁，只是请你们确认一下而已。"

雅克摆出高尚而又负责任的姿态：

"这……这很难讲……"

克里斯托叹了一口气，失望地翻了一个白眼。他开始打量起自己所在的这个房间来：墙壁上挂满了黑白版画，显然是给那些被叫来经理办公室的下属看的。这些版画描绘了海岛的发展历史，直到这段历史中断的1946年。那一年，留尼汪被划归为法国海外省。画面上，有像劳改犯一样在甘蔗林里排成行的克里奥尔人；有气势雄伟、装饰精美的殖民别墅，以及站在别墅前面、身穿克里诺林裙的夫人们；有赤裸上半身，牙齿洁白、皮肤黝黑的非洲裔女孩；还有特写镜头下的大白，他们傲慢的神色中有一丝隐藏不住的忧伤……

多么美好的旧时光！

克里斯托再次出击：

"我懂了，你们讲团结是吧？我奉劝你们：识时务者为俊杰。"

律师像是屁股底下被人塞了一只海胆，突然就坐不住了。

"您为什么这么说呀？"

为了让你有所反应啊，蠢货！

"因为有个杀人犯正在岛上逍遥！因为他很有可能还会继续行凶！因为我们需要确认信息！茹尔丹先生，我问的问题并不涉及职业机密。您既不是马夏尔·贝利翁的律师，也不亏欠他什么。再说，我又不是外国警察，在逼迫您出卖同胞。这里也是法国！"

说完这句话，克里斯托自问是不是有点言辞过激了。

"这是他的刀。"玛高·茹尔丹低声说。

皮椅减缓了克里斯托激动的跃起。

"您确定？"

"确定。三天前，我们依照克里奥尔人的传统，一起去锡拉奥野餐。我们走的是那条有四百个转弯的盘山公路，沿路就有户外烧烤架。我们当时都用过这把刀。"

玛高凑近了一些，仔细查看刀柄和刀刃上的小缺口，再次点头确认：

"没错，这就是他的刀。"

雅克生气地瞪了玛高一眼。他无非是做做样子而已，心里其实正庆幸是老婆背了锅。克里斯托把刀重新放回透明塑料袋中。

"谢谢，我们总算有了点进展……那前天下午呢？你们和贝利翁夫妇都在花园的泳池里休闲，对吧？"

雅克这只"老麻雀"接过话来：

"是的。马夏尔让我们照看一下索法，然后他就回房间找他妻子去了。"

克里斯托把桌上那古旧的小铜钟往前推了推。铜钟应该是在尚未废除奴隶制的年代生产的。钟面两侧有四个光着身子的小克里奥尔人，共同扛着满满一筐热带水果。

"不好意思，请您说详细一点：莉安娜·贝利翁是 15 点 01 分左右回房间的。16 点 06 分，纳伊沃·兰德里安那索罗阿里米诺陪同马夏尔·贝利翁上楼，打开 38 号房间的门，房间里却没有人。我的问题很简单：在 15 点到 16 点之间，马夏尔有没有离开过花园？"

雅克·茹尔丹抢着回答：

"这个很难说。您知道，我们在花园里午睡、读书、休闲放松，并没有留意别人，也没有留意时间……"

得了吧！

"茹尔丹先生，茹尔丹夫人，我不想再跟你们说一通大道理：潜逃的凶手、可怜的索法、证词的重要性……"

雅克并不退让，而是摆出各种说辞：

"副官，关于这个问题，我想马夏尔·贝利翁一定已经明确回答过您。听说你们还采集了酒店员工的证词，又盘问了三个在街上玩耍的孩子。难道这些还不够吗？"

克里斯托把目光投向那些殖民时代的版画，然后盯住雅克·茹尔丹说：

"对我来说是够了，可是对别人而言……这么跟您说吧，马夏尔·贝利翁的陈述，没过几个钟头就变卦了。"

这次，又是玛高没沉住气：

"莉安娜走了十五分钟之后，马夏尔就离开了花园。他是悄悄离开的。当时大家都在长椅上睡觉，只有我还在游泳。他以为谁都没有发现。半个小时后他才回来，和我们一起待了大约二十分钟，就再次上楼去了。这一次他是大张旗鼓地离开，还叫我们帮忙看管索法。"

"您确定？"

"我确定。刚开始，我以为他是上楼找妻子温存去了。我还在心里想，她真幸运。"

接好了，律师，给你一记漂亮的右勾拳……

"后来，随着时间的推移，我暗想，她真的非常非常幸运……"

再一记漂亮的左勾拳……

克里斯托笑了。只要稍加引导，其貌不扬的玛高还是挺有个性的。雅克·茹尔丹始终保持着审判官一般的笑容：

"你瞧，她其实并不像你想象的那么幸运，亲爱的。"

律师躲闪开来，回敬一记上勾拳。

这位中产阶级夫人的眼神突然变得扑朔迷离。她用近乎真诚的语气问：

"副官，你们真的认为是马夏尔杀死了他的妻子和那个……那个……土著？"

小心，我的美人儿，你踩到雷区了。永远、永远都不要在岛上使用"土著"这个词。至于为什么，你的律师丈夫会比我解释得更好。说到底，在你的被窝底下，就该配他这样的男人。

"很有可能，茹尔丹夫人。但愿他所到之处，不会留下其他尸体。"

14 私对私租房

马夏尔坐在椅子上，用《圣吉尔报》遮住自己的脸。《圣吉尔报》是圣吉尔的市报，一共四个版面，采用有光纸印刷。他担心女孩会放下手机，抬起头来——虽然这种可能性极低。女孩正全神贯注地在手机上按键，比一个在皇家阿尔伯特音乐厅演奏莫扎特的音乐家更为投入。

日报的头条新闻吸引了马夏尔的注意。

政府取消 ITR，圣吉尔雷班房地产业遭遇寒冬

正是这个简单的标题，令马夏尔心生一计。不过，他需要进一步确认信息。来过留尼汪的人，对退休临时津贴（ITR）或多或少都会有些了解，他也不例外。但是，他不能冒险，必须掌握尽可能多的信息。

有那么一刻，他放低报纸，确认索法还在埃当花园内。她不再招惹枝头的那只小变色龙，转而把注意力放在一只蝴蝶身上。那是一只黑脉金斑蝶，正在两朵兰花上下翻飞。那一身橙黑相间的"披风"，惹得索法挪不开眼。

马夏尔放下心来，继续读新闻。自 1952 年以来，所有在留尼汪的退休公务员，只要满足"全年离岛时间未超过四十天"的条件，退休金都可以提高 35%。目前一共有三万人享受了这一津贴。然而，其中有几百人其实很少甚至从不住在岛上。2008 年，伊夫·杰戈 [1] 宣布改革，计划在 20 年内取消这一政策。因为如果操之过急的话，等于杀死一只下金蛋的鸡——对留尼汪岛而言，退休老人意味着每年好几亿欧的经济收入，这尤其体现在圣吉尔的房地产领域。

马夏尔又看了索法一眼。一切正常。她已经回到那只变色龙身边，还把手臂放在它身后，测试它会不会变成肉粉色。

他重新回到文章中。说实话，他根本不在乎那些数据和岛上退休人员的未来。他只关心一件事：圣吉尔有很多空房子。房主是来自法国本土的人。理论上说，他们一年至少要在岛上住满 300 天，可实际上，有的房主甚至从未踏上留尼汪岛！马夏尔猜测，还有些人想要一石二鸟：不但要以岛上居民的名义领取高昂的退休津贴，还要把从来不住或者很少居住的房屋拿去出租。试想，谁会跟钱过不去呢？一幢位于热带地区、面朝潟湖的房子，绝对是棵摇钱树……

马夏尔放下报纸。女孩的手指还在以奥林匹克冠军的速度在触摸屏上滑行，一会儿前外两周半跳，一会儿卢兹三周跳。如果警察来找她，她恐怕连一个游客的容貌都描述不出。

马夏尔再次穿过绿廊，回到花园内部。索法在距离他六米的前方，用恳求的眼神看着他：

"爸爸，我还能再去看看含羞草吗？"

"可以，索法。但是你得快一点，我们该走了。"

就在这一瞬间，他自问是否应该把索法留在这里，然后独自逃离。在未来的几小时内，等待他们的将是怎样的命运？他恐怕连自己的遭遇都难以预测吧？如果莉安娜在的话，她是绝不会允许他单独带索法出行的。打从索法出生的第一天起，她就一直避免这种情况发生。原因很简单：

---

1. Yves Jégo，时任法国国务秘书，分管法国海外省事务。

她害怕……

然而，这一次，莉安娜不在。

大颗的汗珠不断从马夏尔头上滑落。不能慌张，一定要稳住阵脚。他为自己的犹豫不决感到好笑。因为他根本没有选择的余地，索法必须跟他待在一起。她是他的人质，一个听话的人质。

当关键时刻来临，她就是筹码。

马夏尔从口袋里掏出手机。那是一部黑莓9300，是三天前，他在圣但尼阿坝图瓦街的黑市上，从一个中国人手里买的。他当时没有留下姓名，警察不可能通过那个中国人找到他。埃当花园里的网络信号很好。他飞快地在手机上按键。

www.papvacances.fr（假日租房网）

网站上有五万条租房信息，全是私对私租房。一道下拉菜单提供了几乎覆盖全世界的可选地址。

请选择大区或城市

他的大拇指在键盘上滑动。

圣吉尔雷班

系统筛选用时不超过四秒钟。一共有47条符合条件的租房信息。马夏尔飞速浏览信息。大部分都是单元房，风险太大。他叹了口气，回到上级菜单。

请选择房屋类型

马夏尔增加了一条筛选标准。

独栋住宅或者别墅

这次筛选只用了三秒钟时间。还剩下18条租房信息。

马夏尔狂热地点开"查看细节"图标。系统自带谷歌地图定位功能，他只花了不到一分钟时间，查看了每一座房屋的地理位置，以及每一位房东的邮箱地址。第十二条租房信息正好符合他的要求：独栋住宅，位于马尔代夫街，距离埃当花园不到 300 米。租房信息中配有四张照片，直观呈现房屋详情：一个隐蔽的小花园，一道水泥围墙，阳台装有宽大的玻璃门。

理想之选！

租房请询：*Chantal95@yahoo.fr*

网站上甚至还有房东在法国本土的联系方式：

蒙莫朗西市

克莱沃街 13 号

尚塔尔·勒特里尔

马夏尔再次确认房子的租期：每年对外出租五周，而且恰好是即将到来的这五周！一切太过完美，马夏尔觉得有必要加以核实。他输入另一个网址：

www.google.fr（谷歌网）

图片搜索

他快速按键，同时避免拼写错误。

蒙莫朗西市　尚塔尔·勒特里尔

不到一秒钟，网页上就出现了十五张小照片。一个六十来岁、留着蓝色头发的女人在照片上冲他微笑。

马夏尔点击第一张照片。

页面自动跳转到 copainsdavant.linternaute.com（老友网）。

马夏尔点击尚塔尔·勒特里尔的"个人介绍"图标。内容很简单：她以前是护士，在毕沙医院工作了三十八年。他点开第二张照片，跳转到脸书的个人页面。蓝头发的尚塔尔用自己与孙子们的合照当她的脸书头像。显然，这个家里没有爷爷。

马夏尔激动不已。这就是他所要寻找的理想目标！尚塔尔·勒特里尔把她位于留尼汪的房屋对外出租五周。如果这位退休护士是个老实人，那这五周就是她的法定离岛日，她可以回到法国本土去看望自己的子孙；如果她在钻政策的空子，那就意味着她从未在岛上居住过，只是全年无休地在网上挂出"有房出租五周"的告示。

总之，她的房子无人居住，而且又近又隐蔽……

真是再合适不过。

他又默记了一遍房屋地址——马尔代夫街3号，这才抬起头来。

索法？！索法到哪儿去了？！

含羞草旁边根本就没有她的身影！

索法！！

马夏尔慌了！他不能去询问游客，那样做太冒险；更不能在花园里大声呼喊她的名字。他把手机放回口袋，开始奔跑起来。

一条道，两条道……他推开植物……真不该把她晾在一边的……莉安娜是对的，他太大意了……埃当花园深处有一个池塘，里面有鳗鱼、虹鳟，以及各式各样的鱼，她该不会……

索法就在不远处。

她正怔怔地看着眼前这方与众不同的园地。

这里一片宁静，与花园别处嘈杂的鸟鸣声形成鲜明对比。这里有赭石色的地面和平整的灰色沙砾。白卵石铺就的小径，在弧形的黑色沙堆之间蜿蜒。马夏尔一语不发，只是轻柔地把手搭在索法的肩头。

女孩的目光还在不停地探索。

"爸爸，我们可以再玩一会儿吗？"

"不行，索法，我们该走了。"

她冲他笑笑。有那么一刻，她几乎忘记了悲剧，忘记了警笛，忘记了汽车的追逐。

有那么一刻……

她甚至忘记了妈妈。

15 勒唐蓬之约

18 点 12 分

　　阿加把车停在布拉斯德蓬托公墓外。公墓里那些缓和的隆起，就是一座座墓地。它们间隔整齐，仿佛每个人都驻守在属于自己的领地上，永久地欣赏着勒布拉斯高原和柠檬河谷的美景。河谷里玄武岩柱林立，俨然是浑然天成的祭台。

　　天气不错。内日峰投下大片阴影，为这里的黄昏平添了别样的柔情。

　　阿加看了看手表，咒骂了一句。再过不到一个小时，案件就会被司令部接手。在这种情况下，每一分、每一秒都极其珍贵，而她被晾在这个鸟不拉屎的鬼地方，等待一个不靠谱并且已经迟到的警察。他把她折腾得够呛，却很有可能是白折腾一场。

18 点 25 分

　　基尔达斯·雅库终于出现了。他从一辆黄色的吉普车上走下来，系着印花领带，衬衫的衣襟敞开来，像是一名宝莱坞版的夏威夷特警[1]。

身躯肥硕的他，正搂着一名年轻女警的细腰。她是个克里奥尔人，长得不算漂亮，却有一对长长的睫毛，扑闪着，仿若蝴蝶的翅膀。人们看她的第一眼，目光就被这对"蝴蝶翅膀"给吸引了去。女孩一直低着头，身体微微发颤。

"芙洛拉，我跟你介绍一下，这位就是阿加。我很早就认识她了，当时她也就你这么大。她刚参加工作就被分配到我的手下，是个正直、勤奋的姑娘。"

基尔达斯朝阿加投去一个意味深长的微笑，继续说道：

"不过她有时很烦人，比那些刚来岛上不久的佐亥伊还要神经质。"

阿加不耐烦地踢起一缕尘土。

"你说完了吗？"

"嗯……"

"那就谈正事吧。有你闲扯的这些工夫，我恐怕早就回到圣吉尔了。"

"别着急嘛，阿加。芙洛拉还年轻，你不能怪她。"

"我不是怪她，是怪你……"

基尔达斯眼睛一亮，像个久经风雨、处变不惊的老渔夫。

"放轻松，阿加。这小姑娘刚来两个月。她出生于高地，老家在地狱堡，吃了不少苦头才当上警察，你懂的……所以，你可以问她，但不能为难她。"

基尔达斯以慈父的姿态，用手臂环住芙洛拉的肩膀。芙洛拉还在发抖——是因为被上司揩油，还是因为上司把阿加描述成一个严厉的拷问者？抑或是因为她将要述说的事？阿加不得而知。

阿加问芙洛拉：

"你见到莉安娜·贝利翁了？"

---

1. 出自美国电视连续剧《天堂执法者》。

小学徒扭了扭身子，支支吾吾地说：

"是的……那天是周二，也就是五天前……"

基尔达斯用啤酒肚贴紧芙洛拉的腹部，在她耳边轻声说：

"别怕，我的宝贝，她不会把你吃掉。"

阿加暗忖，这两人一定有事瞒着她。小姑娘一定是犯了什么错误，而老色鬼基尔达斯想尽力罩着她。

"罩着她"，不管是在工作上还是在肉体上……

芙洛拉像是在喃喃自语：

"她……她来到圣伯努瓦警局。"

"什么？"

阿加心中的那头斗牛犬早已躁动不安。她强迫自己保持平静，听这个小姑娘把话说完。

芙洛拉一下子铆足了劲，词语接二连三地从她口中蹦出来，而且速度越来越快，像是一场突如其来的雪崩。

"当天我在接待处值班。上午九点左右，警局刚开门不久，她就来了。她提出一个奇怪的要求，话说得很含糊。不过我最终听明白，她是想要寻求保护。"

阿加得用很大的力气，才能拽紧心头那根拴住斗牛犬的绳子。她压抑着想要怒吼的冲动，问道：

"到警局来寻求保护——你管这叫作'奇怪的要求'？！"

基尔达斯的手扶住芙洛拉的腰肢，又在她背上来回摩挲了几下，像是要写盲文告诉她该如何回答阿加的质问。

芙洛拉急了："不，普尔维警长，不是的……我不是这个意思。当时莉安娜·贝利翁的原话并非如此。她问的是警局是否负责保护个人，普通的个人……"

"她说的'普通的个人'，就是她自己吧？"

"对……这一点倒是不难看出来。"

阿加努力压制在她体内飙升的肾上腺素。

"你又不是傻瓜，难道不会试着套一下她的话？"

"我当然试了，普尔维警长。我试着让她进一步解释，把问题具体化。我问她：'保护谁？防范什么？'可我这样一问，莉安娜·贝利翁反而词穷了。她给我的回答类似于保护那些不能说出自己究竟受到何种威胁的个人。"

"什么？"

芙洛拉显得安心多了。她向前一步。基尔达斯的手臂不够长，揩不到油了。

"没错，警长！我当时也是这种反应：'什么？'结果，莉安娜·贝利翁变得语无伦次，开始用第一人称讲述。'我害怕，警官，'她对我说，'但正是因为我害怕，所以我什么都不能说。'她接着又问，如果她再透露多一些信息，警局会如何处理。"

"你是怎么回答她的？"

"我说我们会首先确认这些信息！不然呢，我还能怎么说？没想到她居然生气了。'那样情况只会更糟糕！'她喊道，'难道你还不明白吗？你们要相信我。如果你们不相信我，反而跑去调查，那我将面临更大的危险！'"

阿加正想要发问，基尔达斯正想要触摸芙洛拉的手臂，又或是她的一角衣襟、一寸肌肤，芙洛拉却不由分说地抬起一只手，示意他们别打断她的话。

"我没有放弃，普尔维警长。请相信我，我没有放弃。'您得告诉我更多信息。'我这样劝导莉安娜·贝利翁，'如果您连一点细节都不肯透露的话，那我们又怎能去帮您呢？'这下，莉安娜·贝利翁彻底崩溃了。她原本是一个美丽的女人，看起来非常自信。可是，那一刻她却失控了。她几乎是哭喊着说：'你难道听不懂吗？你到底有没有在听我说话？我什么都不能告诉你！我只想要你们保护我！'"

芙洛拉突然不作声了。停在她羞涩双眸上方的"黑蝴蝶"先是飞向内日峰，继而又转向其他山峰。阿加用尽量柔和的语气问：

"然后呢，芙洛拉？这场对谈的结局如何？"

"我试着获取具体信息，想要理出一丝头绪，找到一条线索。渐渐地，莉安娜·贝利翁平静下来。她什么也不肯多说，只是一味坚持那个不现实的要求，要求警局给她配备贴身保镖或是秘密特警。至于具体原因，她绝口不提。就这样周旋了几分钟后，她便主动提出结束面谈，好像在为自己的造访而感到后悔。临走前，她说了一句：'没事，我一定是在瞎操心，没事的。'"

就这样？

阿加好不容易才掩饰住自己的愤怒，只在心里咒骂了一句。

"芙洛拉，你就这样让她走了？你相信了她的话？"

"不，不是的，警长……我不太相信，可是……我还能怎么做？她既不想起诉，也不想解释。她甚至还向我道歉，说是平白无故地打扰了我……"

说着说着，这位小学徒竟然哭了起来。基尔达斯没有错过这次好机会。他紧紧地搂住她，向阿加投去愤怒的目光。不过，他还算知趣，没再多言。

芙洛拉抽泣着：

"普尔维警长，您……您觉得是我的错吗？当时她是担心自己的境遇，所以没敢说威胁来自她的丈夫？"

阿加的回答如同冰冷而尖锐的石块，狠狠地砸向芙洛拉。

"她担心的不是她自己，而是她的女儿。"

这下，芙洛拉哭得更凶了。从她喉咙里挤出的话很难听清楚：

"要是……要是我当时……"

基尔达斯化身为安慰天使：

"这不能怪你，我的宝贝，这不能怪你……"

阿加不想多说。多说无益。如果芙洛拉不把莉安娜当成一个被迫害妄想症患者，难道悲剧就不会发生吗？问这样的问题毫无意义。芙洛拉的讲述，无非是让马夏尔·贝利翁的罪证再多加一条而已。

也算是一种收获吧……

阿加的目光在公墓中茫然游荡。这里大部分的坟头没有墓碑，甚至连块大理石都没有，只有一个四方形的雕花铁围栏，锈迹斑斑的，竖立在草丛中。阿加问两位同行：

"依你们看，莉安娜·贝利翁为什么要费尽周折，去位于海岛另一端的圣伯努瓦警局寻求帮助？"

基尔达斯抢先作答。他出了一身汗，再加上芙洛拉的眼泪，衬衫湿了个透。

"为了名声，阿加。女人被丈夫打了，往往不会去附近的警局诉苦。"

你说得在理，基尔达斯。

基尔达斯是个爱揩油的老色鬼。阿加在芙洛拉这个年纪时，也没能逃过他的骚扰。但不可否认，他是一个经验丰富的警察。

芙洛拉还在抽泣，如同一个堵不住的泉眼，要喷出满腔的羞愧与懊悔。

"我……我当时也不知道……警长……"

阿加无动于衷，但她知道自己是在用外表的冷漠掩饰内心的焦灼。她的负罪感丝毫不比芙洛拉少。是她让马夏尔·贝利翁从手中溜走，让搜捕工作陷入困境。与她自己的失职相比，这个小学徒的失误完全可以忽略不计……

她看看手表，又看看手机。没有任何新消息。她失败了。案件很快就会被可恶的拉罗什接管。

虽然事实明明就摆在她眼前：莉安娜·贝利翁曾为自己的处境感到担忧，也为她的女儿感到担忧。

阿加凝望着公墓里的铁栅栏和鲜花。在她眼中，公墓变成了一个没有屋顶的房间，里面没有墓冢，只有十几张儿童床，躺着一群被活埋的孩童……

16 老奶奶的家

透过窗口，马夏尔悄悄打量着马尔代夫街的房屋。他把卤素灯的光调到最弱，只留下一圈朦胧的光晕，从外面看很难被察觉。

尚塔尔·勒特里尔的房子比他预想的更容易潜入。租房网对房屋结构有详细的描述，再结合地图和照片便可以推断，浴室的玻璃窗是最隐蔽、最便捷的入口。难就难在该如何向索法解释这种破窗而入的行为。

"宝贝，有个老奶奶把她的房子借给我们用，可她忘记留钥匙了。"

她一声不吭，乖乖站在阳台的玻璃门前，等他为她开门。进屋后，她好奇地打量墙上的照片。照片上有个陌生的老奶奶，头发是蓝色的；两个小男孩依偎在老奶奶身边，棕发男孩大约十岁，金发男孩跟她自己一般大。在不同的照片上，他们身后的背景要么是埃唐萨莱的鳄鱼公园，要么是银帘般的新娘的头纱瀑布，要么是比他们高出两倍的甘蔗林。他们看上去非常开心。

马夏尔继续监视街区的动静。就连木麻黄树投下的一片阴影、泳池上方掠过的一丝轻风、人行道上响起的一阵脚步声，他都不放过。这是一个以退休人员为主的居民小区，为数不多的长期住户也许成天都在盯着窗外看。哪家的窗帘动了，哪家的灯光亮了，都有可能让他们拿起电话报警。

又比如说哪家的车库门没关……

马夏尔打算赌一把。他把车库门升到一半，高度正好可以让人从街上看清车库里是空的。两小时前，他在街区的另一头发现了警察。他们像是在随机抽查各家车库，说不定就是在寻找一辆租来的灰色克力奥。假如警察从尚塔尔·勒特里尔家门口经过，发现房屋漆黑，大门紧锁，车库空空如也，四周一片死寂，他们也许就不会停下脚步。

也许……

马夏尔后退几步，抓起小电视机的遥控器。他打开电视，把音量调至最低，然后瘫倒在沙发上。

索法在隔壁房间睡觉。那是属于尚塔尔的孙子的房间。房间面积不到八平方米，却用克里奥尔人偶、贝壳、海星、风筝和玩具帆船装饰得漂亮又温馨。

索法很乖，甚至有点太乖了。她几乎不吭声。说实话，马夏尔心里很没有把握。这是他第一次与女儿独处。这个从小就被保护起来的玻璃小人儿，脑子里到底在想什么？她哪来的力量，可以面对这一连串突如其来的变故？没错，她确实是冲他笑来着，还亲了亲他，对他那句别扭的"晚安，宝贝"回报以"晚安，爸爸"。

可是，在她的内心深处，他究竟是一个怎样的父亲？

20点45分

已经有一个钟头了，留尼汪电视一台一直在循环播放那条新闻。他第三次在屏幕上看到莉安娜的照片，听到警方发起"鹞行动"[1]的通知。司令部的电话号码在屏幕下方滚动，他和索法的照片也相继曝光。画外音反复提示：双重谋杀……证据确凿……危险人物，可能携带武器……请知情者提供线索……

随后，马夏尔和索法的照片不见了，取而代之的是一个面色凝重的记者，在新闻报道中重申情况紧急、提高警惕、谨慎出行云云。

马夏尔窝在沙发里，双腿搁在茶几上。他感到异常平静，仿佛电视里播报的这场闹剧根本就与他无关，哪怕他对这场闹剧的起因和恶果心知肚明。就像一个懵懂顽童往干草堆里丢一根燃烧的火柴，在繁忙的高速公路上扔一块巨大的石头，然后只能眼睁睁地看着悲剧发生，无计可施。

20 点 51 分

是爸爸杀死了妈妈！

自从在泳池里听到小伙伴们这么说，我就一直在怀疑。现在，我可以确定这一点。电视里都说了，还说了好几遍。尽管爸爸调低了音量，可我全都听见了。

电视上还有我们的照片。

是爸爸杀死了妈妈。

我在客厅门口站了好几个钟头。我试着睡觉来着，真的，我试了很久，可我就是睡不着。

我怎么可能睡得着呢？

于是我下了床，轻轻走向客厅，不发出任何声音。爸爸说过的，不能大声说话，不能打翻东西，也不能开灯。

爸爸坐在沙发上。从我的位置，只能看到他搁在茶几上的脚。但有时

---

1. Papangue，鹞行动，相当于留尼汪版的法国"食雀鹰行动"。鹞是留尼汪岛上仅存的猛禽，也是岛上唯一的食肉动物。——作者注

候他会站起来，走到窗边，透过窗帘往外看。比如说现在。

街上突然响起汽车驶过的声音，盖过了电视机的音量。一道类似车灯的光线扫过房间，随即消失。汽车又开走了。

爸爸还在监视窗外。

我不会大声地说话。我的声音只要盖过电视新闻的声音就行，爸爸能听见。

"爸爸，你杀死妈妈的时候，她疼吗？"

20 点 52 分

马夏尔像触电一般，猛地转过头来。他给索法的唯一回应，就是把他的手指压在嘴唇上。附近一座房子的灯亮了。也许是邻居回家了。马夏尔握住遥控器，把电视机调成静音状态。

"别出声，索法！"

他转过身来。一切开始沉沦，令他两腿发软。

索法已经倒在客厅地板上，额头下方渐渐铺开一小摊血。

17 尊严与慵懒

阿加坐在警局后面的门廊里。门廊与警局后院相通，院子里夜幕深沉。门廊的梁柱上，由一根电线吊着一个小灯泡，灯光只够照亮下方的桌子。夜色出奇地柔和。阿加喜欢用这种方式结束她的一天：坐在面朝庭院的门廊里，打开手提电脑，接上无线网，沉浸在微弱的照明和屏幕发出的蓝光之中。四周不断传来鸟鸣声。她侧耳倾听。鸟儿叫得很急，像是头一次遭遇黑夜。小时候，父亲教过她如何闻声识鸟，包括鹃鹩、野翁鸟、马斯卡林寿带，以及她最喜欢的鸟——金丝燕。金丝燕只在夜间出没，它们依靠叫声的回音来辨识方向。

阿加飞快地在键盘上敲字，根本顾不上修改语法错误。词语在屏幕上排起了长队。拉罗什上校要求她在午夜前提交报告，还说他会负责把报告转发到司令部的各个部门。

高层决策已于 20 点准时下达，分毫不差——"鹭行动"正式启动。由司令部接管搜捕马夏尔·贝利翁的总指挥工作，包括通知全岛所有电台与电视台播放搜捕令；与法国本土方面保持联络；协调岛上各大警局并肩作战；动员 GIPN 介入行动……

一场恶战已经打响。

阿加连讨价还价的机会都没有。拉罗什只留给她天亮以前的这段时间，让她主持圣吉尔地区的搜寻工作，包括搜查民房、排查出城口。其余工作统统由他来接手，直到上级下达新的指示。

阿加听到身后的办公室传来吱吱吱的无线电通话声。有时是听不大清楚的指令，有时是嬉笑怒骂，但大部分都是疲惫不堪的警察们在叫苦。由于每一辆汽车都要接受搜查，圣吉尔出城口的最后一个搜查点早已车满为患，交通堵塞长达几公里。那些可怜的警察，不仅要充当"临时海关"，还要招架如瀑布般连绵不绝、劈头盖脸的民怨。另外十五名警察还在机械地搜带带有车库的民房，多少有点碰运气的成分。但是到目前为止，他们都一无所获。

甚至连一点线索都没有。

阿加闭上双眼。远处的海崖边，传来鹦鸟护巢的叫声。她寻思着，自己一定是疏漏了什么。

太年轻，太女人，太克里奥尔——这是她的三重缺陷，明天早上一定会有人如此告诫她。

所以，她要用心写报告。

让他们好好瞧瞧！

3月26日，周二。经确认：莉安娜·贝利翁前往圣伯努瓦警局，寻求警方保护。她觉得受到了某种威胁。

3月29日，周五，15点01分。经确认：莉安娜·贝利翁离开阿拉曼达酒店的泳池，回到她的房间。酒店所有顾客和员工都证实了这一点。伊芙－玛丽言之凿凿：莉安娜·贝利翁没再走出房间。

15点16分。现已确认：马夏尔·贝利翁回到房间与妻子会合。茹尔丹夫妇和酒店员工证实了这一点。

15点26分。基本确认：马夏尔·贝利翁走出房间，推着酒店的一辆运送被单的大推车，大到可以容纳一个人。他把推车一直推到位于酒店后面的停车场。伊芙-玛丽·纳迪维尔、酒店园林工坦吉·迪若克斯、几个在停车场玩耍的孩子均已做证，证词一致。马夏尔·贝利翁最终也承认了这一点。

15 点 46 分。经确认：马夏尔·贝利翁回到酒店泳池。

16 点 05 分。经确认：马夏尔·贝利翁再次回到房间。酒店员工证词一致。房间内有发生扭打的痕迹，还有莉安娜·贝利翁的血迹。

15 点与 16 点间。阿莫里·瓦罗——人称"罗丹"——在圣吉尔港口被杀。作案地点距离酒店大约 1 公里。作案凶器是一把刀，为马夏尔·贝利翁所有。法检结果确凿：刀锋上还沾有莉安娜·贝利翁的鲜血；从刀柄上采集到的指纹均为马夏尔·贝利翁的指纹。

3 月 31 日，周日，16 点。就在被警方传唤之前，马夏尔·贝利翁驾驶一辆租来的灰色克力奥汽车，携女儿约瑟法从阿拉曼达酒店出逃。

至今下落不明。

马夏尔·贝利翁无罪的可能性：零。

案件盲点：嫌犯缺少明显的作案动机；尚未发现莉安娜·贝利翁的尸体。

可能性最高的推测：马夏尔·贝利翁与妻子发生争执，局面失控，莉安娜·贝利翁意外死亡。马夏尔·贝利翁情绪慌乱，陷入连环谋杀。

随之而来的问题：他还会继续疯狂到何种程度？

阿加抬起头来。她在琢磨最后一句话。"疯狂"这种说法，不太适合出现在呈交给上校的报告里，但她找不到比"疯狂"更贴切的词语了。

从法国本土发来的初步调查结果显示，马夏尔和莉安娜是一对安分守己的夫妻。马夏尔·贝利翁在德伊-拉巴尔社区体育馆当保安，与莉安娜结婚八年。莉安娜·贝利翁原本是社会语言学专业的学生，后来放弃学业，一心抚养女儿约瑟法。

门廊的梁木上，在靠近灯泡电线的地方，一只蜥蜴正在玩走钢丝的游戏。它想要再靠近光源一些，就像失去翅膀的伊卡洛斯[1]。

阿加苦笑了一下。

人不会无缘无故地变成杀人犯。在马夏尔·贝利翁的过往史中，一定存在某个断层。德伊－拉巴尔警局晚些时候会发来他们所掌握的有关贝利翁夫妇的全部信息。听说他们一直在埋头苦干，尽管法国本土那边现在已经是 18 点了。她知道，司令部根本不愿意从心理学层面去分析这个案件，或者说他们根本就不在乎。对司令部而言，一场以悲剧结尾的夫妻争执，足以作为整个案件的解释，剩下的就是在那家伙再次行凶之前，将他捉拿归案。至于那些可以减轻量刑的情节，以后再讨论也不迟……

其实她并不是要为马夏尔减轻量刑。她见过马夏尔·贝利翁两次，总觉得事情不太对劲。如果他真是意外杀妻、阵脚大乱的话，那早该落入法网了。他为什么要报警，又心甘情愿地来警局做笔录，最后却逃之夭夭？整个事件就像一场早已设定好的游戏，只为达到一个明确的目的。

这个目的是什么？

她很难以"直觉"的名义把这些想法写进报告里。别人会嘲笑她是在找借口，故意树立假想敌，从而为自己的无能开脱。

可是她不在乎。

屏幕上的那些字句下面，到处都是红红绿绿的波浪线。她叹了一口气。为了让那些高高在上的白人领导满意，恐怕有比纠正语法错误更要紧的事。不过就算整个官僚系统都来给她施压，她也要把报告写得工整体面、无懈可击。

因为这是个人尊严问题。

---

1. 希腊神话人物。他用蜡和羽毛做成翅膀，想要飞离孤岛，却因为在飞行过程中向太阳靠近，结果蜡封融化，羽毛散落，坠海而亡。

118

21 点 05 分

"晚安，卡班！"

卡班转过身来，犹豫着要不要伸出他那满是炭灰的手。已经十五分钟了，他一直在努力清洗阿拉曼达酒店那面巨大的页岩烧烤台。沙粒餐厅——这是酒店餐厅的名字——的菜单向来由阿尔芒·朱托敲定。每逢菜单上写有"烧烤"的夜晚，卡班就得兼做调酒和清理这两项工作。没办法，老板说了算。

跟他打招呼的人是伊芙-玛丽·纳迪维尔。这位戴蓝头巾的克里奥尔女清洁工就站在他面前，双手紧紧抓着她的帆布包，显然是正要下班。

"我就不跟你握手了，伊芙-玛丽，明天见！"

老妇人冲他笑了一下，却并不挪步，只是慢慢地环顾四周，确保没有人能听到他们说话。多亏了蚊子，大部分客人早已离开泳池。

"不，"伊芙-玛丽说，"明天我要去一个大白家打工。那是个不折不扣的浑蛋，比朱托还糟糕，但他给的工钱是这里的四倍……"

"那好，祝你复活节愉快。"

卡班低垂双眼，看着自己被染成炭黑色的双臂，心里满是委屈。还有无烟煤炉等着他去清洗呢！他，一位鸡尾酒艺术大师，却要在炭灰里折磨自己的双手和喉咙，就像一位被派去擦拭铜器的音乐家，叫人如何不惆怅？

伊芙-玛丽还站在原地。她像是要说什么，却又不知从何说起，只好把话放在嘴里翻来覆去地咀嚼，如同咀嚼一块甘蔗。

"你是怎么跟警察说的？"

卡班差点一屁股跌坐在炭灰里。

"警察？"

"对，小阿加和先知，你是怎么跟他们说的？"

卡班尽量装作不假思索地回答：

"就说事实呗，说我站在吧台里看到的事。不然我还能说什么？"

克里奥尔老妇人闭上双眼，不知是出于疲惫，还是出于失落。当她再次睁开蓝色双眸，她的眼神里分明多了一丝愤怒：

"比如说过去的事啊！马夏尔·贝利翁的过去。"

卡班不紧不慢地从兜里掏出一包万宝路香烟。

"并没有，伊芙－玛丽。警察根本没往那方面问。我是一个很听话的人，别人问什么，我就答什么。"

"别花言巧语，卡班！这个问题，警察迟早会问起的。"

卡班凑向烧烤台，吹了吹仅存的木炭，把香烟点燃。

"到那时再说吧。见招拆招，我已经习惯了。"

"可我不习惯！"

伊芙－玛丽的背更驼了，仿佛她脖子上佩戴的木头十字架重达千斤。她用虚弱的声音说：

"我……我的损失将比你们任何人都大。"

卡班长长地吸了一口烟。万宝路的烟雾在空中缭绕，朝天边的南十字星飞去。他问：

"你还恨马夏尔·贝利翁吗？"

伊芙－玛丽再次闭上眼睛，良久才缓缓睁开。她盯住烧烤台，神情如同一个能从牛油中预测、读懂未来的占卜师。

"我就指望你了，卡班。警察一定会翻旧账的。我……我不想阿罗耶的名字再次被提及。这么多年来，我一直在保护她。你明白我的意思吧，卡班？Pis pa ka rété assi chyen mô。[1]"

卡班一个弹指，把烟头送进炉膛。

"我明白。不过，阿加是很难对付的。她对这里非常了解，比任何人

---

1. 留尼汪谚语，"跳蚤不沾死狗，厄运吓跑朋友"。——作者注

都了解。"

伊芙－玛丽慢慢朝门口走去。

"我就指望你了，卡班。你跟坦吉、纳伊沃和其他人也说一声。"

卡班目送老妇人远去。他想说点什么，表明自己会和她保持同一战线，而不是站在警察那边。

"别担心，伊芙－玛丽。事情的结局很有可能是马夏尔·贝利翁吃一粒子弹，就这么被埋了。谁也不用去翻旧账。"

21 点 09 分

克里斯托来到警局后院，手里还拿着一罐渡渡鸟啤酒。阿加依然紧盯电脑屏幕，连眼皮都不抬。

"盘问茹尔丹夫妇的事，你干得很漂亮，克里斯托。"

克里斯托喝光了啤酒，对阿加的表扬无动于衷。

"有新消息吗，阿加？"

"没有……"

她敲下一个按键。标有警方已搜索地段的圣吉尔地图出现在屏幕上。

"不过我们一直在进步，克里斯托。我们会逮住他的。对了，卡洛斯街区那边只有两个人，而且都是实习生，你去支援一下吧……"

克里斯托把啤酒罐扔进垃圾桶，然后伸了个懒腰。

"我得走了，阿加。我要回家。"

阿加把两条手臂往下一沉，毫不掩饰她的诧异。

"你没搞错吧，克里斯托？我们必须在明早之前找到那个家伙，司令部才会……"

"不，阿加，不好意思。我们必须轮流工作。事情就是这样。"

"妈的，克里斯托，有个杀人犯正在逍遥法外！"

"而且还不止他一个。还有毒贩、恋童癖、弱势的寡妇，以及形形色色的恶棍。我了解我的工作，其他同事也一样。"

阿加站起身来，两道粗眉拧成一条笔直的黑线。

"事情由不得你，克里斯托。你被征用了，其他同事也一样。'鹬行动'，你还记得吧？"

"你又能拿我怎么样呢，阿加？惩罚我？我明天很早——一大早就来。现在，我要回去睡觉。你最好也睡一下。"

阿加很是窘迫，只好听着由鸟鸣和警局无线电波组成的怪诞音符。良久，她才疲惫地笑笑，回敬一句：

"你真是个没有责任心的家伙……"

克里斯托报以犬儒派的微笑，又在花园里踱了两步。

"你不必去证明什么，阿加，真的。就算你逮住了马夏尔·贝利翁，谁又会来感激你呢？"

阿加反驳：

"我把他逮住，免得他再去杀人，这就够了。其他的，我不在乎。"

克里斯托在黑暗中默默鼓掌。

"圣人！请接受我的致敬！阿加，别忘了给你的男人和孩子们打电话……"

阿加仰起头来，毫无遮挡的灯光刺痛了她的双眼。就在这道白色光线使她眩晕的瞬间，她想起了汤姆，想起了两个女儿：雅德和萝拉。萝拉比约瑟法·贝利翁大了不到三个月。留尼汪一台播放了"鹬行动"新闻之后，汤姆就给她发过一条短信。阿加还没来得及回复。反正他已经知道，今晚她回不去了。他会向女儿们解释，给她们讲故事，哄她们入睡。汤姆是个完美的男人。

她眨眨眼睛，看着克里斯托的背影。过了很久，她的视网膜上还有绿色光斑在跳跃。

"你在浪费我的时间，克里斯托。你说得对，你还是滚蛋比较好。"

18 约瑟法休息区

索法额头上的肉色创可贴并不惹眼。等到明天，她的伤口就会消肿，擦痕也会消失。马夏尔沿着床边坐下，紧挨着索法。他推开绣花靠枕和绒毛玩具，帮索法包扎伤口，再为她脱去衣服，让她在被子里躺好。索法十分顺从地任他摆布。马夏尔像是在拿一个没有生命的洋娃娃重温当父亲的感觉。这种感觉太不真实，如梦如幻。

索法是一个被吓坏了的洋娃娃。

他关掉电视机。索法不再说话。她最后问出的那个问题，一直在冲撞他的脑神经。

"爸爸，你杀死妈妈的时候，她疼吗？"

马夏尔笨拙地抓起那本《男孩小让》童话集。或许，读故事是开启父女交流的好方式？自打索法出生以来，莉安娜几乎每晚都要给她读故事，一读就是很久。

这是家中的一个惯例。

于他，则是一场无休无止的酷刑。

马夏尔讨厌这段把他排斥在外的睡前亲密时光。当莉安娜给女儿读故事时，他如果选择留下，就成了一个多余的看客；他如果选择走开，又成了一个无关的过客。想到这里，他索性站起身来，把《男孩小让》童话集放回摆满贝壳的架子上，又带着一份无尽的小心，坐到索法身边。

"索法，我给你讲个故事，比《男孩小让》更精彩的故事。我要告诉你一个秘密。"

没有回答。索法蜷缩在彩色的被子下面。

马夏尔继续用平静而抚慰人心的声音说：

"你知道为什么你会有一个与众不同的名字'约瑟法'吗？"

依然没回答。不过，索法的呼吸声稍稍加快。

"我敢打赌，妈妈从来没告诉过你……"

从被子底下钻出一个小脑袋。索法是个好奇心强的孩子，她的眼神泄露了这一点。马夏尔笑了。

"你知道吗，索法？那时，我和你妈妈想要一个孩子。特别想要。如果想要孩子的话，爸爸和妈妈就必须彼此亲吻、拥抱，抱得紧紧的——有多想要孩子，就得抱多紧。你明白吗？"

索法的两只眼睛睁得大大的，有如两颗明珠。墙上的相框里，那个跟她年纪相仿的金发男孩，头戴一顶写着"ferme Corail"（珊瑚农场）的棒球帽，正在抚摸一只巨大的海龟；另一张照片上，奶奶把他抱到马伊多公园的滑梯上。美好的假期，平实的幸福。

马夏尔的声音略微发颤：

"那一天，妈妈和爸爸决定去度假。我们不打算走太远，也不打算去太久，只是去离我们家很近的海边，就在诺曼底的多维尔。我们去年还去过的，你记得吗？沙滩上有五颜六色的遮阳伞，你还说那里的海水太凉了。"

索法皱了皱眉头，显然是想起了那段回忆。她张了张嘴，却没有吭声。

"不过，我所说的那天，你还没出生呢。那一天，爸爸在宾馆预订了一间双人房。从房间的窗户就可以看到大海。因为那天是你妈妈的生日，我想给她一个惊喜。我们开着雪铁龙毕加索出发了，那时车的后座上还没装你的安全座椅呢。要去诺曼底的话，我们得走高速。路程虽然不长，但路上的车却很多。为了躲避拥堵，我们一直等到很晚才出发，那时已经是夜里了。爸爸和妈妈都急着想要赶到宾馆，急着想要亲吻、拥抱，好让孩子快点到来……"

索法的小身子在被子里拱了拱，她的手臂现在紧贴爸爸的肩膀。

"在高速公路上，过了收费站，就有一个休息区，那也是到达海边之前唯一的休息区。爸爸和妈妈太想要孩子了，于是我们没等到去宾馆，就把车停下，停在那个高速公路的休息区里……你知道那个休息区叫什么名字吗，索法？"

索法的嘴唇动了动，像是在迟疑。

"不……不知道。"她终于轻声说。

一股巨大的热流席卷了马夏尔。

"它叫作约瑟法休息区，我的宝贝。我不知道它为什么会有这样一个美丽的名字。因为休息区周围什么也没有，既没有村庄，也没有房屋，只有几棵树和一个黑漆漆的停车场。妈妈和爸爸就是在那里，把你从天上接了下来，我的宝贝。当我们重新开车上路时，你妈妈握着我的手，握得很紧。她温柔地问我：'你不觉得约瑟法这个名字很美吗？'"

索法的小手钻进父亲的大手里。那只小手湿漉漉的，很温暖。马夏尔俯下身来，他的声音变得轻不可闻：

"你是世界上唯一拥有这个名字的人，索法。它就像一个宝藏，只有爸爸和妈妈，现在还有你，才知道这个宝藏的秘密。你明白吗，我的宝贝？每一天都有几百万辆小汽车和大卡车从那块写着'约瑟法休息区'的路标前经过，却没有一个人知道，原来，它就是世界上最美丽的那个女孩的名字。"

一颗泪珠顺着索法的脸颊滑落。

她一直不敢说话，却把目光定定地投向父亲。

不用她开口，马夏尔也知道，索法迷惑了。

那你为什么还要杀死妈妈？她用泪汪汪的双眼质问。为什么，既然你如此爱她的话？

马夏尔看着墙上另一张洋溢着幸福感的照片。慈爱的老奶奶正带着孙子参观香草屋。索法的小手好柔软，可她的手臂在微微颤抖，冒出一层鸡皮疙瘩。马夏尔叹了一口气，把目光移向别处，接着说道：

"你要相信我，索法。你要相信我。"

他咳嗽几声，清了清嗓门。

"我……我没有杀死妈妈。宝贝，我没有杀人，从来都没有。"

索法的小手就像一块正在他掌心里化掉的肥皂。马夏尔盯着墙上的照片，不知该怎样做才能与女儿更亲近一些。把她揽入怀中？让她靠在他的胸前？抚摸她的头发？……这些他统统都做不到。

他甚至在回避索法的目光。那几行简单的字一直萦绕在他心头，现在又在他眼前跳舞。

地点

卡斯卡德角

明天

16 点

带那个女孩来

他得继续努力。他知道，安抚索法仅仅是一个开始。接下来，他还得说服她，让她乖乖配合。

"索法，你要坚强一点。白天，当我们走向酒店停车场时，看到车窗上写了几行字，你……你还记得吗？那些字写的是一场约会，地点在海岛另一边的火山脚下，一个叫作卡斯卡德角的地方。"

马夏尔握紧手心里那汗津津的小手指，像是握着一块蓄满泪水的海绵。

"我们必须按时赶到那里，索法。明天将会是很辛苦的一天，非常辛苦。外面到处都是警察，他们想抓住我们。但我们必须赶到约会地点……"

索法在抽泣，小身体一耸一耸的，最后才吐出几个词：

"这样才能看到还活着的妈妈，是吗？"

一段久久的沉默。几近永恒。

"但愿如此，索法。但愿如此……"

21 点 34 分

马夏尔推开浴室的窗户。这扇窗朝向房屋的内花园，不会被人发现。他只把窗口打开几厘米，好让烟圈飞向繁星点点的夜空。

马夏尔的手指夹着香烟。他已经有好多年不抽烟了。烟草是从阿坝图瓦街的那个中国人手里买的，也就是卖给他黑莓手机的那位。

买烟草……

他忍不住要为此而嘲笑自己。这多么像退休面包师亲自去买面包！他甚至可以向那个中国人传授一套香烟生意经！

第二口烟。夜空一度变得模糊。透过被敲碎的窗户玻璃，满天星子变得熙熙攘攘，层层叠叠，组成一个万花筒。

花园里，有几只夜鸟在歌唱。马夏尔遗忘了它们的名字。他现在只认得巴黎郊外的灰麻雀了。

他几乎什么都遗忘了。

三天前，他去阿坝图瓦街时，正好路过以前的老汽车站。路灯下，有十来个女人，站在满是涂鸦的围墙前面揽客。马夏尔下意识地放慢车速。

他在这群混血儿当中寻找阿罗耶的身影，但她不在。他的目光掠过那些几乎还未成年的女孩：她们当中有留金发的克里奥尔女孩，也有穿紧身衣的胖姑娘，但就是没有长得像阿罗耶的人。要不就是他没有认出她来。他最后一次听闻她的消息，已经是五年前了。他知道她改名了，或许头发的颜色也变了，说不定都有孩子了。

又是一串烟圈。

假若阿罗耶从未与他相遇，假若她不曾与亚历克斯亲近，那她会过上怎样的生活？

三天前，他与莉安娜聊起这个话题，结果两人大吵一架。每次他提及这段往事，结局都一样——哪怕他只是选择性地提及。

大吵一架……

现在看来，那真是一场毫无意义的争吵。

自那以后，事情就变得无可挽回。

马夏尔在窗台上按灭了烟头。

他早已习惯生活在谎言里。以前他对阿罗耶撒谎；上周他对莉安娜撒谎；几天前他对警察撒谎；现在他对女儿撒谎。

躲藏、撒谎、杀人、逃跑。

不然呢，难道他有选择的余地吗？

19 法国人初达岩洞

克里斯托的老雷诺 5 慢悠悠地行驶在圣路易高地上。经过孔巴瓦街的急弯时，他再次放慢了车速。路边有十来个卡夫尔人，把大半条街都占了去。他们手里拿着啤酒，站在一个流动酒吧车前等位。路边的两棵棕榈树，支撑起一顶彩虹色帆布篷，下方是一张白色塑料桌。

这就是所谓的彩虹国度，真他妈扯淡！克里斯托在心里嘀咕。

老雷诺 5 又转了三个弯，驶过几栋高楼，进入平房区。这些平房面积狭窄，配套的花园几乎成了废品站，堆放着瓦砾、生锈的单车、被连根拔起的盆栽等各种垃圾破烂。

总之，房子不像房子，村子不像村子。还好有木麻黄树，遮挡住了那些更加不堪入目的景象。

克里斯托快速驶过下一条弯道。他以前不太了解留尼汪岛，直到有一天，他从高空见识了这个岛屿。当时他并没有乘坐直升机——没这个必要。他只是打开了谷歌地图。他发现，卫星图把这座岛屿压得扁平，岛上的房屋变成好几千个白色小方块，全都一模一样，周围是相同的热带景观，受同一片热带阳光照射。只有一处细节不同：有的白色方块旁边，多出了一个蓝色椭圆……从空中看，蓝色椭圆的分布规律十分明显：离海滩越近，或者说离潟湖越近，带有蓝色椭圆的白色方块就越多，无一例外。其实，住在潟湖附近的人，完全可以去潟湖游个痛快，不用担心礁石、鲨鱼和暗流。但是，岛上私家泳池的密集度偏偏与需求度成反比……

在专区警局，克里斯托曾把这张图展示给阿加看。她未加评论，只是耸耸肩，而克里斯托认为，这是一个极具代表性的现象。"一岛一世界"——留尼汪旅游局打出这句口号，不是没有道理。在这片几千平方公里的岛屿上，聚集着来自五湖四海的人，相当于一个展示人类不平等性的样板间。

一个测试人类命运的实验室。

一座修筑在世界边缘的看台。

你可以在这里观测全人类的未来——并且是以手端潘趣酒、脚趿人字拖，稳坐于阴影之中的方式。

克里斯托把车停放在米苏-枫丹街。这是一条稍微有点坡度的小街，街边停满了锈迹斑斑的汽车，让人误以为这里是废旧汽车回收站。伊梅尔达的房子在街区第四栋，房子前面被用作台阶的三块朽木上，坐着三个正在抽烟的少年。

纳齐尔是伊梅尔达的长子，十五岁，长着一双瘦长的腿，看上去像一只穿着沙滩裤的鹳。他吐出一个烟圈，抬眼望着克里斯托。

"哟，德里克[1]，你来了？你怎么没去追捕头号公敌？"

五米开外的一个塑料罐上摆着一台收音机，音量被开到最大。追捕马夏尔·贝利翁的新闻无疑是今晚最热门的节目。

纳齐尔又抽了一口烟，继续说：

"亏我还当你是詹姆斯·邦德呢……"

---

1. Derrick Levasseur，美国连续剧 *Big Brother* 里的警察。

克里斯托一脚蹬在台阶上：

"我是回来休息的，臭小子。德里克也需要吃饭睡觉、屙屎撒尿，你懂吗？就连詹姆斯·邦德也不例外。"

坐在纳齐尔旁边的两个小伙伴笑了，可纳齐尔没笑。他已经开始学着故作深沉了。

"真不知道我妈她看中了你什么。你不仅是佐亥伊、大檐帽，还是个大傻瓜！"

克里斯托又登上两级台阶，弯腰凑向年轻人，与他四目相对：

"可是我很浪漫。学着点，臭小子。你可以吃饭睡觉、屙屎撒尿，但是，浪漫不能少。这就是秘诀。来，给我一支烟……"

纳齐尔捏住烟头，把香烟藏到身后。

"没门，伙计，这是违禁品……"

"就是嘛！别忘了，你是在跟一个念过入职誓词的警察说话。"

少年的双眼写满挑衅。

"那又怎么样？"

"怎么样？！烟我不要了。把你藏在口袋里的那包烟草交出来，我要没收！"

纳齐尔不慌不忙地从短裤口袋里掏出一包用塑料袋装着的烟草，在警察面前晃了晃：

"你说的是这个吗，伙计？想要的话，我可以150欧元卖给你。市场价比这要贵一倍。但你好歹也算是我的半个家人，对吧？"

克里斯托伸出手。

"成交。钱我给你妈。"

"鬼才信你呢……"

那包烟草又重新回到了纳齐尔的裤子口袋里。他只是用拇指和食指夹出其中一片烟叶。

"拿去，算是我给你的礼物，德里克。这是今天早上我从自家地里现摘的……"

克里斯托走进屋里，手里还捏着一支烟。伊梅尔达背对着他，正在洗碗池边忙碌着。三个孩子：多里安、乔利、艾米克，都坐在桌边。

"该死的，克里斯托！"伊梅尔达头也不回地大喊，"你的烟！"

警察叹了一口气。

"不要在孩子面前抽烟！包括纳齐尔。你们的对话我全都听见了。你不应该放纵他。他才十五岁，你要给他做个榜样……"

克里斯托咳了几声。

"榜样?！太夸张了吧? 你干脆说要我做他的养父得了！我可不吃情感勒索这一套，伊梅尔达。"

餐具如同一道金属质地的瀑布，不断落入瓷质洗碗池中，在早已开裂的瓷壁上发出清脆的碰撞声。

"你先把烟掐了再说。明天，你必须没收他的烟草，再把地里种的那些拔掉。如果你不想扮演父亲的角色，那至少请扮演好一名警察。"

克里斯托把烟头在地上踩灭，又拿起一瓶牛车朗姆酒，一屁股坐在木凳上。

"就算是警察，也需要休息啊……"

伊梅尔达转过身来，动作麻利地收走三个孩子的餐具。

"我听新闻了。圣吉尔出事了嘛！我还以为你今天要很晚才回呢。"

朗姆酒灼烧着副官的味蕾。

"那不过是一场躲猫猫的游戏，多我一个少我一个，区别并不大……"

伊梅尔达耸了耸肩。她擦着一根火柴，点燃双耳铝锅下的天然气灶。

"你还没吃饭吧?"

克里斯托摇摇头。他喜欢伊梅尔达这个卡夫尔仙子。他喜欢吃她做的咖喱。他喜欢待在这个乱哄哄的家里。

一杯酒还没喝完，小乔利就已经爬上他的膝头。她长长的鬈发散发出椰子味洗发水的清香。

"给我讲个坏蛋的故事!"

克里斯托把酒瓶推到女孩够不着的地方。

"要很坏很坏的坏蛋吗?"

"要!"

"讲一个拿着大刀、杀死好几个克里奥尔人的坏蛋的故事,好不好?
这个坏蛋为了独占女儿,还把老婆给杀了呢!"

乔利发出开心的笑声:

"好呀!"

伊梅尔达把洗净的碗放入弗米加橱柜。透过有透镜效果的朗姆酒玻璃
瓶,克里斯托满眼都是她皇后一般的丰臀。他恨不得立刻扑到她身上。

乔利扯住他的衣袖:

"喂,耶稣,你到底是在给我讲故事,还是在偷看我妈妈的屁股?"

这个小鬼!

克里斯托故意把小女孩撂倒。她咯咯地笑成一团。多里安和艾米克也
跑过来凑热闹。

"当心,烫!"伊梅尔达一边警告大家,一边把盛有咖喱饭的碟子摆
在克里斯托面前。"走开,淘气包们,你们该去睡觉了!"

伊梅尔达作势扬起手中的抹布,平息了孩子们的抗议。她转过身来,
对克里斯托说:

"待会儿只有我们两个人时,我得跟你谈谈。好好谈谈。"

"那还是免了吧。"

伊梅尔达的语气没变,只是更兴奋了一些:

"是谈谈那个在逃杀人犯的事,傻瓜!电视里不是一直在播放这条新
闻吗?我总觉得不太对劲。有件奇怪的事,不知为什么没人提到……"

21 点 53 分

二十分钟。这是阿加给自己的休息时间。

一分不多，一分不少。

她选择暂时离开圣吉尔。通常，当她需要整理思绪时，她就会驾驶她的标致 206，一直开到圣保罗。她喜欢在入夜时分去圣保罗走走。那里有荒凉的马林公墓、无人的集市广场，还有藏在木麻黄树下的"法国人初达岩洞"（la grotte des Premiers Français）。

阿加刚刚给家里打过电话。汤姆把雅德和萝拉照顾得很好。阿加其实很讨厌以这种方式给家里打电话：把一天的光景浓缩成三两句话；因为怕占线，所以说不了多久就得挂断；直到挂断电话之后，才能把听筒里三三两两传来的一位耐心的父亲和两个兴奋的女儿的话语，重新排列组合，慢慢回味。

"照顾好你自己，亲爱的！""我们在电视里看见你了，妈妈！""别担心，亲爱的，我能照顾好她们。""你什么时候回来呀，妈妈？""女儿们非得等到你的电话才肯睡。""妈妈，爸爸给我们讲了男孩小让的故事。他还找到了那只变色龙，它就藏在我们屋子后面的石堆里……""跟妈妈说晚安，她没工夫闲聊……"

汤姆是个完美的男人。

六年来，他一直在圣吉尔高地当老师，教幼儿园大班。他是一个平和、理智、可爱的男人。她经常问他，像他这样完美的男人，怎么会爱上她这种刻板的女人。

"你不是刻板，是完整。"每次他都这样回答。

完整……

阿加有时会觉得自己嫁给了一个拳击袋。这个拳击袋稳稳地立在基座上，她打得越是凶狠，它回位越是迅速，一如最初。汤姆是一个漂亮的黑丝绒拳击袋，一个完美的父亲，一个温柔的爱人。

阿加不喜欢睡觉时身边没有汤姆。

但是现在例外。现在，有一个杀人凶手，正带着一个跟萝拉年纪相仿的女孩，在岛上游荡。

她看了看手机上显示的时间。还剩七分钟。她其实没必要紧张。她已经交代过莫雷兹，一有新情况就向她报告。目前，对讲机悄无声息。

阿加朝法国人初达岩洞走去。远处，加莱角港依稀可见。传说，岛上的第一批居民就是从那里登岛的。当时，波旁岛——这是留尼汪岛的旧称——不过个无人荒岛，是汪洋大海中的一块巨石。登岛的殖民者无须屠杀任何原住民，因为这个海岛不属于任何人，或者说属于所有人。

阿加沿着马林公墓漫步。她的汽车就停在公墓尽头。前不久她才得知，她的高祖父也入葬在此，跟海盗们的坟墓混在一起。高祖父名叫阿比·普尔维，1861 年以契约劳工的身份来到岛上。法国废除奴隶制之后，"契约劳工"成了"奴隶"的官方代名词。为了开垦甘蔗林，继非洲人和泰米尔人之后，岛上又招来成千上万的扎拉伯人。不久，法国本土开创甜菜制糖术，岛上经济遭受毁灭性打击。经济全球化才刚刚起步，就开了一个不小的玩笑，把岛上几千名奴隶变为无业游民。扎拉伯人历来讲究团结，阿比·普尔维和其他族人齐齐投身编织行业，靠用佛手瓜藤蔓编织草帽维持生计，至少好过那些一大半饿死了的克里奥尔人。

阿比·普尔维的儿子贾拉德，子承父业，继续靠卖草帽维生。只要热带的阳光一直炙烤人们的脑袋，他就不愁没生意。1906 年，他在圣但尼的伊斯兰之光清真寺完婚。那是法国最古老的清真寺。后来，他在圣吉尔买了一块地。当时他怎么也想不到，这块紧挨着臭气熏天的河谷、满是碎石头的土地，后来竟成了佐亥伊们修建圣但尼火车站的选址。因为噪声、人口、灰尘实在太多，一开始他打算搬走。但日子久了，他也就慢慢习惯了。后来，他把房子租给那些来潟湖度过周末的圣但尼市民。五年后，也就是 1912 年，他离开编织行业，建起了一座共有七间房的膳宿公寓。

阿加的爷爷法里斯，1915 年出生于圣吉尔高地一座殖民风格的豪宅中。

当时，普尔维家族的产业如日中天。铁路和加莱角港的远航邮轮，为他们源源不断地送来观光旅客、企业老板，以及向往异域风光的中产家庭。1937 年，法里斯开始建造留尼汪第一家真正意义上的酒店。两年后，酒店开业。第一批来宾入住的时间比他预想的要长：他们是为了躲避纳粹、从欧洲逃来岛上的富翁。其中大部分是犹太人，而犹太教刚好是当时岛上唯一缺少的宗教！

阿加的父亲拉希姆，1939 年与潟湖酒店共同诞生。作为独生子，他给自己找了一个玩伴——与他同龄的莎拉·阿布拉莫夫。她是战时来岛上避难的一位犹太企业家的女儿。以色列建国时，这位犹太企业家选择留在留尼汪岛。两个小伙伴在酒店里、潟湖边一起玩耍，一起长大，变得密不可分。对法里斯——阿加的爷爷而言，拉希姆和莎拉成婚是铁板钉钉的事情。以他的生意才能，再加上亲家的银行存款，绝对可以打造岛上的经济传奇。而这种犹太人与穆斯林的独特联姻，也只有在留尼汪岛才会发生。在他们手上，统揽马斯克林群岛的旅游帝国即将崛起。两个孩子成年后，双方家族一致同意把拉希姆和莎拉送去美国深造，专攻国际贸易。两人在同一所学校，读同一个专业。拉希姆生性内向、温顺，热衷于彩瓷拼贴。比起继承家族生意，他更希望发挥自己的艺术禀赋。莎拉很快就把童年时代的祖克舞曲[1]抛诸脑后，转而追捧海滩男孩[2]的摇滚音乐，从此再也没有回头。她和一个加利福尼亚金发男孩相恋，定居圣迭戈。两大家族联姻并合办酒店的计划，就这样泡了汤……莎拉的父亲，纳塔尔·阿布拉莫夫，于 1967 年离开留尼汪岛，去了特拉维夫 – 雅法。拉希姆孤身一人从美国回来，身无分文，连一纸文凭都没有拿到。这还不算最糟糕的。一事无成的儿子回国后意志消沉，为了寻求安慰，竟然爱上了酒店里长得最美的女孩莱拉——一个目不识丁、尚未成年、在酒店清扫厕所的克里奥尔女孩。望子成龙的父母实在失望透顶，他们千般辱骂、万般阻挠，但全都无济于事。拉希姆从未奢望过一个如此美丽的女孩会拿正眼瞧自己，因此生

---

1. Zouk，20 世纪 80 年代初源于安的列斯群岛的一种舞曲。
2. Beach Boys，20 世纪 60 年代的美国摇滚乐队。

平第一次敢忤逆父亲。为了逃避家人的责难和扎拉伯族群的讥讽，他带着
莱拉逃往马达加斯加岛，梦想在那儿的陶瓷行业开创一片天地。可是，他
再一次遭遇失败，只能靠去阿劳特拉湖水坝建筑工地搬运石头维生。六年
后，他获知父亲过世的消息，这才两手空空、以无业游民的身份重返留尼
汪岛。当时，莱拉已经怀上了阿加。

　　回到岛上的拉希姆，受到了如麻风病人般的待遇。在他离开以后，潟
湖酒店濒临破产，被大型国际集团万豪集团收购。造化弄人，纳塔尔·阿
布拉莫夫居然就是万豪集团的股东之一。潟湖酒店从此被更名为阿拉曼达
酒店。当时的酒店经理是个高学历的比利时人。他根本不在乎员工的家族
背景，很快便雇了阿加的母亲莱拉。因为她长得漂亮，对行业和当地情况
都了如指掌。在莱拉的多番恳求下，酒店经理也聘用了拉希姆，让他发挥
彩瓷拼贴的专长，把酒店的浴室、泳池、厕所全部交给他打理。阿加至今
还记得，当年她乖乖坐在酒店走廊里，等待父母下班时，酒店员工会毫不
忌讳地在她面前羞辱前任老板之子。以眼还眼，以牙还牙——法里斯·普
尔维不是那种懂得笼络员工的老板，却是少见的在生意场上败北的扎拉伯
人。直到多年以后阿加才明白，大家把拉希姆看作傻瓜家族的后代，认
为他娶了全岛最美的姑娘就是为了改造基因，东山再起……在她十岁以前，
全家人一直住在石头高地。那里只有几座破房屋，一道八十米深的悬崖将
它们与圣保罗、圣吉尔相隔开来。后来，他们举家迁往弗勒里蒙，搬进独
栋住宅。拉希姆在五十二岁那年撒手人寰，阿加当时刚满十七岁。父亲死
后，只留下一贫如洗的家和一栋铺满彩砖的房子。这栋与众不同的房子成
为当地一景，阿加的母亲至今还住在里面。

　　阿加每个月最多去看望母亲一次。这天晚上，她的母亲没有错过那条
电视新闻的任何细节。她为自己的女儿感到骄傲。是她的女儿在调兵遣
将，冲在正义的最前线。同时，她也为命中注定的机缘巧合感到错愕和震
惊——这场凶杀案发生的地点，居然就是阿拉曼达酒店！

　　阿加走在停车场上。再过几个小时，岛上最美的小集市就会在这里铺

陈开来。每天清晨都是如此。空气里，抑或是在她的想象中，弥漫着香草、小豆蔻、肉豆蔻和姜黄的气息……

就在她上车时，电话铃响了。

是莫雷兹打来的。

有进展了？

"喂，阿加？"

"喂，莫雷兹？"

"有新进展了！"

"啊！你们抓住马夏尔·贝利翁了？"

"没……没有。不过你别生气，我们掌握了关于他过往的消息。你知道吗？马夏尔·贝利翁身上还有一桩命案……老天爷，要说良心债的话，没有比这更沉重的了。"

22 点 13 分

被窝下面，克里斯托的身躯正在柔韧有力地前后摆动。伊梅尔达的身子暖融融的，她的皮肤褶皱就像一张由羽绒、草叶、奶油共同组成的床垫；他像是在一片浓稠的海水里畅游，满溢的浪潮不断摇晃着他，然后一波接一波地在床单上摊开；又像是沐浴在一大片羊水之中，在她身上，他既是情人，又是胎儿。

这里是属于他的天堂。

"我可以打开电视机吗？"

克里斯托来不及回答。伊梅尔达并没有挪动被他压在胸膛下的身体，只是伸长手臂，抓起电视遥控器。

"这事与你也有点关系，"她喘息着说，"今天晚上，岛上所有的电视台，都用圣吉尔专区警局的新闻取代了电视连续剧《犯罪现场调查：迈阿密》。"

真是拿她没办法。

"你有没有意识到，你正在和霍雷肖·凯恩做爱？"克里斯托喘着气说。

她调高了电视音量。

"你是不是该去一趟？"

"不用，我们轮流休息，懂吧？我明天一早再去。阿加要手下都好好休息，保证精力充沛……"

"霍雷肖·凯恩"缓慢而有力地向前挺进。

"你看起来真是在好好休息……"

克里斯托双肘支撑身体，继续在这具丰满的胴体上滑动。电视机是他的非正当竞争对手，但他绝对不认输……

"克里斯托，有个小女孩处境危险哪！"

"对，还有毒枭、恋童癖、奴隶制的拥趸、高地上快饿死的孩子，这些我都得管。忙得过来的话，还得管醉驾的摩托车手、领着一群妓女的鸨母……请问我还怎么睡觉？"

伊梅尔达发出呻吟。她握住遥控器的手无力地张开，投向天花板的目光也变得迷离。克里斯托加快速度。他了解伴侣的每一声喘息。他喜欢看她进入喷发状态的身体。

"他……他是危险人物。"伊梅尔达娇喘连连，"尤其是对他的女儿而言……他曾经……曾经害死过另一个孩子……就在……在……"

克里斯托的脑袋猛然从被子底下钻出来。

"你说什么？另一个孩子？"

伊梅尔达深吸了一口气。潮水渐渐退去。

"对，另一个孩子。就在布康卡诺。事情已经过去好几年了。你不记得了吗？"

不，克里斯托不记得了。只有留尼汪女人才会在脑子里开辟一块空间，专门存放报纸新闻，日复一日，年复一年。

"说来听听，我的美人儿……"

"我只能告诉你我所记得的。那至少是八年前的事了。事情发生在一天夜里，一位父亲在布康卡诺海滩上看护自己的孩子——至少，他应该要看护自己的孩子。第二天早上，人们却在沙滩上发现了这名六岁男孩的尸体。他是在海里淹死的。没人知道到底发生了什么。"

克里斯托感到自己迅速疲软，如同被遗忘在烈日下的冰棍。

"老天爷！你确定这位父亲就是马夏尔·贝利翁？"

"确定。一样的名字，一样的相貌。"

副官皱了皱眉头，好像不大相信。伊梅尔达继续说：

"警局里难道没有人联想起这段往事？"

"大家都以为他只是个游客……"

这个借口听起来太过敷衍，一时间，他俩都沉默了。房间里只剩下电视机播放广告的声音。克里斯托的手在伊梅尔达身上游走。

伊梅尔达无力地反抗：

"该死的，克里斯托，你不去打个电话告诉同事吗？"

这个女人真是一个巫婆。只要触碰她的肌肤，他就能恢复年轻时的雄风。她一定是在床下藏了好几只被割喉的黑公鸡，在被开肠破肚的椰子里烧熔了好几根蜡烛，在他到来之前焚烧了好几块樟脑——总之是动用了各式各样的巫术，不管是白人的、印第安人的，还是科摩罗人的。

"明天，我明天第一时间就打电话。一定打。"

说完，他再次向她压过去。

"你疯了。"她呢喃，"你简直就是留尼汪警界的耻辱。"

"恰恰相反，我这个人很讲原则。休息时间是工会规定的！再说，这通电话是今晚打还是明早打，又有什么区别？那家伙正在广阔的天地间欢腾着呢……"

他把头靠在她柔软而舒适的肩膀上，像是一个撒娇的婴儿。

22 点 32 分

伊梅尔达抚摸着克里斯托的头发。他每次都会沉睡。她的右手继续为他按摩头部，左手抓起床头柜上的一本书。《复仇女神》，阿加莎·克里斯蒂著。她翻翻书页，并没有认真读。她还在想着眼下的案件。电视新闻、克里斯托对她的讲述、那个女人的消失、罗丹的死、男人的出逃、酒店员工的证词……这些都环环相扣，彼此印证。

旧书页被翻得快要散架。在现有的证词中，有什么东西不对劲。本来，多年前那桩小男孩海中溺亡的事情就颇令人费解，她得努力回忆一下。说不定还得去翻翻以前的报纸。玛丽·柯莱特，就是那个住在约翰二十三世街的老妇人，有保存《留尼汪日报》的习惯，三十年不间断。

他叫什么名字来着，那个溺亡的男孩？

她翻着《复仇女神》。这是纳齐尔从圣约瑟夫的一个集市上买回来的。克里斯托喜欢叫她"黑人马普尔小姐"，其中不无道理。她每年要吞下将近一百部侦探小说。整个街区的人都知道她爱读侦探小说，所以总会有人给她送书。尽管都是些旧书，而且多半都缺少最后几章。眼下的案件，让她想起十几年前读过的一本小说：《卡胡卢伊湾》。书中的故事情节与马夏尔·贝利翁的故事一样，只不过是发生在夏威夷而已。所有的证据都显示那个人有罪……直到一位最后登场的证人改写一切。与往常一样，尽管作者努力包装，伊梅尔达还是早早就猜到了结局。

克里斯托鼾声如雷，睡得像只小猫。

伊梅尔达必须开动脑筋，启用她大象一般的记忆力。先从最简单的问题着手——那个六岁男孩，叫什么名字来着？

Don't Let Go
Of My Hand

2013 年 4 月 1 日，周一

20 小哥哥

7点21分

在镜子里，我看到爸爸手中那闪着寒光的刀锋。

锋利。尖锐。

他将刀锋贴近我的脖子。我能感受到锐利而冰冷的触感。

我怕得发抖，却一句话也不敢说。爸爸就站在我身后。他一定能感受到我的恐惧，知道我在发抖，看到我全身都起了鸡皮疙瘩。

爸爸再次把刀锋凑近。刀尖先是碰到我的脖子，冷冰冰的。然后逐渐向上，直到我的左耳。

我尽量保持不动，就这样等待一切结束。不能喊叫。不能慌张。

爸爸可能会弄疼我。

也可能会令我受伤，哪怕他不是故意的。

我爸爸的手从来都不是很灵巧。

又有几绺头发掉进了盥洗池里。

我的眼角涌出泪花。我答应过爸爸不哭。但是，这实在太难做到了。

其实，爸爸已经向我解释过：为了找到妈妈，我们必须很早起床，尽快出发。我们要去奔赴一场约会，地点在海岛的另一端。他还说，我必须做所有女孩中最勇敢、最坚强的那一个。

我一直就是。将来还是。我敢保证。只要能找到妈妈。可是，话虽如此，我还是为我的头发感到惋惜……我梦想着把它们留长，让它们一直垂到我的屁股那儿。我梦想着它们能像妈妈的头发那样漂亮。我已经准备好为此等上几年，宁愿每天早上花好长时间来梳理。

爸爸只用了五剪刀，就全给我剪掉了。真可恨。

把我打扮成男孩的模样——这到底是什么馊主意啊！他只不过是看到了墙上的照片，就想出这一招来。那个男孩跟我年纪差不多，当他来奶奶家度假时，他就睡在我睡过的那个房间。有一个住在留尼汪的奶奶就是好，这里可比酒店强多了。而且，这个老奶奶看起来人很好。她的蓝色头发真有意思。照片上，她总是戴着大大的项链，用贝壳或者鳄鱼牙齿做成的那种。

"你可以穿上那个男孩的衣服。"爸爸对我说，"就像要去参加化装舞会一样。"

他挤出一个生硬的笑容。我可笑不出来。爸爸每次开玩笑，我都觉得不怎么好笑。

剪刀的刀锋又钻到我的耳朵后面。我的头发越来越短了。

其实，我知道爸爸为什么要把我打扮成男孩。这不光是为了让别人认不出我来，还有其他原因。

我打算来一个出其不意，于是转过身问他：

"爸爸，我以前是不是有个哥哥呀？我不认识他，是因为他死了？"

剪刀差点从爸爸的手里掉下来。他在最后一秒抓稳剪刀，可刀尖还是刺到了我的脖子。我毫无感觉，因为我把全部注意力都集中在听爸爸的回答上。

可惜爸爸没有回答。

7点24分

过了很久，马夏尔才重新开口。他仿佛想借沉默之机，让索法忘记她的提问。

"我的宝贝，你装扮成男孩的样子特别好看。"

镜子里的她冲他吐了吐舌头。

最后几剪刀。尽他最大的努力，把刘海剪齐。尽他最大的努力，把注意力集中在他首次操练的理发师工作上。可他心里免不了思考另一件事情。

就这样把女儿推出门去，让她独自应对，这样的做法无异于自杀。可他别无选择。

"你听懂了吧，宝贝？我把清单都写好了，你只要拿给他们看就行。"

"我能念给他们听吗？你知道吧，爸爸？我认识字。"

他凑近女儿的脖子，像一个讨好顾客的理发师。

"你越少开口越好，我的宝贝。不能让人发现你其实是个女孩。所以，你只要把清单递给他们，然后检查他们给你的东西是否齐全。一张1：25000的地图……"

"好复杂啊……"

"一个指南针。"

"其他的我都记住了。还有水果和三明治。"

"如果有人问起，你就说你名叫……"

"保罗！"

"很好。"

他强装出一个笑脸。就他一个人笑了。他永远也逗不笑索法。

"路线我也给你解释过了。你沿着那条宽阔的步行街，一直朝大海的方向走。所有的商店都在里。你不能跟任何人讲话，除了售货员。明白了吗？"

"明白了。我已经不是小孩子了。"

马夏尔拿走披在女儿肩头的毛巾。毛巾上沾满了头发。女儿盯着镜中的自己，不大相信自己变成了锅盖头，而且还是一个有豁口的锅盖头。

"每次妈妈写购物清单时，总要额外加上两样东西。一个是送给心爱宝贝的惊喜，另一个是送给心爱丈夫的惊喜。"

没错，莉安娜总是带着一份优雅在生活。她能让每一项家务都变成一场游戏。他良久才回答：

"宝贝，最好的惊喜，就是你能快快回来。"

他走向门口，把门打开一道缝，然后朝无人的街道瞄了一眼。

"等等，索法，还差一样东西。"

他俯下身来，在女儿的鼻梁上架了一副墨镜。那是他在门口的柜子上找到的。

"好好听我说，索法。等你回来以后，你可能会认不出我来。因为我也要化装，把头发剪了，把胡子剃了。你明白吗？"

"明白……"

很难从索法的目光中识别出任何情绪来。

是恐惧？是惊讶？还是把这当成一场游戏的兴奋？

马夏尔抚了抚女儿短短的发楂。有十几根碎发沾到他手上。

"行了。去吧，我的大女孩。"

21 酌情量刑

"要不要来杯茶，亲爱的？"

阿加先是吸了吸鼻子，闻到一股热腾腾的香气，然后她才睁开眼睛。眼前有一个托盘。托盘上放着一杯茶和一个小篮子。篮子里躺着三个牛角面包。

第四个牛角面包在克里斯托嘴里。他的胡须上沾满了面包屑。

"你昨晚没睡吗，阿加？你看起来像个彻夜失眠的老太婆。"

"谢谢你，克里斯托。一大早听到这样的话真叫人开心。没错，我每次睡十分钟，加起来大概睡了一个小时。"

"来上班的路上，我留意了一下警局电台。所以，没什么新进展？"

"没有。马夏尔·贝利翁跟飞走了似的。我接到了'鹬行动'总指挥拉罗什的电话。太阳刚升起，六架直升机就开始在海岛上空搜寻，但根本就没发现灰色克力奥、马夏尔·贝利翁或是他女儿的踪影。拉罗什跟省长汇报过后，一定会给我电话。他来留尼汪已经有六个月了，他……他看上去很能干。"

"走点心，阿加。"

"什么？"

"当你说他'很能干'的时候，请走点心。"

阿加叹了口气。她伸了个懒腰，把手搁在暖融融的茶杯上。克里斯托在窗台上坐下：

"不过，我倒是有个新消息。一个沉重的消息……"

阿加的双眸闪现出希望的光芒，宛若夜空中最后的星，在梦幻与梦醒之间徘徊。

"真的吗？难道你在睡觉的时候也可以工作？"

"还真被你说中了。这个消息就是我女朋友告诉我的。她的脑子好比一台英特尔处理器，配备3TB的巨大容量的硬盘，专门用来存放留尼汪的各类社会新闻。总之，她在床上告诉我，马夏尔与多年前的一场悲剧有关——有一个小男孩在布康卡诺淹死了。"

阿加眼中的光芒熄灭了。与此同时，天边的南十字星也消失在微弱的晨曦之中。

"你不相信？"克里斯托失望地问。

"我相信……从昨晚开始，我们已经接到了七通电话，说的都是同一个故事。留尼汪人对本地发生的荒唐事都记得特别清楚，至少要胜过我们这些当警察的。岛上没有一个警察，把这个逍遥法外的法国本土游客和多年前的一桩儿童溺亡事件联系起来。你一定已经猜到，我们正在着手调查这件事。我还收到了来自本土的电子邮件，只是没来得及细看。简言之，马夏尔·贝利翁失去了他的第一个孩子，那是他和第一任老婆所生。然后他与第一任老婆离婚，与莉安娜结婚。那个死去的孩子名叫亚历克斯，年仅六岁。因为没有大人看护，活活淹死在海里。当时，本应该由马夏尔·贝利翁看护他。目前，我还看不出眼下这起双重谋杀案与这桩陈年旧事之间有什么关系。唯一可以确定的是，我们想错了——这位游客根本不会在陌生环境中迷失方向，他其实对留尼汪了如指掌。"

"事情得往好的方面想，阿加。"克里斯托解嘲道，"怪不得我们会被他耍得团团转，原来我们有'酌情量刑'的理由。"

"马夏尔·贝利翁在岛上生活了九年。"警长并不起身，继续说道，"也就是 1994 到 2003 年间。他曾在波旁航海俱乐部工作。司令部的调查结果显示，马夏尔·贝利翁至今在岛上还有几个泛泛之交：一个是曾经和他一起潜水的朋友，住在朗日万；一个是甘蔗种植园主，住在马河；他还有一个前女友，住在悲伤河谷。三人都声称，自打马夏尔·贝利翁回本土以后，就再也没和他联系过，这次他回岛上跟这几人也没有见面。我们监听并跟踪了这三个人，获取的都是些无用信息，丝毫没有马夏尔的音讯。"

克里斯托开始吃下一个牛角面包。

"真是个难对付的家伙……很抱歉，我提供的这条信息帮助不大。"

"没关系。很抱歉，昨晚我对你的态度不太好。"

"那是我自找的。再说，当时你够累的，现在更是。你应该去睡一两个钟头……"

阿加吹了吹热茶。

"那可不行，我的大男孩。我有预感，接下来的几个钟头将非常关键。马夏尔·贝利翁昨晚一直藏在窝里，但他总会出洞的，就像总得出来觅食的老鼠……他不是在漫无目的地流窜，克里斯托。他心怀目标，一个明确的目标。"

"假如我给你介绍一名帮手……怎么说呢，是一名非系统内的帮手，你介不介意？"

"反正我都到这个份儿上了……"

"我那位卡夫尔女朋友，就是那个'英特尔处理器'，昨晚一直在琢磨这个案件。她也觉得案情还有待挖掘，没准能找到暗藏的逻辑。"

"会用人是一个优点，克里斯托。你的这位朋友会科摩罗占卜吗？她用的是波旁咖啡渣还是公山羊内脏？"

"她更像是哈兰·科本[1]，只看侦探小说前三章就能预测结局的那种……"

阿加被一口热茶烫到喉咙，直皱眉头。她做出决定：

"倒也未尝不可。叫她过来吧，反正又不会损失什么……"

克里斯托笑了。

"你是个好人，头儿。你不会失望的。伊梅尔达很赞。"

他从口袋里掏出烟草，卷了一根烟。阿加怒了：

"克里斯托，你该不会是要在这里抽烟吧？这里可是警局，该死的！再说，今天整个司令部的人都会来……"

"别激动，阿加。我们这是在门廊，海边的信风一下就把烟味吹没了……再说，我有正当理由。这包烟，是我来之前从一个孩子手里没收的。"

阿加叹了一口气，放弃争辩。

"你真是个烦人的家伙！今天早上我不想跟你吵架。"

克里斯托吸了一口烟：

"怎么样，还有其他新消息吗，亲爱的？"

"有啊，每分钟都有新消息……你想啊，'鹬行动'，那可是几十号人同时在岛上和本土办案。"

"那就过滤一下信息，告诉我最有价值的。"

"还真有。司令部那边深入调查了一下茹尔丹夫妇。可以确定，在来岛上之前，他们根本不认识贝利翁夫妇。但是……"

副官嘴里叼着香烟，心想阿加接下来要说的话一定很有料。

"但是什么？"

"但是，他们还是去茹尔丹夫妇的网络账户上确认了一下。尤其是雅克·茹尔丹的账户。猜猜这个伪君子在他的 Picasa 里藏了些什么？"

"Picasa 不是一款数字相册软件吗？"

---

1. 犯罪小说家。第一位获得爱伦·坡奖、莎姆斯奖和安东尼奖三项文学大奖的美国人。

"答对了，克里斯托。雅克·茹尔丹偷拍了好多女游客的照片。全都是年轻美女的泳装照。有的是用手机在海滩上近距离偷拍的，画面很模糊；有的是用柯尼卡美能达拍的特写照，就像狗仔队的作品。"

"哇！这个律师真让我刮目相看！我们可以因此而逮捕他吗？"

"没那么简单。还有，我们在他私藏的一众美女照中，发现了十几张莉安娜·贝利翁的照片。很显然，这位美女不喜欢穿着泳衣晒日光浴……"

克里斯托表情兴奋。香烟没从他嘴里掉出来真是个奇迹。

"交给我来处理吧！先让我看看那些照片！"

阿加大笑起来。

"谁叫你昨天那么早回家？司令部那几个跟你一样好色的人，早就自愿承担了盘查照片的任务。"

克里斯托的香烟最终还是掉了下来。

"现在我跟你一样痛恨司令部的那帮人！你觉得雅克·茹尔丹是喜欢上贝利翁家的那位金发美女了吗？"

"谁知道呢……"

警长慢慢把茶喝完，这才对克里斯托说：

"还有一件事。既然你习惯白天工作，那能不能帮我一个忙？"

"我起这么早就是为了给你帮忙的，亲爱的！为了准时到达，我甚至牺牲了早上的睡觉时间。"

阿加放下茶杯，叹了口气。

"还有一条线索要去确认！昨晚，电视新闻播出之后，我们收到了一通电话。一个名叫莎莉娜·泰－梁的女孩，在圣但尼机场当值机员。据她在电话里所说，五天前，也就是双重谋杀案发生前四十八小时，马夏尔·贝利翁曾经去过她的柜台，要求更换机票。如果真有此事，马夏尔·贝利翁就是有预谋犯罪。那个女孩今天正好休息，在家中等待警察去做笔录。她家住在洛克菲尔[1]。"

阿加递来一张卡片，上面潦草地写着一个地址。副官踩灭烟头：

"你要不要对我这么好啊……我最——喜欢空姐了！"

看到领导神情颓然，他又赶紧补充一句：

"别担心，阿加，我们的罗网已经越收越紧了。我们一定会抓住他的，一定！"

---

1. Roquefeuil，位于圣吉尔高地的一个社区。——作者注

22 雀鹰出动

8点04分

我走在通往海边的宽阔的步行街上。街边全是彩色的方块形小屋，就像崭新的玩具娃娃屋，屋顶和墙可以拆卸的那种。在药房的绿色十字架下，有一块标牌，我仔细读上面的字：罗德里格斯岛林荫大道。

从爸爸在我身后把门关上的那一刻起，我就完全按照我和他之间的约定行事，表现得特别乖：不能跑，要走人行道；下楼梯，过街，沿着这条没有车辆的马路一直走。绝对不能用跑的。

我也记得之后要做的事情。每到一个店铺，我就把购物清单递给店员看。

然后，等待，付钱。

很简单。只是那副墨镜有点碍事，每当我走到阴凉处，就什么也看不见了。

可是爸爸说过，不能摘下墨镜！

在街道尽头，靠近海滩的地方，有一个穿制服的警察。他独自一人，站得笔直，两只眼睛四处张望，像一只正在窥视麻雀的懒猫。

现在，他朝我看过来。也许是因为我做了一个引起他注意的动作。还好我没有叫出声来，也没有再做其他动作。我只是努力保持自然。其实，我的心已经拧成一团了。

报纸上的那个女孩就是我！

在报纸的第一版，有我和爸爸妈妈的巨幅照片。几乎每一家商店门口都堆着一摞这样的报纸。可我还是要装作若无其事的样子，就像爸爸要求的那样。我得机灵一点。在报纸上的照片中，我穿着一条黄裙子，留着长头发，别人可以看见我的眼睛。而现在，没人会认出我来。反正那个肥猫警察是肯定认不出来的。

我径直走进食杂店。

"小男孩，你要买什么呀？"

我不吭声，只把单子递给柜台后面的女士看。面包、火腿、蛋糕、香蕉。那位女士花了一个小时才把东西都装进袋子里，又花了一个小时给我找钱。我只用非常轻的声音说话，像是喃喃自语：

"谢谢，女士。"

爸爸说过，不用试着去改变嗓音，只要尽量小声说话就行，就像我害羞时那样。

我走出食杂店。那个肥猫警察还在原地。他并没有移动，但我总觉得他在向我靠近，就像玩"一、二、三，太阳！"[1]时那样。

我假装没事似的，继续往前走。

四个店铺。两个服装店，一个花店，一个薄饼店。

我从店铺门口经过，尽量让自己走得慢一些。

一个书店。

我走了进去。

"你找什么，我的小伙子？"

我抬起头，立刻被吓了一跳。

---

1. 法国儿童常玩的一种追逐游戏。被追逐者背对追逐者站立，追逐者向被追逐者靠近，当被追逐者回头时，追逐者必须停止动作，原地静止。

店员是个中国人。

我害怕中国人。除了食人怪和加勒比海盗，我最害怕的就是他们。哪怕是在巴黎的餐厅里，我都怕。我和妈妈出去逛街时，她很喜欢去中餐厅吃饭。可我不喜欢。我同学蒂梅欧说，中国人会吃一些奇怪的东西，如被抛弃的狗、蜘蛛、没有眼睛的鱼。这里的中国人，还吃黏糊糊的海黄瓜。我慢慢打开爸爸给我的清单，心里却在骂自己傻。

蒂梅欧一定是在胡说。再说，这个中国人是卖书的……

还卖报纸。

店里的报纸堆得老高，正好与我的视线齐平。报纸上的那张照片，现在就在我眼皮子底下。我心里默念那行用大字书写的标题：

"杀……人犯……潜……逃……"

"你要买报纸吗，小伙子？你这么小就会认字了？"

我低下头，皱起眉头。我盯着脚上那双男童凉鞋。我只剩一样东西要买了，但是我得把它念出来，才能买得到。书店里光线太暗，比魔发精灵[1]的洞穴更暗。算了，我没别的办法，只能摘下墨镜，一口气念出我要买的东西：

"一张 1∶25000 的地图，4406RT 版。"

中国人犹豫了半秒钟，然后递给我一张折成方块的蓝色纸片。

"小伙子，你要跟爸妈一起去高地野餐吗？"

我没有回答，只是递过去一张钞票，又低下头来。我的凉鞋真的好丑。其实，遇见一个中国人也挺好的。他肯定以为我是因为害怕，所以才不吱声。他可能早就习惯这种情况了。

东西都买齐了。我走出书店。

那个警察又动了。他在作弊。他偷偷沿着步行街走，现在已经超过我了。如果要回到蓝头发老奶奶家跟爸爸会合，我就必须从他身边经过。

---

1. Trolls，源自动画电影《魔发精灵》。

不要紧。不要紧。不要紧。

他认不出我来!

我走出二十米。

来吧,肥猫警察,让我们换个游戏。不玩"一、二、三,太阳!"了,改玩"雀鹰出动!"[1],我特别会玩"雀鹰出动!"。要从一边跑到另一边而不被抓住,秘诀就在于:不要引起别人的注意。不能像那些傻乎乎的男孩一样,只顾往前冲。他们自以为很厉害,结果每次都比我先被抓到。

我从警察身边经过,并没有改变速度。我甚至连头都没有回。也许他看见我了。也许他正在打量我。也许他的目光一直停留在我的背上。我才不在乎呢。我不在乎。我不在乎。我不在乎。他不可能认出我来,这个傻乎乎的胖雀鹰。

我走出三十米。

接下来只要过街就行。我现在可以回头了。

警察在街的另一头,离我很远。他正朝大海的方向走去。

我太厉害了!

只要我过了街,再爬一段有二十级的楼梯,就可以跑了。我要飞快地跑,飞快地跑。我太想跑了。不过我得先让眼前的汽车开走。

我眼前只有一辆车,一辆黑色的大汽车。车轮很高,应该可以在山地上行驶。汽车放慢速度,停下来,让我先过马路。

我一只脚踏上人行横道,然后条件反射地转过头来。

开车的那个男人太奇怪了!他的皮肤颜色很深,几乎是橙色。他穿着印第安式的衬衣,头戴一顶绿色帽子,帽子上还绣着一只红色的大老虎。他是一个马尔巴人。爸爸就是这么称呼他们的。酒店里就有一个马尔巴人,负责用割草机整理草坪。这个开车的男人也戴着墨镜。

在我过街的时候,橙色脸庞的男人一直看着我。我开始爬楼梯,同时

---

1. 法国儿童游戏。两个孩子当抓手,其余孩子要从场地的一端出发,经过抓手身边,跑到场地的另一端。抓手趁机抓人。被抓到的人成为抓手。直到所有人都被抓住,游戏结束。

避开楼梯中央的那棵棕榈树。我有一种可怕的感觉。这种感觉令我浑身发抖，好像有一千万只蚂蚁在我腿上疯狂地爬。我看不见这个男人的眼睛，可是……可是我几乎可以确定，他看穿了我的伪装。

他知道我其实是个女孩！他不像那个傻乎乎的警察，也不像书店里那个可怕的中国人。他没有上当！

这样想来，马尔巴人比中国人更让我感到害怕！

我的双腿在发抖。走完这段有三棵棕榈树的阶梯，比穿过一整座被诅咒的森林还要漫长！

我真傻。我都快到家了！爸爸就在家里等我。转过那道弯，就能看见我们的房子了。现在，我开始在人行道上奔跑，不去管那辆黑色大汽车。它可能已经发动了。

爸爸！

房门被打开一条缝。尽管爸爸的脸变得有点奇怪，但我还是立刻就认出来了。他把头发剪得很短，胡子也刮了，这让他的嘴巴显得特别小。我冲进屋内。爸爸关上门，亲了亲我。

我喜欢爸爸亲我。虽然他并不经常这么做。其实，我还是挺喜欢单独跟爸爸待在一起的。他和妈妈不一样，他带我做的事情更奇特，像是在玩新游戏。

而我是游戏中表现最棒的那个！我把几个袋子全都交给爸爸。我赢得了这场寻宝游戏，而且没有被人抓住！最让我高兴的是，下午我们就能见到妈妈了！

爸爸仔细看了看第一个袋子里的东西。他显得很高兴，特别为我骄傲。他用手摸了摸我的头发，好像要把它弄乱似的。

唯一让我惋惜的，就是我的头发。我惋惜到想哭。早知道就不必把它们剪掉了。只要戴一顶帽子就行，就像那个马尔巴人戴的绣了老虎的绿色大帽子。

爸爸检查完最后一个购物袋里的物品，也就是装有地图的那个。

"你简直就是一个冠军，我的宝贝！"

"那我们这就去找妈妈吧？"

他把我抱进怀里。

"听我说，索法。我会把房间门用钥匙锁上，然后打开电视给你看。你要把音量调低。最重要的是，不要给任何人开门，也不要离开沙发。我去冲一个澡，五分钟就好。然后我们就出发……"

8 点 21 分

我开始看《坏小子迪德夫》[1]才两分钟——最多两分钟，就听见外面有汽车的声响，就在房屋门口。我犹豫着要不要起身。

我又把电视音量调低了些。迪德夫马上就闭嘴了。

房子的车库里有动静。我记得爸爸曾把车库门开到一半。

好像是有汽车开进来了。

我很想走到窗前瞧一瞧。那辆汽车一定不是停在街上。它在房子里面，在离我很近的地方。我能听见汽车的马达声。

车库和房间只隔着一扇门。如果那扇门开着……

别人就可以进来。

不知为何，我立刻就想到刚才遇见的那个马尔巴人。橙色的脸、开黑色大车的那个。我得去叫爸爸。不过他跟我说过，尽量别发出声音。可是，他现在在洗澡，我只有大声喊，他才能听见啊！我又不能去浴室。他甚至都不允许我离开沙发。

除非……

我站起身来，轻轻走到浴室门边。厚厚的地毯遮住、掩埋了我的

---

1. 由法国漫画 *Titeuf* 改编的同名动画片。

双脚。

　　我没有听到任何声音。什么都没有。

　　没有迪德夫和纳迪亚[1]的对话声——他们都变成了电视机里的哑巴。

　　车库里也没了动静。

　　甚至，连浴室里都没有爸爸冲澡的水流声。

---

1. 动画片《坏小子迪德夫》中的人物。

23 香槟海峡餐吧

8 点 32 分

"我的老天爷！难道您不明白吗，上校？现在是最不应该撤除路障的时候！"

阿加在电话里争辩。拉罗什与省长会面后，立刻就给她打了电话。会面时长最多十分钟。在此之前，这位省长通过视频会议向某位部长做了汇报——不是内政部部长就是海外部部长，汇报时长最多两分钟。显然，事态升级了，而且是层层升级……这场洪流，越到官僚层级的下游，冲击力越强，最后通过拉罗什的嘴，全部喷涌到她一个人头上。

"普尔维警长，从昨晚开始，您那些该死的路障就困住了我的三十多号人马。路障的唯一成果，就是把交通弄得一团糟。自 2006 年 2 月滨海大道塌方以来，留尼汪岛上的交通还没这么乱过！"

"上校，请相信我！马夏尔·贝利翁一定会出洞的。他藏了一整晚，是因为他女儿要睡觉，他别无选择。现在，他肯定会有所行动。我们只要耐心守候。"

阿加看了看投影仪投射在警局墙上的圣吉尔地图。当地有超过三分之一的房屋已经被警方搜查过了。

"那要是马夏尔·贝利翁已经逃到岛的另一边去了呢？"

拉罗什说这句话时，语气平静而冷淡，并无冒犯之意。

可阿加火冒三丈。

"不可能！马夏尔·贝利翁还在我们的套马索里。我们只要轻轻收紧绳结就行。我了解这片地区，上校……"

"我知道。您言下之意，是想说我对这片地区还不够了解，对吗？可我了解我的工作。我的人马也很精干。今天是周一，又是复活节，克里奥尔人有去高地野餐的习惯。岛上居民几乎会倾城而出。您的路障只会给这个传统佳节徒增一场历史性的大混乱。"

"这正是我坚持己见的理由所在！上校，马夏尔·贝利翁了解岛上的习俗，他一定会利用这个时机，想办法逃走。"

拉罗什沉默了。也许他在思考。照理说，阿加应该向他报告马夏尔·贝利翁去罗兰–加洛斯机场改签机票的事。对此类信息知而不报，将是一种失职。这一点她很清楚。不过，她不是故意隐瞒信息，只是不着急告诉他而已。她想给自己多一点时间。一旦克里斯托那边有了进一步消息，她会立即上报——如果消息有价值的话……

拉罗什在电话那头叹了口气：

"好，普尔维警长。就让圣吉尔周围的路障再保留几个钟头。民众的咒骂声恐怕会一直传到内政部部长的耳朵里，但我们眼下没有退路。"

阿加把背倚靠在警局的白墙上。她胜利了。

"谢谢上校。我的人马一个个都筋疲力尽了。昨夜他们整晚都在巡逻。不过他们不会放松警惕，除非是我命令他们……"

"别太拼了，普尔维警长……"

"'别太拼了'？！您这话是什么意思？"

拉罗什并没有动怒。阿加猜想，他一定掌握有岛上各级警官的个人资料，阿加·普尔维的资料上一定提到了她的脾气特征，并画红线加以突显。

"怎么跟您解释呢，警长……简单地说吧。我回到您刚刚用到的比喻——套马索和绳结，您还记得吧？这个比喻很有趣，但它是不恰当的。确切地说，是不完整的。'鹬行动'是一个无比复杂的行动，哪怕是在留尼汪这样的小岛上。我们手中握的不是套马索，而是一张网，由许多条彼此交织的网线组成。所以，最关键的，是网线之间的交织方式。它不是简单的连线，而是一环套一环，从最简单的第一环开始。这第一环，就是马夏尔·贝利翁潜逃起始点方圆几百米的区域。然后才是第二环、第三环……一环比一环复杂。这就需要不同角色的介入，利用不同的交通工具，监视不同的区域，调用不同的特殊警力……"

他到底想说什么，这个傻瓜？

"您放心，普尔维警长，我们相信你们完全有能力……"

又是一段沉默。不过这次他是故意为之。

"守好第一环。"

阿加能够想见电话那头拉罗什的假笑，但拉罗什未必能想见阿加朝他竖起的中指。

8 点 36 分

阿加坐在悬挂在两棵木麻黄树之间的吊床上，把电脑搁在膝头。她一直认为，在警局的停车场内悬挂吊床——这又是克里斯托的馊主意——不成体统，可她不好为了这点小事，站在全体同事的对立面。直到今天，在经过一个无眠之夜后，她才终于发现，一边坐在吊床上晃荡，一边查看电子邮件，其实还是蛮舒服的。

即将升起的朝阳，拂过民房的海风，棕榈树投下的阴影，这些都十分有助于她暂时从搜捕行动中抽出身来，好好分析一下马夏尔·贝利翁的作案心理。其实她也不太相信警校教的那些关于杀人惯犯的著名论断，诸如作案手法、惯用签名、自恋癖、精神危机之类的。她始终认为，那不过是警察拿来装腔作势、掩饰自身无能的玩意儿，如同不会教书的老师去 IUFM[1] 进修一样。

司令部有了新动作。那些负责在拉罗什所说的"一张网"中牵线拉绳的警局，全都收到了一封加密的邮件。邮件中包含四个附件。阿加打开第一个附件：是德伊 - 拉巴尔镇警局紧急撰写的马夏尔·贝利翁生平简介。

1973 年出生于帕莱索。童年在奥赛和尤里斯度过。

在巴黎第十一大学学了两年体育学，肄业，只获得了救生员资格证和皮艇教练证。二十一岁那年去了留尼汪岛，成为波旁航海俱乐部的策划人，任职九年。1996 年 9 月，他与格拉茨勒·多雷结婚。格拉茨勒是香槟海峡餐吧的老板。结婚时，她已经有三个月的身孕。次年 3 月 11 日，小亚历克斯出生。十八个月后，小亚历克斯的父母离异，双方共同享有他的抚养权，每逢周末交接孩子……

2003 年 5 月 4 日周日，是马夏尔照看亚历克斯的日子，几名游客却在沙滩上发现了亚历克斯的尸体。他是在海里淹死的。这件事连续几天占据当地新闻头条。预审法官难以判定这是过失杀人还是意外事件。经过漫长的辩论，最终定性为意外事件。马夏尔因此免遭轻罪法庭审判。这也是警局没有留下任何关于此事记录的原因所在。

事发后没几个月，马夏尔·贝利翁就离开了留尼汪岛，回到法国本土。2005 年，他与莉安娜·阿玛蒂相识。2007 年 1 月，约瑟法出生。他们在次年完婚。从 2009 年起，马夏尔就在位于巴黎大区的德伊 - 拉巴尔镇当体育馆保安。莉安娜·贝利翁则放弃学业，一心抚养女儿。

就这些。

阿加打了个哈欠。阳光透过木麻黄树，把她的脖子晒得暖暖的。吊床

---

1. Institut universitaire de formation des maîtres，教师培训专科大学。

在轻轻摇晃。她感觉自己像是坐着充气筏，漂在大海上。

一片可以连接无线网络的大海。

她又打了一个哈欠，点开邮件中的第二个附件。

这是一份关于亚历克斯溺亡事件的简要说明，由当年负责该案的预审法官马丁·伽利玛撰写。

出事那天晚上，轮到马夏尔·贝利翁负责照看亚历克斯。事故发生在夜里22点到第二天早上6点之间。22点是马夏尔去亚历克斯母亲家接亚历克斯的时间。6点是6岁的亚历克斯的尸体在海滩上被发现的时间。法律调查显示，马夏尔·贝利翁有难逃之责，"父亲看护缺失"这一事实确凿无疑。在距离布康卡诺海滩约百米处，有一个名为"竹子"的酒吧，那里所有的顾客都确认，在他儿子溺亡之时，马夏尔·贝利翁在酒吧一杯接一杯地喝朗姆酒。更过分的是，马夏尔·贝利翁对儿子的遭遇毫不知情，直到第二天早上警察去他位于圣保罗的公寓通知他，他才得知儿子的死讯。据检测，马夏尔·贝利翁每分升的血液中含有1.2克酒精。

令人发指……

阿加闭上眼睛。她不由自主地想起了雅德和萝拉。

为人父母者，怎能挺过这样的打击？

他拿什么去面对以后的生活？

马夏尔·贝利翁是一时疏忽，还是一念成魔？她琢磨其中原委，越发觉得事情荒谬至极。"亚历克斯，爸爸去酒吧抽根烟，喝点酒。酒吧就在海滩的另一头，但小孩子不能进去。你待在这里别动，我马上就回来……"

因为几杯喝过头的酒，就把一切都推入万劫不复之深渊？先是害死一个孩子，然后再要其他人的命……

莉安娜。罗丹。索法。

阿加点开第三个附件。这是一张 PDF 格式的《留尼汪日报》报道。报纸显示的时间是 2003 年 7 月 1 日，也就是溺亡事件发生将近两个月后。报道里说，由格拉茨勒·多雷掌管的香槟海峡餐吧关门。记者不怕惹出读者的眼泪，毫不避讳地提到亚历克斯的悲惨遭遇。显然，格拉茨勒·多雷很难再面对那片海浪——正是它们把她儿子毫无生命的小身体推向岸边。餐吧停业的直接后果，是七名克里奥尔人突然失业。其中包括吧台员、服务员、厨师……

以及女清洁工。

这个奇怪的巧合吸引了阿加的注意力。她的父母曾在阿拉曼达酒店工作多年。如同文章中提到的这七位克里奥尔人一样，他们的工作也不稳定。阿加心头一颤，继而深思：这几个因亚历克斯之死而突然失业的克里奥尔人，很有可能会去阿拉曼达酒店求职。可是，自莉安娜·贝利翁失踪以来，被警局问询的酒店员工中，没有一人曾提到这件往事。

卡班·巴耶特

伊芙－玛丽·纳迪维尔

纳伊沃·兰德里安那索罗阿里米诺

坦吉·迪若克斯

为什么？

阿加暗忖，得去确认一下香槟海峡餐吧那七名员工的身份才行。所有的调查从一开始都建立在一个论断之上：马夏尔·贝利翁是唯一可能的罪人。五份证词统统把矛头指向他。伊芙－玛丽·纳迪维尔确认，莉安娜·贝利翁再也没从 38 号房间走出来过。阿加至今还记得自己当时对克里斯托说的话："很难想象，酒店所有的员工会一致对外，联合起来反驳同一个男人的陈述。他们为什么要这么做？"

五个证人指控同一个人，五对一！

她快要疯了。

她得睡一会儿。

她的身体在强烈抗议、索要睡眠。除了在键盘上翻飞的手指，她身体的其他部分似乎已经进入休眠模式。她的思绪不禁飞向布康卡诺海滩。作为岛上标志性地点之一，布康卡诺海滩有着不寻常的故事。巨大的洋盆落差，汹涌的波涛，使"危险"一词成为它的最佳代名词。布康卡诺没有潟湖，只有巨浪，因此备受各级冲浪爱好者的青睐。直到 2011 年 9 月，当地一位著名的冲浪运动员在距离海滩仅十五米处被鲨鱼活吞……这成了游客们的噩梦、旅游业的灾难。附近一带的酒店、餐厅、商店都受到影响。相比而言，十年前的儿童溺亡事件微不足道，早已被人遗忘。

阿加打了个哈欠。她一边与瞌睡虫斗争，一边打开第四个附件。

这是一段对阿涅斯·苏里索的长篇采访。阿涅斯·苏里索是小亚历克斯的班主任。显然，这份材料也是由马丁·伽利玛法官提供的。

法官提问：

马夏尔·贝利翁是一个怎样的父亲？

阿加快速浏览班主任的冗长回答。

马夏尔是一个不太管事的父亲，为人有点轻浮。相反，格拉茨勒·贝利翁却是个沉着的人。她独自肩负起教养亚历克斯的责任。在老师眼中，他们是那种很典型的夫妻：马夏尔·贝利翁还没有做好当父亲的准备，不愿意为了孩子而牺牲自己的兴趣爱好。

什么兴趣爱好？

运动、哥们儿、酒精……以及女人。

女人？

马夏尔·贝利翁相貌英俊，加之爱好体育，身材极好。他从一场聚会玩到另一场聚会，只要打打响指，自有女人投怀送抱。不过，我记得在亚历克斯身亡前几个月，他好像跟一个年轻的克里奥尔女孩好上了，因此变得收敛了一点。

您的意思是，您对这场事故并不感到意外？

不，不，我不是这个意思。虽然马夏尔·贝利翁算不上是一个理想的父亲，但发生这种事情，确实出人意料……

说到这儿，事情到底是怎么发生的？

谁知道呢？布康卡诺跟其他的潟湖沙滩不同。它特别危险。因为水底落差，人在水中很容易失去平衡。这一点，小亚历克斯并不知道。这孩子特别喜欢模仿大人的样子游泳。说来令人唏嘘，他非常崇拜他的父亲。他经常画一些关于父亲的画，画中的父亲有时站在帆船上，有时在冲浪，周围还有好多鱼。而他的父亲呢，如我所说，却更喜欢哥们儿、艳遇、浮华的夜生活……他为人并不坏，只是比起"父亲"这个角色，他更像是一个大哥哥……对了，我跟您说的这些，都是在事发之后，为了寻求解释，我才想到的。您要是在悲剧发生之前来问我，我一定会说，亚历克斯是个发展均衡的孩子。尽管父母离异，但他在留尼汪这个童话般的世界里无忧无虑地成长，既继承了母亲的理智，也拥有父亲的洒脱……

学校其他孩子是怎么看待这件事情的？

阿加没有读到这个问题的回答。

至少现在没有。

伴随着热带信风的轻拂和吊床的摇晃，她渐渐睡着了。

24 车库门

8点47分

我很害怕。

周围没有任何声响。屋子里没有，车库里也没有。我只听见自己用两个拳头敲打浴室门的声音。

而且越敲越响。

爸爸终于洗完澡出来了。他换了一身衣服。他把我抱在怀里：

"我在这里，我的宝贝。我在这里。"

奇怪，他并没有问我为什么要像疯了一样不停敲门。这样一来，我反而不敢跟他提起车库里传出声音的事。那辆车就停在房间旁边，就在那扇门的后面。我开始琢磨另外一件更奇怪的事情——爸爸的头发并没有打湿。兴许是他已经把头发吹干了，要不就是他冲澡时没让水淋到头上。而我嘛，我最喜欢的就是在冲澡时让水从头上淋下来。

"我们走吧，宝贝？不能再耽搁了。"

爸爸把衣服和鞋子统统塞进一个大包：套衫，长裤，球鞋。据说我们接下来要去的地方很冷。这一点我不大相信。自从来到留尼汪后，我才知道什么叫作热。再说，住在这座房子里的男孩——就是我穿他衬衣和短裤的那个——个头比我高，我很想花时间挑选一下衣服，最好试穿一下。

"不要紧的。"爸爸说。

他还说我不能要求过高，蓝头发老奶奶愿意把房子和衣物借给我们，已经相当不错了……

爸爸掏空了盥洗池架子上的所有东西。他还抓了几盒饼干，塞进包里。

我又皱起眉头。

"别拿这些饼干，爸爸。它们看上去不好吃……"

爸爸没吭声。他把饼干重新掏出来，放回桌上。他很紧张，看向我的眼神也很奇怪。从他洗完澡出来，他就一直用这种怪怪的眼神看我。也许是因为我跟我那死去的哥哥有点相像。没错，我们一定是长得很像。正是因为这一点，爸爸才让我打扮成男孩的。

我真想拥有一张哥哥的照片啊……

爸爸抓起包。我抬头看着他。

"我们要去的地方远吗？"

爸爸连声音都透露出一丝紧张：

"是的，我跟你说过。我们要去海岛的另一端，去找妈妈。"

他走向那扇通往车库的门。我犹豫了一会儿，终于忍不住了：

"爸爸……我刚刚听到了汽车的声音，就在你洗澡的时候。它好像就停在旁边，在……在车库里。"

爸爸惊恐地看了我一眼，仿佛我刚刚说的是"我报警了，警察知道我们在这里"。

"你……你看见什么了吗？"

"没有，爸爸。我什么都没有看见。通往车库的那扇门一直关着，也没有人进来……"

爸爸在房间里大踏步走。我小步跟在他身后。他将车库门打开一条缝，又转身对我说：

"你留在这里，宝贝。我过去看看……"

他走进那扇门，又在身后重新把门关上。

我以为要等上好几个钟头，没想到爸爸很快就回来了。他冲我笑笑，但我知道他的笑容是硬装出来的。

"怎么样？"

"没什么，索法。你……你可能听错了。车……车库里没人。"

爸爸在撒谎。而且是一眼就能识破的谎。我心里明白，但还是装出乖乖女的样子。

"那就好，爸爸。刚才真是吓死我了……"

"你留在这里别动，索法。我再去花园里看一眼，确保道路通畅无阻。我一叫你，你就过来找我。"

"小心别让警察认出你来……"

"谢谢你的提醒，我的宝贝。"

他亲了我一下，走远了。

车库里到底有什么？

爸爸又在隐瞒我什么？

我必须知道……

我把门打开。

车库里，有一辆黄色汽车。很小，圆圆的，亮亮的。我不知道那是什么牌子的汽车。

我走了过去。

驾驶座上有人。

再走近一点。我认出那个人来了。

是那个蓝头发的老奶奶。

她就在那里，在驾驶座上坐得笔直。她的蓝色眼镜掉到了地上。我又悄悄地走近一点。老奶奶像是睡着了……

我用手攀住黄色车门，踮起脚来。

很快，我就为自己的行为感到后悔。

刹那间，我简直不敢相信眼前的一切。

紧接着，我尖叫起来。

那个蓝头发的老奶奶，脖子下面插了一把刀！

血顺着她的衣领往下流。她的下巴、胸前，到处都是血，像一个吃饭时把自己弄得脏兮兮的人。她穿的蓝裙子被血浸湿，变成了紫色的。卷曲的蓝色头发浸泡在血水中，也变成了紫色的。

我正要发出第二声尖叫，足以惊醒整个街区的尖叫。可是，一只手捂住了我的嘴。

那是一只男人的长满毛的大手。我只看到了它下落时的重影。

25 警察的蜂蜜

8 点 49 分

　　克里斯托把马自达小型载重车停放在洛克菲尔社区一座新楼的拱廊下。洛克菲尔社区是圣吉尔的新社区，距离潟湖仅几步远。它是永续性城市建设的典范，也是一个独特的融合体：这里既有富人居住的别墅，带泳池、围墙和护栏；也有大众化的高楼，能容纳来自不同社会阶层的居民。社区里的人都上相同的学校，逛相同的商场，去同样的公园。

　　真的是这样吗？克里斯托不太相信这种表面上的融合共生。他个人的理念是：岛上唯一能让各大种族融合共生的地方只有海滩！在那里，大家赤裸相见，众生平等。说来也怪——肤色这种东西，你越是把它袒露在外，它反而越容易被人忽略。

　　克里斯托迈过三级阶梯，进入楼内。他看了看楼门口小铜牌上刻的住户姓名。

　　莎莉娜·泰-梁，B 单元，三楼，11 号房。

　　只有不到 1% 的留尼汪人，愿意放弃他们的独栋房屋或者别墅，搬到楼房里住。他们也因此而获得了政府的特殊关爱。修建高楼是解决岛上每年新增一万人口的唯一办法，免得日益增长的人口像森林大火一般吞噬过多自然空间。

降噪电梯。粉色地垫。红色房门。金色门铃。

真是高档!

克里斯托按了两下门铃,内心重温了一遍空姐清晨在床上被吵醒的幻想。

门终于开了,出现一个身高一米六的可人儿,瞪着一双漫画般的惺忪睡眼,看着警察。圆脸,头发又直又黑。有点像爱探险的朵拉。克里斯托努力控制自己的目光,尽量不让它往下滑。她穿的 T 恤刚刚没过腿根。

他亮明自己的警察身份。她揉了揉眼睛,努力回想。

"啊,对了! 关于机场的那个男人! 请进。"

大尺度的朵拉先是请克里斯托在沙发上坐下,然后又给他端来一杯咖啡。

此刻,克里斯托感觉甚佳。他享受着直面印度洋的宽阔视野。莎莉娜弯腰放下餐盘,餐盘里盛有早餐:咖啡、饼干和蜂蜜。

"你们警局的人起得可真早!"

克里斯托摆出一副威严的模样。

"情况紧急,小姐。有个杀人犯正逍遥法外。可想而知,每一分钟都至关重要……"

她想了一下,随即爬上沙发,盘腿而坐。她的 T 恤一直提到肚脐以上。朵拉变成了莎朗·斯通。克里斯托咬住嘴唇,免得垂涎三尺的舌头掉进滚烫的咖啡里。美女笑了笑。并非出于尴尬,而是被警察的窘态逗乐了。

"您等我两分钟? 我去换件衣服。"

真可惜……

她消失在房间里。克里斯托还没来得及平复他的心情,她已经回来了。这次换了一条粉红色的短裙,轻盈飘逸,把裸露的大腿多遮去了不到一厘米……

这就是朵拉所理解的"衣着得体"。

作为补偿，原先那件 T 恤中规中矩的小圆领，被这条裙子惊险刺激的深 V 领取代。

克里斯托把目光投向大海，发现一块冲浪板占据了整个阳台。

真要命，还是个爱运动的女孩呢……

副官咳嗽了一声。

"那么，您在罗兰－加洛斯机场见到马夏尔·贝利翁了？是在五天前吧？"

莎莉娜盈盈一笑。

"是的，我见到了头号公敌。他长得还挺帅。如果他不是杀人犯而是强奸犯，那我早就去圣吉尔附近跑步了……"

她重新跃坐到沙发上，与克里斯托相距一米。她采用的是洛丽塔式坐姿，胸部紧贴膝盖。

"马夏尔·贝利翁去做什么？"

"也没什么，他只是想要改签回程机票。"

"他跟您说明原因了吗？"

"尊重客户隐私——这是我们科西嘉国际航空公司章程的第一条。"

克里斯托面露不悦之色。

"那后来他改签成功了吗？"

"没有。办不到！他想尽快返回巴黎，但所有航班都满员了。要直飞的话，他至少得等一周，跟他原先定的时间差不多，也就是 4 月 7 日。"

"对此他有什么反应？"

"他很慌张，一个劲地催促我们再想想办法。可我们所有的办法都试过了……他又没有护照，情况更加复杂。唯一的办法是搭乘联程航班，在悉尼或者德里转机，机票价格贵三倍。"

"然后呢？"

"他说算了——尽管他还是犹豫了一下。"

"哦……"

克里斯托尽量把注意力集中在案情上，而不是莎莉娜·泰－梁的短裙上。这么说来，马夏尔·贝利翁曾计划提前溜走，并且是以几乎不惜代价的方式！从检察官的角度看，这意味着他妻子的死亡并非简单的意外事故，而是出于一场有预谋的犯罪……可是，他为什么要选择逃回法国本土呢？难道本土比岛上更好藏身？不见得吧……

"马夏尔·贝利翁没跟您说别的？"

"没有。他看上去不像是坏人。他虽然有点烦人，但其实人还不错。"

女孩微笑着，以特技演员般的柔软身姿，倾身去拿一块饼干。克里斯托把手伸向餐盘。

"您想要什么，警官？"

女孩丝毫没有挪动。两人肌肤相亲。

克里斯托结结巴巴地说：

"我……我想要……蜂蜜……"

没有比这更傻的了。

要不要换一个露骨的回答？正当他犹豫不决之际，抽水马桶的声音打断了他的思考。接下来是开关水龙头的声音。门"吱呀"一声被推开。

一个穿红色低裆裤的家伙从厕所里走出来。他赤裸的上半身肌肉发达，一头蓬乱的金发让人想起小王子。

"您是要蜂蜜吗，警官？"朵拉追问。

"谢谢……"

齿间的甜味将冲淡心头的苦涩。

冲浪运动员并不多话。他慵懒地坐在椅子上，给自己灌下一升水。

"泰－梁小姐，"克里斯托依然有点结巴，"马夏尔·贝利翁看起来像不像要潜逃？"

"您所说的'潜逃'，是指什么？"

"他是不是想不惜一切代价离开留尼汪岛？依您看，他是不是在害怕什么？"

冲浪运动员站起身来，把手伸进裤裆，挠了挠胯下。莎莉娜充满爱意地看了他一眼，这才把布娃娃一般的大眼睛转向克里斯托：

"是的，警官。他看上去很害怕。您说得一点没错。"

26 死亡之座

9 点 03 分

那只长毛的大手捂住我的嘴，让我叫不出声来。

甚至连呼吸都不行。

我紧张到流泪，心里害怕极了。我想在那只手上狠狠咬一口，像野兽那样，用牙齿把那只手咬碎，再把手指头一根一根吐出来。

那个怪物在我身后呼吸，热气钻进我的颈窝里。

"嘘，索法。不要叫，千万不要叫……"

是爸爸？

那只手松开了。我转过身来，迷惑不解。

爸爸？

爸爸就站在我面前。他蹲下身来，跟我一样高。他的眼睛看着我的眼睛。

"冷静，我的宝贝。我一听到你的叫声就赶紧跑来了。下次再也不能这样叫了，一定不能。虽然我关上了车库门，但邻居还是会听见的。他们可能会报警，也可能会……"

我不想听爸爸说话。我用手堵住耳朵，继续喊叫。

"她死了，爸爸！蓝头发的老奶奶死了……"

爸爸抚摸着我的头发。他冰冷而多毛的手，就像一只蜘蛛。

"嘘！索法，不要再想这件事了。快，我们得走了。"

一只巨大的、致命的蜘蛛。

"老奶奶的脖子上有一把刀，爸爸。是你杀了她。"

我盯着爸爸的眼睛。

"是你，爸爸。一定是你杀了她。"

爸爸又凑近我一些。

那只蜘蛛停在我的肩膀上。它的脚往我脖子上爬。

"当然不是，索法！你怎么会这样想呢？你再也不能说这样的话了，听见没，索法？再也不能了！你要相信我，一直、一直都相信我，不管你听到什么、看到什么。好了，把包拿上，我们该走了。"

我还在发抖。我才不管呢。我就是不走。

"我知道是你杀死了她，爸爸。房子里只有我们两个人。"

"别胡说，索法。刚刚我一直跟你在一起。"

一只蜘蛛爬到我胸前，另一只蜘蛛停在我头上。我在颤抖，哭泣。因为我知道自己没胡说。

"你根本没有去洗澡！你把老奶奶杀死，好抢走她的汽车。还有她的房子。还有她的东西。还有我身上穿的男孩子的衣服。"

我知道，我的喊声越来越大。蜘蛛突然飞到我脸上，我甚至都没回过神来。

这一记耳光，打得我的脸火辣辣地疼。

我怔住了，往后退了一步，什么话也说不出来。

"够了，索法！我们没时间浪费！转过身去！"

"不！"

蜘蛛又一次升到半空中，威胁我。

这次我妥协了。

爸爸打开黄色汽车的后车门。他动作很轻，几乎不发出任何声音。

就算我不看，我也知道他在做什么。

他把老奶奶拖出汽车。他不在乎座位上的血迹，不在乎老奶奶的死，不在乎她再也不能跟孙子一起玩。我还穿着她孙子的衬衫、短裤和球鞋呢！

爸爸什么都不在乎。

他只想弄到一辆汽车，好让警察抓不到他。因为他杀死了妈妈。这一点，我现在十分确定。

因为他杀了人，却不想去坐牢。

9 点 11 分

"你可以转过身来了，索法。"

爸爸的蓝色衬衫上到处都是血。

我看见，在两个旧轮胎和一台割草机后面，露出了老奶奶的两只脚。

"上车吧，索法。我为刚刚的那个耳光感到抱歉。可我别无选择。尽管你还小，但也要学着懂事一点。我们必须赶路，不惜一切代价地赶路。你等着瞧，索法，我会带你去看美妙的风景，你从没见过的风景……"

美妙的风景？

我现在可是坐在一个死人的汽车上！

爸爸真是疯了！

"我才不要看风景呢！我要去见妈妈！"

爸爸重新冷静下来。

"索法，如果你想见到妈妈，就必须跟随我、信任我。我们必须在今天下午赶到岛的另一端。这样你才能见到妈妈。"

"你保证？"

我不知道自己为什么会这样问。反正，我再也不会相信爸爸了……

"我保证，宝贝。我保证。"

9点17分

黄色尼桑车内，马夏尔不时快速扭头，一会儿从后视镜里看看后座上的索法，一会儿张望前方是否有可疑迹象。眼下，艾尔米塔什勒班的街道空无一人。

马夏尔开出一公里。

最多一公里。

他的手死死握住方向盘。

前方的圣皮埃尔大道被堵住了。一条连绵好几百米的汽车长龙铺陈开来，起始于警察设置在布吕尼凯勒街转盘处的路障。马夏尔把车稍稍向右偏移，以便观察前方情况。警察拦住每一辆汽车，检查司机证件，打量每一位乘客，再检查汽车后备厢。想要蒙混过关是不可能的。哪怕索法已经乔装成男孩；哪怕他已经改头换面，刮了胡子，剃了眉毛，戴了厚厚的眼镜，还在头上扣了一顶宽檐帽。

一个父亲和一个六岁的孩子。

没有证件。

这一定会引起警察的警觉。

完蛋了。他们成了瓮中之鳖……

一辆四轮驱动车在他后面鸣笛。马夏尔把车再往路边靠靠，车轮轧上绿色草坪。

他偷偷瞥了一眼瘫软在后座上的索法，脑子里还在苦思冥想那道难解的题。

警方要找的是一个父亲和一个六岁的孩子。

解题方法只有一种，而这种解法对索法而言残忍至极。比刚才他逼女儿就范的行为更恶劣，比在车库迎面撞上老奶奶的尸体更骇人。

然而，这次也一样——他别无选择。

他尽量低调地操作。索法瞪着两只惶恐的眼睛问：

"爸爸，我们为什么要掉头？"

27 金色鬓发

9点19分

"阿加！阿加！"

警长终于醒了过来。她看到克里斯托和莫雷兹的脸在空中晃来晃去，像是两个安了弹簧的小天使；又花了好长时间才弄明白，原来是她自己在摇晃。她正躺在吊床上，手提电脑被她枕在脑袋下。她小心翼翼地想要从吊床上下来。克里斯托向她伸出一只手，她没有拒绝。

"有新消息吗？"阿加一边关切地询问，一边抬手看表。她想知道自己睡了多久。

两小时十八分钟。情有可原，但又浪费太多。

莫雷兹抢先回答：

"可以说有，也可以说没有。我们拿不定主意，所以才把你叫醒。有人报案说，一个六十八岁的老奶奶失踪了。她叫尚塔尔·勒特里尔，住在艾尔米塔什的马尔代夫街。据她男朋友说——她昨晚睡在男朋友家——今天早上8点左右，她要回自己家一趟，然后再赶往拉萨里讷，与几个退休老人会合。他们都是渡渡鸟围棋俱乐部的成员。是真的！俱乐部的人现在还在等她。他们给她家里打过电话，快半个钟头了，电话一直没人接……"

阿加伸了个懒腰，明显有点失望。她用手指搓了搓脸——在吊床上睡了一觉，现在肯定满脸都是菱形印痕。

"老奶奶可能是遇上塞车了，要不就是睡着了。这与贝利翁案有什么关系？"

"关系不大。"莫雷兹说。

这位一级警员昨天彻夜未眠，两只眼睛布满血丝，眼皮不停跳动，像两片弱不禁风的九重葛花瓣。他继续说道：

"说来有点牵强：尚塔尔·勒特里尔的家离埃当花园很近。而就在昨天，很晚的时候，埃当花园的一个接待员打来电话，说当天下午花园里有两个游客，有点像是马夏尔·贝利翁和他的女儿。"

阿加的大脑开始全速运转。她睡了两个多钟头，现在要把浪费的时间全都补救回来。拉罗什给她的额外期限已经所剩不多了。她必须摆出确凿的事实，赶在司令部打开"闸门"之前，证明马夏尔·贝利翁压根就没能逃出圣吉尔这道堤坝。

"莫雷兹，埃当花园接待员的来电，是你接听的吗？"

"是我接的没错，可那傻姑娘不太确定，只知道有个父亲带着女儿来过，具体长啥模样她也说不清楚。从昨晚起，类似的电话我们已经接了不下五十通……"

阿加拍拍面颊，彻底清醒过来，脸上的菱形印痕也渐渐消失。莫雷兹和克里斯托等候她下达指示。阿加突然大喊：

"伙计们，两个弱信号加在一起，就成了一个该死的强信号！是马尔代夫街没错吧？我们走！"

9 点 27 分

阿加在无人的客厅里转悠，慢慢欣赏房间里整齐有序的摆设和略带怀旧气息的装饰。房间里很安静。但她知道，这份安静只是暂时的。再过几分钟，这里将会变成犯罪现场，每一寸地面，每一样家具，每一件摆件，都将成为刑侦专家拆分和研究的对象。她的手指划过彩色墙纸，目光停留在尚塔尔·勒特里尔的照片上。这位老奶奶有一头惊人的蓝发，显得很有个性。她的孙子们一定都很喜欢她……

这时，莫雷兹风风火火地闯进来。他浮肿的双眼现在已经彻底变成黄色的，眼睛以蜻蜓扇翅的速度不停眨动，像两座失控的灯塔。

"我们都搜过了，阿加。车库里到处都是血！地上、割草机上、轮胎上、篷布上……加起来恐怕有好几升血。可就是没有尸体……"

"该死的！这到底是怎么一回事？"

阿加咬住嘴唇。

克里斯托与尚塔尔·勒特里尔的男朋友进行了十五分钟的通话，了解了事件的大致经过：尚塔尔·勒特里尔全年都住在岛上。不过，她最近经常住男朋友家。她的男朋友以前是医生，现在也退休了，两人是在围棋俱乐部认识的。他家住在拉萨里讷的神仙鱼街，距离尚塔尔家大概三公里。因为住在自己家的次数越来越少，尚塔尔决定把房子挂在网上出租，只在孙子过来度假的那几天留着自用。马夏尔·贝利翁一定是上了租房网，看到尚塔尔的房屋出租信息，以为她常年住在法国本土，房子无人居住。

房子几乎无人居住。

平时，尚塔尔·勒特里尔每天上午都要去围棋俱乐部。可是今天，在出发之前，8点左右，她回了一趟自己家。这不是她的习惯动作，只因为有个邻居打电话到她男朋友家，说她忘记关车库门了！这让她很诧异。她还远远没到老糊涂的程度呢！那该死的车库门，她明明记得是关上了的……不过，一想到那条杀人犯潜逃的新闻，她决定还是回家看看。

阿加从墙上取下一张照片。照得有点模糊。照片上，尚塔尔·勒特里尔正站在新娘的头纱瀑布前。

命运是个施虐狂，它分给尚塔尔·勒特里尔一张臭牌。这扇半开的车

184

库门，本应该成为一条顺藤摸瓜、让马夏尔·贝利翁落入法网的线索。只需要一通打给警局的电话就行。

阿加把照片放到桌上。她会让莫雷兹把尚塔尔的照片传真给岛上所有的警局，以防万一——毕竟还没有找到尚塔尔·勒特里尔的尸体，不排除马夏尔·贝利翁把她当作人质而没有杀害她这一可能。

尽管这种可能性微乎其微。

车库里的血恐怕有好几升……

阿加还没有拿到 DNA 和指纹分析结果。刑侦专家将负责处理这些。但是，目前已有的线索全都彼此呼应，警方甚至还在浴室发现了一截烟头。事实确凿无疑——

马夏尔·贝利翁和他的女儿昨晚就睡在这座房子里。

几分钟前，她已经将这一情况通报给拉罗什上校。他正带着司令部的全部人马，乘坐直升机，紧急赶往圣吉尔。

众人来得灰头土脸，颜面无光……

阿加从一开始就是对的。鱼一直都在网中。为了强调这一点，她几乎是不等拉罗什把话说完就挂断了电话，好让他知道：他下达的环岛搜捕令完全就是一个错误的决定，白白浪费了宝贵的警力和时间！

9 点 29 分

克里斯托再次走进客厅，嘴角带着微笑。那笑容里一半是玩世不恭，一半是事不关己。阿加最讨厌克里斯托的这副德行，于是没好气地问：

"还没有找到尚塔尔·勒特里尔的尸体吗？"

"没有。不过，我找到了别的东西。"

他用指尖钩住一个塑料袋，一言不发，然后突然把塑料袋里的东西一股脑地倒在阿加跟前的茶几上。房间里顿时下起一场瓢泼大雨。"雨点"先是在空中转悠了几秒钟，继而徐徐落在茶几周围。客厅瞬间有了美发沙龙的感觉。

那雨丝金亮、细长，仿佛人工制成的。

仿佛有个疯子拿刀剃光了一百个芭比娃娃的头发。

或者是一个。一个满头金色鬈发的女孩。

阿加再次把目光投向墙上的照片。不过，这一次，她关注的不是老奶奶，而是老奶奶身边那个六岁光景的男孩。男孩头戴帽子，身穿格子衬衫，正忙着看鳄鱼。

阿加恍然大悟。

"妈的！"她突然大喊一句，"不能让他们通行！"

28 消防员之梦

9 点 29 分

"喏，警察先生，这是我母亲的证件。"

马夏尔打开钱包，把身份证、驾驶证、保险卡全都递了过去。警察笑笑。例行公事而已。今天上午，他已经检查过好几百辆汽车了。他朝这辆黄色尼桑车里张望。副驾驶座上，一位老奶奶正在睡觉。她腿上盖着毛毯，脖子裹着围巾，好像这 30 度的气温对她来说依然太冷。后座上坐着一个男孩，哭丧着脸，身边堆放着克里奥尔人野餐时常用的那种饭盒和吊床。

瞧，现在连佐亥伊也加入了野餐大军……

尽管他已经很疲惫了，但出于职责，他还是认真地检查了证件。

"您的证件呢？"他最后问马夏尔。

马夏尔低下头，面带愧色。

"啊……那个……我们就是带老人家去高地透透气。您也看到了，要不是没找着，她肯定连毛线帽都戴上啦。"

警察放声大笑。他是个克里奥尔人，性格随和，也很能体谅人。他把证件还给马夏尔：

"我懂。我每隔一周就要带老人去高地散心……可我没你这么幸运。我呀，有四个老人要照顾！"

他又看了一眼汽车后座。那个孩子的脸拉得不能再长了，看样子好像是哭过。警察同情地朝马夏尔眨眨眼睛。

"不过，最难搞定的还是孩子。孩子更想去潟湖玩，对不对？跟我家那几个小鬼一样！好了，祝你们玩得开心。"

马夏尔平静地踩下油门。

他通过了！

他驾车驶上圣皮埃尔大道，直到图多。路障至少有一个好处：在它的拦截下，这段路上的车辆明显减少。他可以畅通无阻地疾速前进。

接下来，再沿海岸线驶向圣勒。一路上，他经过好几个入海口：特瓦巴森、大河谷、枫丹河谷。在距离海岸线一公里处，几座拉索桥横贯在罗望子大道上。这相当于在不到十公里的距离内，建起三座密佑高架桥[1]！快速公路上交通通畅。甚至有点太通畅了，以至于行车很容易被发现。

当汽车驶过那些低矮的棕榈树和高大的仙人掌，通往圣勒的转盘毫无征兆地出现在他眼前。马夏尔猛打了一个急转弯。尽管有安全带捆绑，尚塔尔·勒特里尔的尸体还是不可避免地在副驾驶座位上滑动。渐渐地，那颗苍白的头颅靠在了他的胳膊上。

马夏尔打了一个寒战，双手死死握住方向盘。尸体那失去生机的皮肤，带给他无比恶心的触感，激起他无法承受的回忆。当他和莉安娜一起驱车出行时，哪怕路途再短，莉安娜也会在车子开出几公里后睡着，一头柔软的鬈发垂在他的肩膀上。

姿势与这具可怕的尸体一样。

尸体开始往外冒血。

他的衬衣再次被浸湿。

---

1. 密佑高架桥是一座位于法国南部、横跨塔恩河河谷的高架桥，由英国建筑大师诺曼·佛斯特爵士设计。

索法坐在后排哭泣。

从出发时起，她就一直哭个不停，只有在经过路障时，没当着警察的面哭。可是，马夏尔别无选择，他只能继续往前开。他知道，这具坐在索法妈妈的座位上、扮演疲惫老奶奶的尸体，一定会成为索法的梦魇，纠缠她一辈子……

也可能只是几年、几个钟头……

谁知道呢？

一切早已在他的控制之外。

9 点 37 分

马夏尔驶出埃唐萨莱。再行驶几公里，过了圣路易，他就得再次做出选择：要么继续沿海岸线行驶，要么把车开往内陆中心勒唐蓬的方向。如何选择，取决于诸多问题，而这些问题他统统都没有答案。警察要过多久才会发现尚塔尔·勒特里尔失踪？又得花多长时间来确认她的汽车信息并加以追踪？那个放他通行的警察，要过多久才会恍然大悟？警方发起搜捕令需要多长时间？几分钟？几小时？

他在权衡。要去往卡斯卡德角的话，沿海公路无疑是距离最短的一条路，先后经过圣皮埃尔、圣约瑟夫、圣菲利普。但这一路上布满了民宅、公路转盘、人行横道、交通指示灯和监控雷达，因此也是最危险的一条路。它就像嵌在高山与大海之间的一道凹槽，警察一旦摸清他的出城路线，要捉拿他简直易如反掌。

1 号国道上出现了通往勒唐蓬方向的指示牌，笔直向前就是。他下意识地加快车速，在昂特尔德路上开了一段，然后转向卡夫尔平原。接下来有三条不同的道路可选，每一条都通向火山路。沿着火山路前行，就可以到达富尔奈斯火山。

火山路是条死胡同。但他打算赌一把！

每天都有好几百名游客沿着这条路往上爬，拍几张火山的照片，再原路返回。如果说有哪条路警察不会搜查的话，必是这一条无疑。

9 点 42 分

尼桑车驶上了弯弯绕绕的火山路。道路两旁，在木篱的环绕下，绿油油的草地微微起伏；花白的奶牛正在吃草，时不时会停止动作，伸长脖子，朝过往的游人张望；五颜六色的尖顶房屋与瑞士山区常见的那种木屋别墅十分相似。

这是留尼汪的独特景观——谁又能想象，在海拔仅仅低十米的路上，人们才刚刚挥别椰树、仙人掌和酷暑呢？

马夏尔朝后视镜里看了一眼。索法一直颓然而坐。

"你看到了吗，宝贝？窗外的风景发生了变化，我们像是到了瑞士一样……"

一阵沉默。

索法还在抽泣。

汽车每次右转，尚塔尔·勒特里尔的尸体都会倒在他身上。马夏尔一次又一次地用力把她推开。这具僵硬的躯体已经流干了所有的血，变成一个苍白到近乎透明的幽灵。尸体的皮肉渐渐转为蓝色，跟那些暗淡无光的头发一样。

这是一个正在腐烂的幽灵。

汽车每次右转，尸体都会从索法的视野中晃过。她一言不发，但马夏尔分明看到她紧咬嘴唇，两眼翻白。

她快要被逼疯了！

真要命！

为了不让女儿彻底崩溃，他应该停下车来，把尸体扔到路边，或者至少是塞进汽车后备厢。

不过，这样做会给警察留下太过明显的线索，也会浪费无比宝贵的时间。

不啻飞蛾扑火。

甚至会满盘皆输。

不行，绝对不行。他必须将这场疯狂进行到底。

9点45分

索法还在发抖。

有那么一会儿，尚塔尔消停了一些。因为马夏尔用肩膀使出大力，把她顶到了副驾驶座旁的车门上。她的嘴唇紧贴车窗，仿佛她也在欣赏沿途风景。车窗上留下夹杂着血丝的绿色黏液。

又一道弯。

马夏尔记得这条路。路很长，起码要开一个小时，绕十几道弯。索法会吃不消的。他必须想个办法，不管是什么办法。他喉咙发紧，像是被一个大球卡住了。他一连咳嗽了好几声，试图打破车内的寂静：

"宝贝，你刚才不是问我，你长得像不像你哥哥吗？你还记不记得？亚历克斯，那个……那个在你出生之前就已经去世的哥哥。"

他看了一眼后视镜。索法没有任何反应。

"如果你还想知道答案的话，我现在有时间回答这个问题了——是的，我的宝贝，你和他长得很像。当然，你长得像妈妈，但也像亚历克斯。"

索法抬起头，眼神空洞，神情茫然。

"让我告诉你一个秘密，索法。这条路，我是第二次走。第一次是在十年前。那时……那时，亚历克斯就坐在你现在坐的位置上。那时的他跟你年纪差不多，只比你小两个月而已。汽车里就我和他两个人。我想带他去见识一下火山……"

索法在倾听。至少他觉得是。他必须继续讲述，以免她的精神滑向崩溃的边缘。

"岛上的大火山——富尔奈斯火山，即将再次喷发。岛上所有的电台和报纸都在警告大家不要靠近火山，可是岛上居民的做法恰恰相反。他们纷纷拥向火山，想要一睹为快。因为这是人类所能见到的最美的烟花表演……"

现在，尼桑车每行驶两百米，路边就会出现一个野餐亭。最后一个野餐亭就在牛鼻山脚下，被笼罩在弥漫的烧烤烟雾中。尚塔尔·勒特里尔留在车窗上的口水，越发使得这层烟雾氤氲朦胧。

"我想给亚历克斯一个惊喜，所以事先并没有告诉他我们要去哪里。我也没有告诉他的母亲。你不认识她。她是一个很严厉的人。如果告诉她的话，她一定会阻止我这么做，还会说我昏了头。你想，当所有的人都被劝离火山时，我却带着一个六岁的孩子向火山前行，只为一睹火山喷发的壮阔美景。你……你也许不会赞同我的话，但是，索法，有些事情，妈妈们是无法理解的。"

索法还是没有反应。连眉毛都没动。

哪怕索法已经筑起高墙，锁闭心门，用一副假想的耳机让自己沉浸在只属于她的音乐中，马夏尔依然会继续为她讲述。这既是为了女儿，也是为了他自己。

"那时，我已经开始给亚历克斯读《男孩小让》的故事了，和你读的那本一样！你知道，卡尔祖母[1]和她的朋友大魔鬼，就住在火山岩浆下。所以，当我带亚历克斯走在这条路上时，他有点害怕。你害怕吗，宝贝？"

话一出口，马夏尔就在心里骂自己傻。在这个节骨眼上提魔鬼的故事，岂不是雪上加霜？他赶紧继续讲述，不让沉默占上风。

"我再跟你讲一件事情，索法。亚历克斯有一个从不离手的玩具。那

---

1. 卡尔祖母和后文中的大魔鬼都是《男孩小让》故事中的人物。

是一辆小小的消防车，是他在海滩上捡到的。你知道吗？就是那种小到能攥在手心里、用金属做的玩具车。小消防车并不是很漂亮，还有点生锈。但他走到哪儿都带着它，把消防车变成了一辆越野车。床单上，沙池里，草地上，砾石中，高脚椅背，桌子边缘，车座上……到处都是小消防车的领地。你知道吗，宝贝？亚历克斯不到六岁，他的消防车已经行驶了好几公里。你看，在我们上方就是贝勒孔布步道停车场，就在冒烟的火山脚下。那天，因为道路被封锁，我的车开到那里就无法再向前了。你知道当时让亚历克斯印象最深刻的是什么吗？"

后视镜里，索法面无表情，但她的手指稍稍动了动，仿佛是因为听到"玩具"这个词，所以心里痒痒，也想找个洋娃娃或绒毛玩具之类的……只要能抚慰她惊恐的心就行。

"说出来你一定不会相信，索法！最吸引亚历克斯的并不是喷发的火山，也不是那些在炭黑色天幕中闪烁光芒的惊人火焰。不是的！最吸引他的是消防车！他盯上了那些一字排开、封锁马路的消防车！除了十多辆消防车，还有十几个不停奔走的消防员！他们穿着石棉消防衣，看起来跟火星人一样。我们迫不及待地下了车。气温高得像是在地狱，但并没有危险，因为我们离火山口还有几公里远。好几百人早已等候在此，手里拿着照相机、录影机、望远镜。我们想要往前站一点，好看得更清楚，可惜人太多。最后，一个胖女人给亚历克斯让了个位置。那是一个胖乎乎的克里奥尔女人，脖子上挂着一个大大的木十字架。'这是魔鬼在咳嗽，我的小家伙。'那个女人对亚历克斯说，'你要记住，是人类把魔鬼惹生气了！'亚历克斯并不理会她，而是聚精会神地看着岩浆从火山口淌下，如同一条长不见尾的火蛇。你知道吗，索法？我从没见到亚历克斯的眼神如此明亮过。那个克里奥尔女人还在讲述关于神灵的故事：'小家伙，你知道要怎样才能平息魔鬼的怒火吗？你爸爸有没有跟你说过？——要祈祷，小家伙，要向岛上所有的神灵祈祷。因为魔鬼害怕神灵。'"

马夏尔停顿了一下，朝富尔奈斯火山瞥了一眼。在多洛米约火山口上方，天空一片湛蓝，只有一抹若隐若现的云霭。突然，一个不成熟的想法浮上他的心头，如同一帧模糊的画面。画面中有一条死胡同。在死胡同的尽头，出现了一个小小的出口。出口很窄，但也许能容他们两人通过。为什么不尝试一把呢？稍后，他要再仔细琢磨一下这个想法。但是现在，他必须集中精力，把故事讲完，不能把索法抛弃在半路上。

"亚历克斯才不管什么神灵呢！宝贝，他跟你一样，从没去过教堂。不过，他很懂礼貌，任由那个女人滔滔不绝地讲，好像所有神灵都住在她嘴里。'我没骗你，小家伙。听我说，在火山和大海之间，有一个叫作圣罗斯的小村庄。村庄里有一座名为圣母教堂的小教堂。1977 年，火山喷发，岩浆吞噬了一切：房屋、道路、甘蔗地……村民们只能逃去小教堂里避难。他们向神灵祈祷，恳求神灵保佑他们不要被活活烧死。你知道后来怎样吗，小家伙？'亚历克斯点点头。他其实根本就不知道，也不在乎。他只关心那些消防员。他们穿着奇特的消防服，看起来如同宇航员一样，正朝火山口跑去。那个女人的话匣子根本关不住：'告诉你吧，小家伙，神灵比魔鬼厉害多了！魔鬼害怕了。岩浆刚流到教堂门口，就静止不动了。村民们全都得救了！从此以后，圣母教堂就更名为熔岩圣母教堂！直到今天，人们还可以看见漫过几级阶梯、在教堂门口静止不动的岩浆石，好像它们不敢进入教堂似的！你要是不相信，可以让你爸爸带你去看看。'直到这时，亚历克斯才转过头来，问那个胖女人：'要阻止岩浆的话，那些神灵是不是有红色的消防车啊？'你可以想见当时的画面，索法。那个胖女人被问呆了，最后只能笑笑，尴尬地说：'小家伙，神灵当然没有消防车。''那他们有没有闪闪发亮的头盔？'亚历克斯又问。'没有……''那有没有像宇航员一样的衣服？''也没有。你想啊，神灵怎么可能穿着宇航服、手提卡宾枪呢？'……远处，身穿制服的人们忙个不停，像在争分夺秒。可实际上，除了监视岩浆流向，他们什么都做不了。亚历克斯耸耸肩，背对着那个胖女人。'那神灵有什么好当的！'他看着火山，把他的红色小消防车捏得紧紧的，说，'等我长大了，我要当消防员！’”

马夏尔又朝后视镜看了一眼。

索法没有反应。她并没有哈哈大笑。连一个微笑都没有。

尚塔尔·勒特里尔也没笑。她好像找到了一个最舒适的姿势，然后睡着了。汽车的一次突然颠簸，甚至让她合上了嘴。

马夏尔坚持把故事讲完：

"索法，相信我，你哥哥一定能当上消防员。他才六岁，就已经表现得相当勇敢了。不仅是勇敢，还很顽强。他本应该成为这世界上最了不起的消防员。"

车窗外，野餐亭接连出现，又接连后退。每个亭子里都有一户克里奥尔家庭，都堆放着白铁餐盒和折叠座椅，都悬挂着毛巾，用来保护午间烈日下的老人和小孩。火山、熔岩、泰斯特峰和哲哲坡，纷纷进入马夏尔的视野，却又那么模糊不清。

这不仅仅是因为尚塔尔·勒特里尔留在车窗上的口水——马夏尔早已双眼噙泪。

他趁着汽车驶上一条短直道的机会，转过身来，朝向索法。她也在哭泣。他用一只手握住方向盘，另一只手伸向汽车后座。他能感觉到，索法的小手与他的大手握在了一起。她那五根柔弱的手指，是他带着无尽温柔，轻轻握住的五只小虫。

"真可惜，你哥哥小小年纪就死了。不然他一定会挽救很多生命，很多很多生命。你一定会以他为荣的，宝贝。"

五只小虫在他温热的掌心里微微颤动，仿佛要长出翅膀来。马夏尔多么希望此刻能成为永恒。

在他们头顶上方，一架直升机从空中飞过。

29 伊梅尔达进"冰箱"

9 点 50 分

康坦·帕切站在圣吉尔专区警局的停车场上，两眼盯着脚尖，像个偷偷在厕所里抽烟、被老师抓个正着的初中生。他身高一米八，是跆拳道黑带三段，在岛上从警二十一年，从未有过工作失误。站在他对面的女子，至少比他小十岁、矮二十厘米、轻三十公斤。

然而，他根本招架不住她。

"看在上帝的分上！一个男人！后面坐着一个孩子！没有任何证件！"阿加吼道，"你居然就这样让他们通过了！"

康坦·帕切支支吾吾地想为自己辩解，可阿加根本不给他机会。她知道他那一套——老奶奶的尸体被放在副驾驶座上；索法被打扮成男孩的模样；一个相貌普通的男人，看着不像照片上的马夏尔；通过无线电传达给全体搜寻人员的信息来晚了几分钟……在这种情况下，绝大多数警察都会失手，就像康坦·帕切这个傻瓜一样。不过，这并不妨碍阿加继续训斥他。

"他已经送上门来了，士官！你只要睁开眼睛就行……"

帕切是个吃苦耐劳的人。不管是在警局还是在跆拳道俱乐部，他总能默默承受打击。阿加又狠狠地训斥了他好久。

一半是发泄。

一半是做给拉罗什上校看。

拉罗什就站在旁边的一棵木麻黄树下。十分钟前,他乘坐一架簇新的 AS350 B 型松鼠直升机到达。警员们提前几分钟疏散了海滩上的游客。直升机在海滩降落时,扬起好一阵沙尘。

克里斯托从一开始就在一旁静观。现在,他终于决定以巧妙的方式介入。他凑到警长耳边,轻声说:

"差不多就行了,阿加。康坦毕竟站了整整十三个小时的岗,他也不容易,对吧?"

阿加点点头。

当康坦·帕切远去时,她转向拉罗什。与她在电话里想象的相比,拉罗什本人更为高大帅气。他四十岁光景,英俊,干练,目光深处藏着一份恰到好处的笑意,流露出在冷酷官场中打磨出的老练与圆滑。他看起来更像是一位来自非政府组织的官员,一个微型金融界的银行大亨,又或是社会党区议员。

一副智慧与活力并存、令人不得不服的派头。

真可恨。

拉罗什一直等到康坦走进警局,这才开口:

"普尔维警长,我们就没必要再演戏了。帕切士官不过只是让我们耽误了几分钟而已。搜捕令已经下达,目标锁定一辆黄色尼桑车。马夏尔·贝利翁没时间更换车牌,也跑不了多远。我们已经出动了司令部所有的直升机,十一架 EC145 正在海岛上空盘旋。普尔维,你们完成了一项漂亮的工作,这是我的真心话。你们先是困住他,然后再逼他出洞。他不过是领先三十分钟而已,一定逃不掉的。"

拉罗什一边说,一边用鞋底在沥青停车场的沙砾中画圈。尽管他表面上显得稳操胜券,阿加还是看出了他内心的紧张。上直升机之前,拉罗什换了一条工装裤，还穿上了防弹衣和安全鞋——这相当于是执行突击行动的全副武装。当时，上校可能还觉得挺新鲜，头一次摘掉领带、卸去警衔，坐直升机上天，去造访岛上的居民。可是在内心深处，他一定没有料到，自己刚上任不久，留尼汪岛就为他准备了一场"鹞行动"作为见面厚礼。

阿加眉头紧蹙，显示她不会被几句应景的恭维所收买。

"现在怎么办，上校？在这里坐等直升机归来？要不要把音响搬出来，播放一首《女武神的骑行》[1]，营造一点气氛？"

拉罗什露出一口整齐洁白的牙齿，冲阿加会心一笑，笑得十分真诚。

"现在，让我们都闭上嘴，默默祈祷圣依伯狄德[2]的保佑吧！你们本地人是这么说的，没错吧，普尔维警长？"

9 点 57 分

"阿加，我能跟你单独谈谈吗？"

克里斯托扯住阿加的袖子，把她带到远离人群的地方。

"是要紧事吗？"

"是的。"

克里斯托看看三米开外的拉罗什。他正举着苹果手机，在停车场寻找信号最佳点。

"我们单独谈，"克里斯托强调，"不能让拉罗什看到。有的事情你能理解，他不一定能。要不我们去'冰箱'？"

"冰箱"其实是警局的一个小房间。大概十平方米，没有窗，用来存

---

1. *La Chevauchée des Walkyries*，由德国作曲家理查德·瓦格纳依据北欧神话谱写的音乐剧选段。

2. Saint Expédit，古罗马殉道者，是留尼汪人最崇拜的神。——作者注

放专区警局三十年以来的所有档案。除了档案，房间里还有一张铁桌、两把铁椅。因为是警局最阴凉的房间，所以大家都管它叫"冰箱"。另一个重要原因是，由于房间没有窗户，可以把那些不太配合的羁押人员关进这里"冷却"一下，有助于反省。

克里斯托关上房门，按下开关。这是一个很高级的"冰箱"，有人进来后，"冰箱"里的灯反而亮了。

"冰箱"里已经有一个女人在等候。是个卡夫尔人，长得高大壮硕，脸上的克里奥尔式妆容精致得体，靛青色眼影搭配胭脂红色口红。

克里斯托为她们介绍彼此。

"伊梅尔达，这是阿加；阿加，这是伊梅尔达，我的女朋友。上午我跟你说过，你记得吧？你应该听她讲讲。关于这个案子，她有很多思考。再说，她是旁观者，可能比我们看得更清楚，你明白我的意思吧。她没有……"

"我记得。"阿加打断克里斯托的话，直接对伊梅尔达说："您就是世界上唯一那个能让自由派先知克里斯托·康斯坦丁诺夫下班后还思考工作的女人。如果我没记错的话，您对断案很有天赋——哈兰·科本式的天赋，对吧？不过很抱歉，女士。尤其是克里斯托要向您道歉，他应该在您赶来之前先告诉我一声，这样我就能告诉您不必来了，至少目前没这个必要。马夏尔·贝利翁被十几架直升机追踪，随时将被捉拿归案……"

克里斯托仍在坚持：

"你真应该听她说说……"

"你真是烦人，克里斯托。"

阿加在房间里走来走去，机械地整理着箱子里凌乱的档案。她同情地看了那个卡夫尔女人一眼。

"我很抱歉，伊梅尔达，我并不是要故意为难您，只是……"

"没关系，"伊梅尔达笑笑，"您不必费劲，长官，我懂的。我已经过了容易动怒的年纪。"

她站起来，对克里斯托说：

"你的长官说得对。我该走了。我早就跟你说过，我来这里没啥用。孩子们还在家里等我呢。我有一大堆衣服要洗，还要去圣保罗买菜、煮咖喱……"

克里斯托朝起了包的天花板翻了一个白眼，突然一拳砸在铁桌上。房间里顿时腾起一团灰尘。

"妈的，你花五分钟听她讲讲又会怎样，阿加？伊梅尔达是个证人，非同一般的证人！在硬盘和搜索引擎发明之前，她就开始在记忆里储存岛上的新闻，包括那些最微不足道的……"

阿加叹了一口气，又看看手表。

"行吧，最多五分钟。"

克里斯托拖来一把椅子，用手背拂了拂，激起一团轻盈的灰尘，但因为屋里没有阳光，这一小团灰尘几乎不可见。阿加咳嗽了几声。克里斯托清了清嗓门。"冰箱"里啥都不缺，就缺啤酒和冰块。

"说吧，伊梅尔达……"

伊梅尔达上前一步。房间唯一的灯泡就在她的头顶上方，她投下的巨大身影完全将阿加吞没。

"长官，从一开始，我就觉得马夏尔·贝利翁的行为不符合逻辑。"

随着伊梅尔达身体的摆动，阿加的脸忽明忽暗，好像被审讯的人是她。

"请说得具体一点，伊梅尔达。"

"这么说吧——新闻里所报道的与克里斯托向我描述的，好像是两个截然不同的男人。"

阿加把两道浓眉拧成一条直线，像一道禁止通行的交通标志，拦住了她的目光。不过，她并没有打断伊梅尔达的讲述。

"长官，大家最初都以为，起因是一场普通的家庭纠纷，继而引发意外。不知所措的马夏尔·贝利翁通知了警察，还录了口供……"

"是的，是的。"阿加很不耐烦。

"突然，剧情一百八十度大转弯。马夏尔·贝利翁逃跑了。他躲过警察的搜捕，成了逍遥法外的罪犯。一切不再是意外，而是一场有预谋的犯罪。他像是在执行某个酝酿已久的阴谋，或者说，在追寻某个特定的目标……"

"行了，伊梅尔达。您别介意，我这个人说话直：您所说的这些，我们全都考虑过……"

克里斯托倚在一堆发黄的档案上，目光从一个女人身上转移到另一个女人身上。

"我知道。"伊梅尔达急切地回答，"我知道，长官。所以我长话短说。我就问一个问题：从 3 月 29 日周五 16 点，到 3 月 31 日周日 16 点之间，在这四十八个小时内，究竟发生了什么事？"

阿加一下被问住了，良久才没好气地回答：

"没什么事！根本就没发生什么事！恰恰是在这之后，当我们想要逮捕马夏尔时，一切才快速发生。"

伊梅尔达并不反驳，而是用雄辩的口才继续她的推理。

"我给您分析一下我的理解，长官。周五那天，从 16 点开始，也就是在他妻子失踪之后，马夏尔·贝利翁采取了与警局合作的态度，请求警局帮助他寻找妻子，甚至还申请警方保护。可是第二天，他却变卦了……"

阿加恼火地看了一下手表，说道：

"在此期间——由于克里斯托分不清什么是职业机密，什么是被窝里的情话，所以您也知道——我们搜集了许多证据：血迹、DNA、阿莫里·瓦罗之死、作案工具……马夏尔·贝利翁罪证累累，罪名难逃。"

"在此之前他就已经是了，长官！罪证累累，罪名难逃！马夏尔·贝利翁并不傻，他早就知道房间里有血迹，有 DNA，也知道刀柄上有他的指纹。所以，普尔维警长，我始终相信，马夏尔·贝利翁之所以彻底改变策略，一定另有原因，只是我们不知道而已。老实说，这个案件让我想起了我的孩子。他是老大，名叫纳齐尔。三年前，他还在让拉弗斯中学念书时，某天有人打电话通知我，说他在学校偷了同学的 MP3。"

阿加又躁动地看了一眼手表。克里斯托示意她耐心听完。

"在辅导员面前，纳齐尔温顺得像一头绵羊，很快就承认了自己的偷盗行为。后来，他的同伙出卖了他：原来纳齐尔不是只偷了一个 MP3，而是在学校里编织了一张名副其实的非法交易网，交易物品包括 MP3、MP4、手机、游戏机……当他得知自己被告发时，这小子居然躲到了莱马克平原！当时他只有十二岁。警察花了三天时间才找到他。"

阿加站起来，终于有了兴趣。她试着寻找伊梅尔达的讲述与案件疑点之间的关联：莉安娜·贝利翁跑去圣伯努瓦警局、马夏尔·贝利翁去机场改签回程机票而未果、马夏尔·贝利翁的过往史、酒精、女人……

"伊梅尔达，您想说的是什么？是说马夏尔·贝利翁还有其他事情瞒着我们？而且比现在他被控诉的罪行更可怕？他之所以逃跑，就是为了不让我们发现更深的隐情？"

克里斯托笑了。他为伊梅尔达用推理说服了阿加而感到无比骄傲，于是从唇齿间挤出一声口哨，说道：

"比三桩谋杀案更可怕的罪行……有意思，不是吗？我们需要深入调查一下马夏尔·贝利翁的过往。"

伊梅尔达戏剧性地举起双臂。可她还没来得及说话，"冰箱"的门就被猛地撞开。

拉罗什出现在门口，头发乱糟糟的，防弹衣的扣子被扣到最后一粒。

"普尔维，发现他们了！"

"什么？！"

"他们过了卡夫尔平原，正在去往富尔奈斯火山的路上。"

"那是一条死路！我们很快就能捉住他了。我这就来！"

一把铁椅被撞倒在地，激起一片尘埃和一声巨响。拉罗什让响声在四壁之间回荡了一会儿。

显然，他很尴尬。

"所有的直升机都被征用了，普尔维警长。没……没有您的位置！参与围捕的都是一些行家，来自空警部队和高山警卫团。您和您的团队还是继续留在圣吉尔做调查吧……这一点很重要，案情中还有很多疑点，包括尚塔尔·勒特里尔的死，以及……"

阿加暴跳如雷：

"您在跟我开玩笑吗？！"

在拉罗什身后，几个身穿制服、体形比门还宽的警员因为尴尬而扭动身体，像是尿急一样。

"普尔维警长，现在有十二架直升机在追踪马夏尔·贝利翁，有三十个人——其中大多是精英狙击手——在随时待命。他们每个人都是'鹞行动'中的一个齿轮，环环相扣，有序运转。没有人还想要如何突显自我。完全没有，您明白吗？好了，我要走了……"

一阵脚步声响起，渐行渐远。"冰箱"门还敞着，里面静悄悄的。克里斯托咬住嘴唇。伊梅尔达退到架子旁边。两人脸上都写着难为情。

"冰箱"里的铁桌突然腾空而起，撞上铁架，发出骇人的巨响。

"婊子养的！"

阿加冲出"冰箱"，冲入警局主厅。莫雷兹赶紧给她让道，就像罚点球时生怕引起阻挡犯规的人。阿加径直向前，根本没留意地上的电线，要不就是她来不及避开。一秒钟后，投影仪就被电线拉扯，砸到地上。好几百座黄色和橙色民居，就这样从墙上凭空消失。

投影仪价值八百六十欧元。相当于专区警局年度开支预算的四分之一。

"全是一群婊子养的！"阿加还在破口大骂。

她一路冲到警局的停车场。

尘土和沙砾正在空中肆意飞扬。

拉罗什的 AS350B 型松鼠直升机已经飞离沙滩，上升到距她头顶不到三十米的空中，只留下一阵足足持续了十五秒的龙卷风。木麻黄树的树叶被吹得上下翻飞。

"婊子养的！"

阿加用目光扫射空中的直升机，把一根中指竖得老高。

10 点 14 分

拉罗什的直升机已经变成了远处的一个小黑点。阿加原地打转，如同一匹被困的种马，脚下沙石飞溅。整个警局没有一个人敢开口说话。克里斯托倚着一棵木麻黄树，点燃一支烟，等待打破沉默的最佳时机。

先等风暴过去再说。

有好长一段时间，阿加一直盯着空无一物的天空，绝望得像只被遗弃在巢中的雏鸟。突然，她掏出手机，不顾一切地冲电话里大喊：

"是吉佩吗？对，我是阿加。十万火急！你手头还有直升机吗？"

几秒钟的沉默，阿加再次大喊：

"还有一架？太好了！你是我的真爱！对……一场特殊的空中漫步。你等等，我过两分钟再打给你。"

阿加挂断电话。

克里斯托愣愣地看着她。

"这个吉佩是谁啊？你的前任？"

"差不多吧。跟他在一起，我有过这辈子最 High（高）的体验。"

"他是你的情人？"

"不，是我的飞行教练……"

30 敞开的坟墓

10 点 17 分

爸爸说，要采一束五颜六色的鲜花，越多越好！花是送给死去的蓝头发老奶奶的，就跟扫墓一样。死人都喜欢花。

爸爸交代我，采花时要注意藏在树下，不能走出太远，也不能离洞口太近。那其实不是一个洞，而是一个巨大的深渊，仿佛能一直通到地心，所以特别危险！围住洞口的木护栏已经很破旧了，上面缠着橙色胶带，挂着几个大大的黄色三角形告示牌。

我担心在灌木丛里走丢，所以不时回头张望。爸爸站在黄色汽车旁边，离我大概三十米。

我明白了。

爸爸一看到直升机，就把车开离了马路，驶上一条泥土路。他开得特别小心，好让汽车一直停留在大树的遮蔽下。直升机不可能看到我们。就算是看到了，等它着陆时，我们早就跑远了。后来，爸爸把车停在这个洞边，紧挨黄色的告示牌。我认识字，告示牌上写着："康梅松火山口"。

四周没有其他人。

我们下了车。应该说是我和爸爸下了车，那个老奶奶没有。我想立刻去洞边瞧瞧，可是爸爸不同意。

"这个洞有将近三百米深。"他向我解释，"就算是埃菲尔铁塔掉进去，也会消失不见，最多冒出一小截塔尖……"

我简直不敢相信，但如果不探出身子的话，就什么也看不见——除了洞壁和黑色岩石。岩石上有好多洞洞，像是发硬的海绵。

后来爸爸就叫我去采花了……

现在，我已经采了足够多的花，多到用两只手都捧不过来。我朝黄色汽车走去，同时注意力一直留在树下。爸爸脱去上衣，光着膀子。真是的，虽然是在山顶，可这里连一丝风也没有。气温依然很高，比在潟湖边还热。爸爸把车上的东西全都搬了下来：背包、水、地图。

真奇怪。

我怎么觉得汽车在移动啊？

我手捧鲜花，朝爸爸走去。

"别过来，索法！"

"你在做什么，爸爸？"

他浑身是汗，双手放在汽车上。

"你在做什么，爸爸？"

在回答我的问题之前，爸爸蹲下身来，刚好到我眼睛的位置。我喜欢爸爸这样做。

"索法，你见过墓地里的坟墓吧？人们在地上挖一个洞，让死去的人躺进去，不受噪声、风雨和日晒的打扰，就这样永远沉睡。你明白吗？"

我点点头。我明白。死去，不是永远沉睡，而是永远不醒。

"宝贝，在这座岛上，我们没必要挖洞，因为地上已经有很多大洞了。这些大洞就是火山口，相当于五星级坟墓。就像五星级酒店一样，你明白吗？"

我又点点头。

"你往后退一点，索法……"

爸爸摘下那块黄色告示牌，开始推车。他并不是把车推向木护栏，而是直接推向灌木丛后的大洞口。他用尽全力，汽车开始慢慢移动……

老奶奶还在汽车里面。我能看到她的蓝头发。

爸爸用一只手扯掉一段橙色的胶带。他最后一次用力。汽车开始下坠。

真有趣。一开始，我听不到任何声音。好像这个洞真的没有底。好像爱丽丝掉进了兔子洞，一直往下坠，坠了好几个小时。

可是，突然之间，一切都爆炸了。就像在闪电过后，你猝不及防时，一声惊雷在你耳边炸开！我觉得连洞壁上的岩石都要被震落，直到把深洞填平。

我后退了两步。看来我并没有爱丽丝那么勇敢。

10 点 22 分

马夏尔让索法躲进灌木丛[1]。他又一次抬起头，望向天空。现在，他能看到三架直升机，距离他们足够远。其中两架位于富尔奈斯火山上方；还有一架朝内日峰飞去。他能想见，直升机里的警察正拿着望远镜，俯身向下，在罗望子森林和灌木丛中寻找。寻找对象是一辆汽车、两个逃兵，就藏在火山坡与朗帕尔河之间的某处。警方的搜索范围已经大大缩小。

正中他的下怀！

他先是明目张胆地把尼桑车开上火山路，像吸引苍蝇一样，把直升机吸引了过来。这就相当于向警方晃一晃红布，刺激一下他们。然后，就像在圣吉尔时那样，他让汽车突然消失，切断线索。最后，徒步前进，沿火山的另一侧往下走，朝向圣罗斯峰、海洋，以及卡斯卡德角。

---

1. 留尼汪当地特有的一种灌木丛，并不太高。——作者注

马夏尔冲索法笑了。他把东西全塞进包里，同时努力记住地图上的每一处细节：树林和河谷的位置，不同地形的海拔高度……他在头脑中构建了一幅由等高线组成的 3D 图。

一旦离开康梅松火山口的密林，他们将面临两大挑战：

首先，要穿越萨布尔平原。这片平原长达两公里，由黑色的火山灰堆积而成。它完全暴露在日光下，没有一处阴凉；由于反射作用小，地面几乎吸收了全部光照，成了一个有五个足球场那么大的烧烤架。如果在上面烤香肠的话，足够岛上全体居民吃整整一个世纪。他们必须在毫无遮挡的情况下穿越萨布尔平原，就像白纸上的两只蚂蚁一样显眼。

其次，就算他们奇迹般地穿越了萨布尔平原，接下来还得沿着火山坡一直下到海边。

一共十五公里路程，落差一千七百米。

索法不可能跟得上……

10 点 25 分

"过来一点，宝贝。你采的花真是漂亮极了。"

我把花束捧在胸前，迟迟不敢向前。我觉得那个洞还在摇晃。

"再过来一点，宝贝。你该不是恐高吧？"

"不是……"

"来，把你的手给我。你只要把这束花扔进洞里，好让蓝头发老奶奶上天堂。"

我很想告诉爸爸，要不是他杀死了老奶奶，我们根本就不用耍这套把戏：天堂、花朵、推汽车……不过，我不想再惹爸爸生气。

我走向前，脚尖离洞口只有十厘米。

爸爸的手汗津津的。

洞口像一张大嘴。一张可怕的大嘴。它不仅想吞下我的花束，还想吞下我。就像那些长着大牙齿的马。当我把手伸过栏杆，喂它们吃草时，它们想要吃掉的不仅仅是草。

它们还想吃掉我的手指、手掌、胳膊。

我踩在洞口的岩石上，想让花束落到洞的最底端。

"你要抓住我呀，爸爸。"

妈妈是一定不会让我做这种事情的。

我探出身体，几乎是悬在洞口上方。爸爸抓住我的左手，我的右手在空中抡了一个大圈，然后用力把花束扔了出去。

花朵像雨点一般散落开来。

它们无声无息地飘落。我低下头，目光久久地追随它们。我想要追出更远，直到地心。

我听见风吹动树叶的声音，还有远处传来的昆虫低鸣——也许那并不是昆虫，而是直升机。

"爸爸，不要松开我的手呀！"

31 来自毛里求斯的问候

10 点 32 分

其他人都走了……

只剩下克里斯托一个人，守着警局的四面墙。像个傻瓜，像只八月里房东去度假时的猫。大大的办公室和花园全都属于他。

也不是完全只属于他。

还有伊梅尔达。这个卡夫尔女人正在翻看他办公桌上的《留尼汪警察》合刊。此刊由司令部主办，里面尽是些菜鸟写的文章，千篇一律地歌颂共和国的辉煌和海外省警队的荣光……克里斯托几乎从没翻看过这本杂志。岛上有太多以袒胸露乳的美女图作为封面的杂志，谁还愿意去读一本封面不黄不绿、最多放一张女警新款短裙图片的杂志呢？

当传说中的吉佩把直升机开来时，他并没有坚持为自己要一个座位。其实这是一个很好的观光机会，能飞翔在这座奇妙岛屿的上空，换一个角度去欣赏铁洞瀑布、马伊多观景台、马法特冰斗和萨拉济冰斗……

那将是一场人类直面狂野大自然的独特经历。

而且不用花一分钱！

可是，总得有人看家啊……再说，克里斯托根本不想以观众的身份，

210

去欣赏拉罗什手下的精英狙击手们表演的精确到毫米的子弹芭蕾舞剧。三十个全副武装的人，如幻灭天使般从天而降……

只为对付一个可怜的家伙和一个六岁的女孩。

不，对此他一点兴趣都没有。

克里斯托准备去冰箱里拿一罐渡渡鸟啤酒。是真正的冰箱，放在小厨房里的那个。他发现伊梅尔达坐在他和阿加共用的办公桌边，已经放下《留尼汪警察》合刊，改看一本犯罪学方面的书籍，看得十分入迷。

"我可以看吧？"伊梅尔达问。

"随便看，就当今天是公共开放日，大家都可以来看书。"

伊梅尔达还真是不把自己当外人！这让一旁的克里斯托无聊至极。去吊床上尝试鱼水之欢的愿望变得遥不可及。不过，还有其他替代方案——右边第一个抽屉里放着手铐，出门左边第一个房间就是拘留室，这些都能为今天早上错过的、现在可以即兴弥补的一场温存助兴……

"你在想什么，克里斯托？"

"没想什么。"

伊梅尔达把一本折了角的书放回桌上。是《RAID 回忆录》[1]。她朝阿加桌上的那一堆材料投去贪婪的目光。克里斯托喝光手中的啤酒，用慵懒的声音说：

"想看就看吧。今天就让你看个够。"

10 点 45 分

伊梅尔达坐在阿加的皮椅上。左前方，有两个女孩正在一个四方相框中冲着她笑。一定是警长的孩子们。她们跟伊梅尔达自己的孩子有着同样的神情，只有一个明显的不同：这两个女孩有一个爸爸。她们依偎在爸爸

---

1. RAID 即法国黑豹突击队。

怀中，笑得十分开心。

地方警局收集到的证据资料就摆放在她眼前。伊梅尔达仔细地看了一遍：阿拉曼达酒店顾客和员工的问话记录；与马夏尔·贝利翁有着或远或近关系的人的证词；DNA 分析结果；疑似犯罪现场的 38 号房间和尚塔尔·勒特里尔家的照片，以及其他热心人士提供的照片。照片上有：莉安娜·贝利翁失踪当天下午的阿拉曼达酒店停车场，罗丹被害时的圣吉尔港口，马夏尔·贝利翁和他女儿藏身好几个钟头的埃当花园……

伊梅尔达想把这一切都记在脑子里。与克里斯托说的恰恰相反，她从来都不觉得自己拥有断案天赋。她只是过目不忘而已。她的头脑能剪辑、整理、收藏各种信息，在需要的时候，再迅速提取出来。

克里斯托在一旁昏昏欲睡。《留尼汪警察》合刊中的夹页从他手中滑落，上面是为数不多的海军女警神色得意的照片。他终于放弃了寻欢作乐的想法。伊梅尔达是可人、俏皮、温柔的……但也是保守的。一旦离开了她的床，想要跟她做爱比登天还难。

二十分钟过去了，警局的电话一次都没响过。大家全都溜了，没人还在乎……

10 点 51 分

他就是在这个时候走进警局的。

乍一看，克里斯托都没认出他来。他戴着雷朋墨镜，身穿白色亚麻西装，汗滴堆积在灰白的胡须上。

"我找阿加·普尔维警长。"

克里斯托倒是一下就认出了他的声音。是阿尔芒·朱托，阿拉曼达酒店的经理。

"对不起，她不在……"

克里斯托做了一个只有他自己才懂的动作，表示直升机。

"真糟糕。"朱托咒骂了一句。

"怎么了？您又把顾客弄丢啦？"

经理用手掌揩了揩胡子。

"丢了俩！"

克里斯托一下子跌坐在离他最近的那把椅子上。

"老天爷！真是祸不单行。是我们认识的人吗？"

"算是吧。是雅克·茹尔丹和玛高·茹尔丹！"

副官的手死死抠住《留尼汪警察》合刊的有光纸。他朝伊梅尔达投去不解的目光，而朱托压根都没注意到房间里还有一个卡夫尔女人。

"茹尔丹夫妇失踪了？"克里斯托紧张兮兮地问。

朱托显得一点都不紧张。他坐下来，慢悠悠地摘下雷朋眼镜，又掏出一块白色绢丝手帕，擦了擦太阳穴。

"也不是失踪，副官。确切地说，他们只是离开了阿拉曼达酒店而已。他们通知我说，决定去毛里求斯岛度过剩下的假期。"

克里斯托翻了一个白眼，恨不得用手中的《留尼汪警察》合刊敲朱托几下。

"这也怪不得他们。"酒店经理继续用懒洋洋的口吻说，"岛上的旅游指南里，并没有'鹬行动'这一项。"

"这些婊子养的！"克里斯托半天才憋出一句话。

阿尔芒·朱托笑了。这时，克里斯托突然想到雅克·茹尔丹的小嗜好——偷拍美女的私密照片，包括莉安娜·贝利翁在内。他"噌"的一下站起来：

"不管他是不是律师，雅克·茹尔丹和他妻子都不能到处乱跑。他们是案件的关键证人。只要马夏尔·贝利翁还没被缉拿归案，他们就不能离开留尼汪岛。"

酒店经理点点头，一半是尴尬，一半是解脱。

"坦吉·迪若克斯，就是我们酒店的园林工，今天早上把他们送到机场去了。"

他停顿了一下，看看手表。

"现在他们应该已经在飞机上了。他们倒是不……"

"浑蛋！"克里斯托打断他的话。

阿尔芒·朱托得意的笑容僵住了，大颗大颗的汗珠淌过他脸上的每一道皱纹，像是高地的河谷里下了一场突如其来的雨。

克里斯托继续说：

"他们到底给了你多少好处费，让你乖乖等到飞机起飞了才来通知我们？"

朱托的白色绢丝手帕成了一块吸水布，不停吸去他银色双鬓和胡须上的汗水。克里斯托向酒店经理凑过去。他比朱托高出一个头。

"我猜你想说'顾客就是上帝'吧？我现在没工夫陪你玩这一套。别担心，朱托，我们会在西什么机场[1]的停机坪上恭候他们。如果他们不想体验毛里求斯版'鹳行动'的话，最好配合一点。"

朱托又看了看手表。

"那你们得抓紧时间，副官。他们的飞机还有十分钟降落。"

副官吹了一声口哨，摆出一副鼓掌的姿势。

"佩服，实在是佩服。朱托，你这时间掐得可真好啊！毛里求斯岛是一个奉行中立政策的岛屿，对外国有钱人而言，它更像是一个庇护所。"

克里斯托瞄准不锈钢垃圾桶，像投射标枪一样，把手中的《留尼汪警察》合刊掷了出去。

哐当！

他再次面向阿拉曼达酒店的经理：

"但是，毛里求斯岛并不是开曼群岛。所有马斯克林群岛的国家都签署了反非法移民协议，各国法官和警察有义务协同合作。希望您的那对夫

---

1. 西沃萨古尔·拉姆古兰爵士国际机场是毛里求斯岛上唯一的机场。——作者注

214

妻客户不要心存幻想。我们完全可以获得批准，明天一早就去给他们送早餐。你知道他们在毛里求斯住哪里吗？"

朱托皱了皱眉头，把雷朋墨镜在手中翻来覆去地转。

"蓝湾酒店。是我给他们安排的。"

"为什么选在那里？"

"蓝湾酒店有五十个草寮，用桩基架在潟湖上。我的这两位顾客一听，没怎么犹豫就同意了。"

"恰逢复活节，难道酒店还有空房间？"

"大家都是干这一行的，互相照应一下很正常……"

克里斯托恨不得把这个酒店经理关进冰箱，让他先冷却几个小时，再慢火煎熬。那该多过瘾！可惜，眼下情况紧急。

"行。你把蓝湾酒店的地址和电话留下，然后立马滚蛋。"

朱托站起来，重新戴上雷朋墨镜。直到这时，他才注意到站在办公桌后面的伊梅尔达。他盯着这个卡夫尔女人。

"她是谁？"

他的口气令克里斯托心生不悦。在潟湖边的酒店里，经理们眼中往往只有椰树、长椅和太阳伞，而不会留意那些通过辛勤劳动维护这片景观的卡夫尔人、马达加斯加人和科摩罗人。于是他故意说：

"这位是伊梅尔达·卡吉士官。您别看她沉默寡言，她可是我们警局的智囊……"

朱托用怀疑的眼光瞟了她一眼。

随后他才走出警局。

11 点 09 分

"是蓝湾酒店吗？你会不会说法语？"克里斯托用英语问。

电话那头的家伙操着英国口音，听起来像个迷失在拉丁区的伊拉斯谟项目留学生。

"会说一点点，先生。很高兴为您服务。请问有什么可以帮您？"

"叫你们经理接电话。"

那边的声音迟疑片刻，继而讨好地问：

"请问您找我们经理有何贵干？"

"这里是留尼汪圣吉尔专区警局！我们这里有个杀人犯潜逃了，警察正在执行'鹬行动'。消息应该已经传到你们那边去了吧？"

这位毛里求斯的酒店接待员，对此好像并不惊讶。

"是的，先生。我去看看经理是否有空。"

他的平淡反应让克里斯托很是窝火。他听到电话那头的家伙在对同事说话，而这位同事显然也不紧张。

"麦克，多雷女士在办公室吗？"

晴天霹雳！

克里斯托在电话里咆哮：

"格拉茨勒·多雷？蓝湾酒店的经理就是她？"

"是的，先生。不过……"

"妈的！叫她听电话！"

电话那头响起惊慌的脚步声，渐行渐远。克里斯托望向窗外。朱托早已不见踪影。

他等了至少一分钟。

又一阵脚步声逐渐靠近，比先前的更慢、更轻。克里斯托能听出来是高跟鞋踩在地砖上的声音。地砖应该是大理石材质。脚步声停止。电话里短暂的寂静突然被一个干巴巴的声音打破：

"谁？"

"是格拉茨勒·多雷吗？"

"是我。"

"我是克里斯托·康斯坦丁诺夫副官，负责调查您前夫马夏尔·贝利

216

翁的案件。"

格拉茨勒·多雷不耐烦地叹了一口气:

"昨天我不是都说过了吗?领事馆有个家伙来酒店找我,说他在与留尼汪的司令部合作。"

克里斯托示意伊梅尔达把贝利翁案的资料递给他,然后用闲着的那只手在其中翻找。很快,他就发现三张被钉在一起的纸。是格拉茨勒·多雷的陈述,由丹尼尔·科朗松警官记录。时间:3月31日周日21点17分,地点:毛里求斯蓝湾酒店。丹尼尔·科朗松……克里斯托听说过这个人。他以前是圣但尼中央警局的警察,后来因为肖德龙骚乱事件而患上抑郁症,被调去毛里求斯领事馆安全部门。这些记录是今天早上由司令部传真过来的。当时他们急着赶去尚塔尔·勒特里尔家,没时间查看。于是这份记录被塞进文件夹,再也无人问津。因为马夏尔·贝利翁就是凶手,抓住他才是正事。

"您还在听吗,副官?"

克里斯托把目光从陈述记录上移开。这些废纸只会浪费他的时间。而他没有时间可以浪费。

"茹尔丹夫妇去您那儿搞什么鬼?"

又是一声叹气,不过这次是出于惊讶。

"你们警局的人都这么直接吗?"

"不是直接。是没时间。"

"您所说的'茹尔丹夫妇',是指那个巴黎律师和他的妻子吧?阿尔芒·朱托刚给我打过电话。他是我的老朋友。我给他想办法弄到了一个房间,算是做个人情。怎么,不应该吗?"

"不。我只是觉得这个巧合有点奇怪。"

他立刻想到,格拉茨勒·多雷在布康卡诺的香槟海峡餐吧当老板时,阿尔芒·朱托应该就是阿拉曼达酒店的经理了。他们是同路人……

克里斯托的手指在陈述记录上滑动。字句在他眼前跳舞。

"多雷女士，您能总结一下昨天您对科朗松警官的陈述内容吗？"

"这话听起来真叫人放心。你们警察之间难道都不沟通信息的吗？"

"这两天我们事情太多，抱歉。您的看法是？"

"什么看法？"

"我猜，您已经在电视上看到关于您前夫的新闻了吧？据我们所知，目前已经有三个受害者了。"

"您想知道我的看法，对吗？"

"没错。"

"昨天我已经跟领事馆的那个家伙说过了。你们搞错了。从一开始就搞错了。马夏尔与这些罪行无关。他是一个连蚂蚁都不敢踩的人。"

马夏尔·贝利翁？

连蚂蚁都不敢踩？

克里斯托暗自咒骂了一句。他应该花时间读一下格拉茨勒·多雷的陈述。在他印象中，丹尼尔·科朗松是个心无城府的家伙，但盘问起证人来还是挺刁钻的。

"您的前夫曾经被指控过失杀人。你们的儿子因他而死。"

格拉茨勒·多雷原本平静的声调瞬间提高了八度，变得尖锐无比，就像一个发出啸叫的话筒。

"您都看了些什么？是马丁·伽利玛法官的报告，还是当时的报纸？您清楚当晚发生的事情吗？您凭什么下此结论？"

克里斯托并不恼火。他有一种奇怪的预感，整场调查即将峰回路转。他谨慎地掂量着自己的每一句话。

"您的意思是，马夏尔·贝利翁并不是害死亚历克斯的罪人？"

"我昨天已经对您的同事说过了。那不是马夏尔的错。可他把全部责任都揽到了自己头上。因为事情总得有人背锅吧……"

克里斯托试图用最快的速度分析这句话。如果他们从一开始就搞错了呢？如果马夏尔·贝利翁并不是害死儿子的罪魁祸首，反而是想为儿子报仇呢？就像基督山伯爵那样？这会不会就是马夏尔重返留尼汪的原因呢？克里斯托真希望自己能有时间听听伊梅尔达的意见。

"当……当时还有其他人在布康卡诺海滩吗？"

"那已经是陈年旧事了，副官。请不要揭开我们的伤疤。"

"您得把事情说清楚，多雷女士。"

"那又有什么用？亚历克斯的死跟'鹞行动'有什么关系？"

"过去和现在之间的关系，留给我们警察来分析就好。您只要回答我的问题：那天晚上，在布康卡诺海滩，还有其他人吗？"

"该说的我昨天都对领事馆的人说过了。"

克里斯托合上贝利翁案件的资料。昨天格拉茨勒·多雷的陈述但凡有任何有价值的信息，司令部应该早就跟他们打过招呼了。

"可昨天您什么都没说！既没有说香槟海峡餐吧的员工，也没有说亚历克斯溺亡事件潜在的证人，更没有说您为什么要在事发两个月后关闭餐吧，继而又离开留尼汪岛。"

"您现在开始研究心理学了？"

克里斯托朝伊梅尔达会心一笑。

"我倒是想。我正在上夜校。"

"很好，副官，您继续上您的夜校。我把所有我要说的，再对您说第三遍：你们从一开始就搞错了。马夏尔没有杀死任何人。他做不到。"

"多雷女士，您不要在我面前偏袒您的前夫了。现在，有十一架直升机、三十多名警察正在追捕他。"

"有没有带上抄网，用来捉蝴蝶的那种？因为你们要抓的人就跟蝴蝶一样危险。"

"他们带的不是抄网，而是枪。多雷女士，他们会让马夏尔·贝利翁一枪毙命。这一点，毫无悬念。"

电话那头，格拉茨勒·多雷明显动摇了。克里斯托知道，这时得给她一个台阶下。他想起之前跟阿加讨论过的几个荒诞的猜测。

"多雷女士，事情其实很简单。您能给我提供香槟海峡餐吧的员工名单吗？就是亚历克斯溺亡当年，还在餐吧工作的那几个？"

"事情已经很久远了……再说他们有好几个人。"

"无论如何，我们都会找到这些人的，多雷女士。"

"您的脑子倒是转得挺快，副官，非常快。"

"那现在轮到您开动脑筋了。司令部随时有可能捉住您那只漂亮的蝴蝶。"

"我会考虑一下的。把您的联系方式留给我。"

"他们一共有七个人，多雷女士。我要七个名字。"

"没错，副官。确实是七个克里奥尔人。比起昨天那个警察，您的消息要灵通得多。"

"这是我们的本职工作。搜索、挖掘、推进。另外，你们有茹尔丹夫妇的消息吗？"

"目前还没有。两杯香草朗姆酒和一束安祖花正在他们草寮的玻璃桌上等着他们……"

"听起来就像天堂！等茹尔丹夫妇一落脚，您就通知科朗松警官，就是领事馆的那位。不然，小心您酒店草寮的屋顶被司令部那些大灰狼的直升机吹飞……"

格拉茨勒·多雷的声音恢复了酒店老板的平静与冷漠：

"我会考虑的，副官。"

11 点 11 分

"怎么样，我的美人儿，你觉得如何？"

克里斯托挂断电话，迫不及待地想听听伊梅尔达的评价。她通过扩音器听到了全程通话。

"听起来美妙极了……"

副官瞪大两只迷惑的眼睛。

"什么？"

"蓝湾酒店呀！架在潟湖上的草寮，还有安祖花，听起来美妙极了！你能带我去玩吗？"

"去毛里求斯？"

克里斯托坐到伊梅尔达面前的书桌上，又问：

"这难道不是年轻恋人才会做的事情吗？"

伊梅尔达抓起一块橡皮，朝克里斯托扔去。他笑着躲开。

"而且是还没有孩子的年轻恋人！"

就在伊梅尔达寻找另一个可以扔出去的"武器"时，克里斯托眯起双眼，打量着他的卡夫尔女人。她的曲线凹凸有致。他知道该如何去哄他的黑人马普尔小姐。

"关于贝利翁案，我的美女，你有破案思路吗？"

伊梅尔达放弃进攻，正声回答：

"不知道，我还得再梳理一下。茹尔丹夫妇、阿尔芒·朱托、十年前香槟海峡餐吧的员工、阿拉曼达酒店现在的员工、马夏尔与两任妻子之间的关系，还有亚历克斯和索法……"

克里斯托趁机伸出一只手，想要解开伊梅尔达裙子的扣子。卡夫尔女人毫无防备，还沉浸在她的推理中。

"其中一定有某种关联，"伊梅尔达继续说，"因为暴力不会凭空而起，总有它生根发芽的土壤。"

克里斯托又凑近了一些，把鼻息喷到伊梅尔达的脖子上。

"而留尼汪岛这片土壤并不缺少肥料：财富不均、大规模失业……要深究的话，甚至还有种族主义！"他接过话头。

"不，你们恰恰就错在这里！岛上的暴力根源并不在此。"

克里斯托几乎要贴到情人的身体上。他想把"性"这一条也算入暴力根源，继而实施到他的"受害者"身上。

"那是在哪儿呢，我的美人儿？"他心不在焉地问。

"我也不知道……我每天都读《留尼汪日报》，尤其是社会新闻版。岛上到处都有罪行：被遗弃的孩子、遭家暴的女人、拳脚相向的邻居……不过，罪恶的根源却藏在……别处……"

伊梅尔达继续她的分析。有那么一会儿，她想到了孩子们的几任继父。他们无一例外地陷入一种惯性循环：失业、贫穷、酗酒、作恶。当岛上的妇女领取社会救济金时，父亲和 ti-pères[1] 们正渐渐丧失尊严。

她像是在喃喃自语，又像是在吐露一个秘密：

"藏在每个人的身上。"

克里斯托没有听见。他抬起另一只手，屁股向前挪，手指瞄准伊梅尔达领口的第一粒扣子。只可惜他一下没坐稳，身子一歪，右手仓促抓住伊梅尔达的肩膀。

伊梅尔达立刻闪躲开来。

"别动手动脚的，vicié[2]。好了，我在这里逗留得够久了，孩子们还等着我回去做咖喱呢……"

11 点 23 分

伊梅尔达的大众波罗车停放在邮局停车场附近，就在罗兰－加洛斯大街后面，距离警局五十米远。她一边走，一边清点包里的零钱。一位克里奥尔老农每天都会把小货车开来这里，以无人可敌的低价贩卖 chouchous[3]。一般来说，游客只会上当一次——他们讨厌佛手瓜的程度与留尼汪人喜爱佛手瓜的程度相当。

---

1. 继父。——作者注
2. 相当于法语中的"vicieux"，"色鬼"之意。——作者注
3. 一种蔬菜，也被称作佛手瓜。——作者注

伊梅尔达穿过马路。

邮局前停着三辆车。一辆是老农的小货车；一辆是蓝色的毕加索；还有一辆四轮驱动车，是黑色的雪佛兰科帕奇。伊梅尔达的目光无法从这辆四轮驱动车上移开：这种车型在留尼汪岛实在是太少见了，尤其是它的双排气尾管，以及用来保护保险杠、前大灯和引擎盖的镀铬护板。

伊梅尔达用颤抖的手合上钱包。尽管难以置信，但她的视觉记忆告诉她，没错——

她见过这辆四轮驱动车！就在不到一小时前，在普尔维警长桌上，贝利翁案件资料中的一张照片上。

出于本能，她一闪身，藏到一簇金凤花后面。这簇金凤花正好遮住了街角。卖佛手瓜的老农收起他那没有牙齿的笑容，怔怔地看着她。阅读过无数本侦探小说，伊梅尔达深谙一个道理：千万不要轻信"巧合"。可是，她不得不承认事实——

她眼前的这辆停在圣吉尔专区警局附近的雪佛兰科帕奇，曾经就停在阿拉曼达酒店的停车场上。确切地说，就在三天前，莉安娜失踪、罗丹遇害的那个下午。

32 萨布尔平原

"宝贝，必须往前走。"

马夏尔眯起眼睛，眺望远方。在地平线尽头，他只看见如月球表面一般的景象，一片灰烬的海洋。到处都有岩浆固结后形成的火红丘地，竖立的玄武岩块像是石化的魔鬼。他曾经仔细计算过地图上的距离。就算走距离最短的对角线，也要走两公里才能穿越萨布尔平原。这毫无遮拦的两公里始于高处的朗帕尔平原，一直延伸到萨瓦那墓地平原。

他们所经之处，灰烬被踩实，地面留下几行脚印。被风扬起的沙尘不足以掩盖这些脚印，却足以刺痛他们的鼻孔、眼睛和裸露在外的皮肤。他们只能沉默着前行。

马夏尔辨识出前方平原上蛇形的马路。红色的火山岩渣堆积在路边的斜坡上，盖过一部分沥青路面，使马路看上去像一块巨大的锈铁。

他们必须穿过这条马路，然后继续向前。

"爸爸，我好热……"

索法走不动了。她开始咳嗽，拒绝前进。马夏尔明白，索法不是在撒娇。让一个小女孩徒步穿越这片沙的荒原，本来就很荒唐。

"必须往前走，索法。必须走……"

一直走到哪儿呢？

在他们眼前，黑色的土地就像大火洗劫过后的森林，连最后一棵树也被焚烧殆尽，林地被夷平。仿佛是上帝在一气之下，彻底剥夺了这片土地孕育生命的权利。它甚至不允许任何生命体从这里经过，以免亵渎了这份死寂。索法却偏要与天作对，她扯着嗓门大喊：

"我呼吸不了了，爸爸！"

"我背着你走，宝贝，我背着你走。我们一定要走完这一程。只要到了树下，我们就得救了……"

"可这里根本就没有树！"

在他的左上方，马夏尔辨识出贝勒孔布步道停车场的轮廓。那条红色马路来到破火山口的边缘就中断了。取而代之的，是一个长达三百多米的凹地——富凯火山凹地，凹地中央是熊熊燃烧的多洛米约火山口。在平原跋涉的半个钟头内，马夏尔已经看到三架直升机降落在贝勒孔布步道停车场。还有一架直升机在远处盘旋，位于内日峰附近。

大颗大颗的汗珠，从马夏尔的 974 鸭舌帽下淌落。帽檐遮住了他的脸。贝勒孔布步道上方，十来颗闪烁的"星星"折射出耀眼的光芒。

那是玻璃门？望远镜？还是步枪瞄准镜？

马夏尔向索法伸出双臂。

"索法，如果你还想见到妈妈，就必须往前走。你还记得吗？我们有一场不能错过的约定。"

11 点 26 分

拉罗什上校松开望远镜，让望远镜垂到胸前。他光凭肉眼就能辨识出马夏尔·贝利翁和他女儿的身影。他转向 GIPN 队长安德里厄，他是十六名精英狙击手的队长。这十六名狙击手在贝勒孔布步道停车场上候命。游客们被疏散到远处，全都站在直升机后面那些被用作快餐店、休息室和公共厕所的灰色简易房屋边。山下的游客已经上不来了，因为警察在穆拉村封了路。安德里厄队长把他的萨克 TRG-42 狙击步枪对准萨布尔平原。

"马夏尔·贝利翁好像没有携带武器。以这个距离，我可以命中他而不伤及女孩，在他反应过来之前结束一切。"

拉罗什的目光在富凯火山凹地上扫视，随即移向福米卡·莱昂小火山。随着职位的变迁，他几乎已经绕地球跑了三圈。可是，这个岛屿却属于他前所未见的类型。它的灰色尘埃、众多峡谷和风蚀地貌，让人想起荒凉的西部，甚至是世界末日恐怖片。拉罗什一个接一个地打量那十六名狙击手，他们个个都紧握狙击步枪。从现在开始，最难的问题不是能否抓住马夏尔·贝利翁，而是该如何抓他，才不会招惹非议。

"别心急，安德里厄。那个小姑娘不是马夏尔·贝利翁的人质，而是他的女儿。如果我们当着她的面，一枪崩了她的父亲，场面恐怕不太好看。再说，也不是没有走火的可能。我们有好几十号人，马夏尔·贝利翁在我们的射程范围内，又完全暴露在荒漠中，方圆五公里内没有任何藏身之处。我们只用缩小包围圈，捉活的。"

11 点 29 分

"如果你还想见到妈妈，就必须往前走。"爸爸这样对我说。

如果你还想见到妈妈，就必须往前走！

其实事情根本就不是这样的！爸爸是一个大骗子！

我再也走不动了。我热死了。我没力气了。我停下来大叫：

"我再也不会相信你了，爸爸。你在撒谎！你总是撒谎！妈妈已经死了。是你杀了她，就像杀死那个蓝头发的老奶奶一样！你现在还打算做什么？因为我走不动了，所以连我也要杀了吗？"

爸爸向我伸出双臂，好像要保护我似的。

226

我才不会上当呢！

我坐在地上，把鞋子踢飞，赤脚踏在黑沙上，然后把双手也贴了上去。

好烫！我的皮肤像是被烧裂，裂缝一直钻进我的骨头里！不过我不在乎。黑沙炙烤着我的皮肤，好像有千万只蚂蚁在咬我。我一动不动，等着蚂蚁们把我吃掉。这只需要几秒钟时间。

我宁愿去死……

我宁愿……

我还没明白是怎么回事，就已经飞了起来。

是爸爸把我背到了他的背上。

我用两只脚踹个不停，可是爸爸丝毫不理会。他弯下腰来，捡起被我踢飞的鞋子。他大步向前，几乎是在跳跃，就像行走在月球上的宇航员。

他一边喘粗气，一边说：

"你要相信我，索法。我没有杀害任何人，我向你保证。"

"那他们为什么要追你？"

又有两架飞机从空中飞过。

周围的石头好像全都被惊醒了一般，到处都有移动的黑影，围绕着我们旋转。

爸爸还在想着那场约会。他真是疯了！我们完蛋了！警察不会放过我们的！

"你弄疼我了，爸爸。你抓得太紧了。"

"我们得加快速度，索法。你瞧，他们已经追上来了……"

我没有回答，只用双脚不停地踢他的肚子。我想要弄疼他，越疼越好。

11 点 33 分

马夏尔的脚陷入灰烬中，如同踩在潮湿的沙地里。汗水不停流淌。索法太重，又不停挣扎，他背不了多久。为了抓住最后一丝渺茫的希望，他必须不惜一切代价地说服她，让她相信他，好好跟他走。

他必须争分夺秒，赢取时间。

"听我说，索法。如果我们被警察抓住，那你就再也见不到妈妈了。再也见不到了！"

索法用脚做出回答。她的双脚如鼓槌般落在他赤裸的皮肤上。

"骗子！骗子！"

马夏尔看着在地平线上攒动的黑压压的制服。他别无选择。他轻轻放下那个不停吵闹的小女孩，然后蹲下身，看着她的眼睛。他知道，他不能犯任何错误。

他赤手空拳，没有一张王牌，甚至连牌都没有。可他依然能夸下海口。

管它呢！

"听我说，索法。好好听我说。妈妈没死。只要我们越过火山，从山的另一边下去，就能找到她。她在那里等你。索法，你听到了吗，她在等你。她还活着！"

索法怔住了，将信将疑。

又有三架直升机飞过。

高原在缩小。岩石在向他们包围，不给他们留任何出口。

马夏尔重复说：

"她还活着，索法。我向你保证。"

他在心中默默祈祷，希望这是真的。

33 大火炉

11 点 34 分

玄武岩洞俯瞰着印度洋。汹涌的波涛拍打着黑色礁石，一刻也不停歇。海洋仿佛是在持续向陆地宣战，要求索回每次火山喷发时被陆地强占去的那几米地盘。有时，一个巨浪打来，几颗大胆的水珠会闯进洞口，在与岩壁接触的瞬间，化作一缕蒸汽，消失不见。

这是水与火的永恒较量。

是达那伊得斯[1]的桑拿房。

莉安娜即将葬身于此。

她的双手被反捆在背后，双脚被铁丝绑住。当她在这个俯临印度洋的岩洞中苏醒过来时，自己就已经是这个样子了。她顶多可以爬到洞口，跪立着，看着无边无际的大海。跳入水中无异于自杀。浪花会在几秒钟内将她抛向礁石，让她撞个粉身碎骨。

这样一来，她的磨难就结束了。

然而，她必须坚持下去。

---

1. Danaïdes，希腊传说中的 50 位姑娘，因为犯错而被罚下地狱，填一个永远填不满的桶。

为了索法。

自从醒来以后，她就一直在思索。她想自己大概是位于圣罗斯和圣菲利普之间，正东方向，某个由火山熔岩形成的洞穴里。火山岩浆没过沿海公路，直奔大海。她现在所处之处，只有走海路才能到达。没有哪个地理学家会无聊到把这种地点画入地图中。

莉安娜可以喊，可以叫。但是没有人能听得到。惊涛拍岸的声音轻易就盖过了她的嗓门，可她仍然尝试过呼救，一连喊了好几个小时。她已经没有力气了。她的咽喉变成了一根灼热的烟囱，每次呼吸，二氧化硫蒸气都在腐蚀她的喉管。

这里的温度有多高？五十度？更高些？不断有滚烫的汗珠从她赤裸的肌肤坠落，哪怕她已经尽量减少动作了。她努力保持清醒，只想该想的问题。

其实，该想的问题只有一个。

索法在哪里？

马夏尔跟她在一起吗？单独跟她在一起吗？

索法有危险。莉安娜把事情前前后后连起来想了一遍、十遍、一百遍。现在一切都水落石出了。她的性命根本就不重要。她的死不过是一个幌子。她的身体不过是一个诱饵，一块在陷阱里慢慢变质、腐烂的肉。

索法才是真正的目标。

莉安娜根本不怕死，但她不甘心死在这里，死得如此苍白无力。但凡还有一线希望，她就必须坚持到底。

索法在哪里？

她苦苦撑过这分分秒秒，只为得到一个答案。她躺在滚烫的岩石上，用双脚把那些易碎的石头推向大海。一个接一个，一厘米接一厘米，慢慢挖出一条缝隙，再慢慢把缝隙扩大为小凹槽。接着，她重复这套动作，在上一个凹槽的旁边再挖一个凹槽。就这样，岩石上形成了十来个小凹槽。

她等待着。

当最强悍的浪头打来，水花立刻在岩壁上化为炙热的蒸汽，只有几滴海水困在她挖出的凹槽里，形成一些几毫米深的温水池。莉安娜赶在这层稀薄的水分消失之前，把脸、嘴巴、鼻子、眼睛都浸泡进去。她这样重复了一遍、十遍，免得皮肤像烧制过度的黏土般龟裂开来。

可是没用。她很快就明白，这样做远远不够。海水哪怕是被圈住了，也会飞快地从岩石上数以千计的孔洞中溜走。她像是在拿一支注射器去浇灭一盆火。这些转瞬即逝的小水洼最多让她多活几个小时。

莉安娜坐直身体，认真思考。她要赶在自己彻底疯狂之前，想出其他办法来。

索法在哪里？

莉安娜并用牙齿和被反捆的双手，撕裂了自己的衣服。超短裙，白色棉质吊带背心，文胸。为此，她以各种姿势扭曲身体，花费了好几个钟头的时间。因为在岩石上磨得太久，她的丝质内裤也裂成碎片。现在，她几乎全身赤裸。只有最后几块布条还挂在她身上，仿佛一层稀薄的糖纸，裹在被遗忘太久的糖块上。

莉安娜爬到洞口，赤裸的胴体展露在海风中。然后，她把碎裂的衣服塞进凹槽。衣服被打湿，赶在海水钻入岩石之前，多留下一丝黏糊糊的润泽。莉安娜把湿衣服贴在眼皮上，胸脯上，双腿间。但湿布很快便干得发硬。

再来一次。她机械地重复这一套动作，没完没了。几轮下来，她又加上其他新的动作，以免自己失去理智。

她扭曲身体，终于折断了一块岩石的尖角。这段尖角像根石笋。但她很快就放弃了用这截石笋割断绳索的努力。不过，她一直在岩块上打磨这根石笋，不停地打磨，以便将它磨尖。莉安娜估算了一下，这根长不过十厘米的岩石尖角，正好可以藏在她的掌心而不会被人发现。

也算是一个武器……

万一她被松绑了，这个武器说不定能派上用场。她努力这样想着，不让自己陷入绝望。

索法在哪里？

莉安娜意识到自己犯了一个错误。她所有的努力不过是在加速死期的到来。她的武器也成了一个笑话。由于打磨岩石尖角，她的手腕开始不停流血。她也不应该撕去身上的衣裳。那些残留的布片，早已在她疯狂扭动身躯时被压破、断裂。现在，她赤裸肌肤与岩石的每一次接触，都是一场酷刑。

更确切地说，是烙刑。

她的双脚仿佛刚刚从滚烫的炭块上踩过。四肢上流淌的汗水留下火红的印记。

在她完全赤身裸体之前，情况比现在更糟吗？她已经回想不起来了。

但她必须坚持下去。

必须获得一个答案。

必须找到索法。

活着的索法。

34 高飞俱乐部

"他们在那儿！"

吉佩指向那片沙的海洋。沙海中央有两个身影，一大一小。欧直蜂鸟直升机随即在空中画了一个圈，笔直朝火山俯冲而去。

阿加的手死死抓住机舱门上方的把手。她已经很久没有坐过直升机了。确切地说，是七年零六个月。上一次乘坐直升机的当天，她得知了自己怀上雅德的消息。其实吉佩后来邀请过她好几次，想带她这头犟驴再去天上玩玩。她是在石头高原小学认识这位飞行员的。比起课间休息，那时的他更喜欢去罗望子树树梢或是屋顶上待着。二十岁那年，他创建了高飞俱乐部。当时，阿加正在法国本土攻读法律专业。几年后，在朋友的帮助下，吉佩已经能让那些喜爱刺激的游客体验到岛上可行的全套飞行游戏：滑翔、超轻型飞机、风筝滑翔机、跳伞、动力伞……当然，还有必不可少的保留曲目——直升机环岛游。

"蜂鸟"突然向右侧倾斜，直冲多洛米约火山口。阿加感到一阵突如其来的眩晕。她已经很久没有过这样的体验了。每个火山口下面，都藏着一条会喷火的长龙，此刻，他们就飞行在龙潭虎穴之上，闯入黑暗魔君索伦的魔多领地。这片领地属于禁区，随时有可能吐出致命的火舌。

吉佩扶了扶墨镜，开玩笑说：

"别担心，阿加，火山睡得正香呢。不过，今天我们好像受到了排挤啊……"

他用眼神示意，他讲的是远处三架 GIPN 松鼠直升机。它们正飞翔在帕尔米斯特平原之上。

"我不能与他们靠得太近，免得惹麻烦。他们肯定巴不得吊销我的执照……"

阿加明白。岛上的直升机飞行业务被两家国营机构垄断，给出的价格能让人吓掉眼球——每飞行一小时，要价好几千欧元。光凭这一点，就能让人留下一生难忘的回忆！吉佩和高飞俱乐部的出现，打破了这种垄断局面。高飞俱乐部不追求商业利润，纯粹是为了带朋友去领略岛上风光，只不过别人开的是汽车，他开的是私人直升机。这些"朋友"包括俱乐部的成员和赞助人——赞助费每人一百多欧元。国有企业向圣但尼商业法庭投诉，说他是非正当竞争，但商业法庭抵抗住了来自国企的压力，宣判吉佩的行为并无违法之处，法官也不再深究。高飞俱乐部在高地的政府和居民眼中是个声望极佳的组织。岛上遭遇过好几次强烈热带气旋灾难，不管是"迪娜"还是"卡梅德"[1]，吉佩都是为数不多的抗灾飞行员之一。他冒着生命危险，为马法特冰斗附近的小村庄送去食物。这些小村庄与世隔绝，村民去最近的一条沥青马路，都得走上好几个小时。平时，观光客最多就是乘坐直升机，手持尼康相机，从这些小村庄上方掠过。

"阿加，我把你放在贝勒孔布步道停车场，怎么样？看来你的朋友们不打算等你，马上就要开始他们的好戏了……"

"蜂鸟"向左侧飞行。

阿加咬紧牙关。直升机的玻璃舷窗提供了全方位无死角的壮丽景观。

---

1. "迪娜"和"卡梅德"分别是 2002 年、2007 年出现在西南印度洋的热带气旋。

在他们下方，五架松鼠 AS350 B 型直升机和四辆警车就停在贝勒孔布步道停车场上。十来个全副武装的警察忙个不停，另外二十多个警察在萨布尔平原上摆开阵势，意欲包围那两名潜逃者。在包围圈中心，阿加认出了马夏尔·贝利翁。他正牵着索法的手。

"他们完蛋了。"她呢喃。

阿加当然还记得马夏尔犯下的三桩命案。可她仍然止不住同情这个带着女儿出逃的男人：他们就像两只筋疲力尽的羚羊，被一群狡猾的野兽围困在没有出路的沙地上。没有树，他们就没有藏身之所。距离他们最近的林地也在几百米开外。二十个端着狙击步枪的警察组成一道大坝，拦住了他们的去路。只要拉罗什一声令下，他随时都可以终结这场毫无指望的出逃。

这只是一个以秒计算的时间问题。阿加心想，拉罗什还没傻到那个程度，他要抓活的……

她对吉佩说：

"游戏结束，吉佩。很抱歉麻烦你，但我现在更愿意回家。我不想就这样落地，正好给那个蠢货上校送去祝贺。"

"遵命，我的美人儿。"

直升机重新升高。阿加抓住扶手，忍不住咒骂：

"真是见鬼，马夏尔·贝利翁居然跑来这里，在萨布尔平原中心的火山坡上，白白送给人抓！岛上到处是一望无际的森林，他明明有好几千个更优选项，却偏偏选中了岛上最无遮拦的地方……"

吉佩笑了。

"你的这个逃犯，是观光客还是熟客？"

"两者都是。但从个人履历来看……没错，他对本地还挺熟的。"

"难怪……"

飞行员摘掉墨镜，眯起蓝色的双眼。他突然带着敬佩的神情，饶有兴致地望向马夏尔·贝利翁和索法的身影。

"什么'难怪'？你想说什么，吉佩？"

"依我之见，你们的头号公敌，为你们设置了一个完美的陷阱。岛上所有的警察呼啦啦全栽进了他的陷阱里。"

阿加看向火山坡。十来个警察正在坚守岗位。马夏尔·贝利翁孤立无援地站在包围圈里。她有点摸不着头脑了。

吉佩把直升机又拉高了一些。

"答案不在我们下方，美人儿。你往后看。"

阿加转过头来。她看到了朗帕尔河。她的目光顺势而下，直到河口——卡宴岬角。圣约瑟夫的楼群正在激烈争夺河谷与大海之间的每一寸土地。

顿时，她想明白了。

她动弹不得，无法将目光从岛上最深的河谷移开。河谷的最高水准差达到两千米。

老天爷……马夏尔·贝利翁全都计算过了！精准的地点、精准的时间。他把所有直升机都引向事先选定的地方，让所有警察都追到同一个点，也是唯一的点上。拉罗什这个蠢货，只顾带领他的那帮佐亥伊盲目向前冲，却不知，马夏尔玩的是孤注一掷的游戏，游戏规则只有他一个人清楚！

阿加在驾驶舱里大喊：

"着陆！吉佩！立刻着陆！我得赶紧去通知他们！"

"遵命，我的美人儿。"

直升机向火山俯冲而去。阿加在默默计算。他们还有多少时间？

最多几分钟。

然后，马夏尔·贝利翁设置的陷阱就会关闭。拉罗什和他的人马对此却一无所知。

35 秘密追踪

11 点 36 分

已经十分钟了，伊梅尔达一动不动。她一直躲在金凤花后面，满腹心事地盯着那辆四轮驱动车。

对面的人行道上，那位卖佛手瓜的老农还在用疑惑的目光打量她。伊梅尔达假装在包里找手机，又假装在看手机上的应用程序。没人会猜到，她的这部老式手机，除了让两个隔得远的人通上话以外，再无其他功能。

伊梅尔达在思考。眼前这辆雪佛兰科帕奇，曾在上周五下午出现在阿拉曼达酒店的停车场里，也就是在莉安娜·贝利翁失踪之时。经验告诉她，不要轻信偶然，事出一定有因。事和人都不例外。

手机微热的外壳温暖着她的掌心。伊梅尔达有片刻犹豫。照理说，她应该给克里斯托打个电话，向他解释情况，把雪佛兰的车牌号告诉他。这样她就完事了，不必再多费脑筋。

就算克里斯托会笑她多心，但只要她坚持，他还是会去调查这辆车的。克里斯托不是一个坏男人。他甚至是她所认识的男人中最好的一个。他也许是最懒惰、最花心、最年老、入睡最快、最爱喝酒、最爱抽烟、最白、最……的那个。可是，世界上没有所谓的偶然。她观察过克里斯托，当他不装成大男子主义时，不装成洞悉一切的警察时，不装成玩世不恭的情人时，在不经意的一刹那，当他无意识地捡起乔利丢在地上的娃娃，当他用目光飞快地检查纳齐尔的摩托车车况，甚至，当她感受到身后他投来的炙热目光……

她便知道，那不是一个被阳光或酒精蒙蔽双眼的男人的目光。

而是一个充满无限柔情的男人的目光。

是的，细细想来，克里斯托是一个值得她爱的男人。

雪佛兰科帕奇眨了眨眼睛。

车灯闪了三下。伊梅尔达又往树干后面躲了躲，目光却一直停留在停车场上。一个男人将电子钥匙指向汽车。是个马尔巴人，酒桶身材，裹着一件库尔塔，戴着一顶卡其帽，帽子上绣着一只红色虎头。他的体重大概与她相当，但身高至少比她矮 20 厘米。他的左胳膊下面，夹着一个棕色皮包，显然是装着从面包店买来的口粮。

下一秒，马尔巴人就消失在汽车里。

伊梅尔达必须快速做出决定。

要么打电话给克里斯托……然后被他当成傻瓜取笑。

要么扭头就走……然后在心里想个没完。

要么冲向她那辆停在十米开外的老波罗车，跟踪这辆四轮驱动车……从而找到更多线索。

因为，世界上没有所谓的偶然。

11 点 37 分

打印。

克里斯托面对电脑，点击这个按键。

老旧的打印机艰难地在 A4 纸上吐出一串红字。克里斯托不得不改变格拉茨勒·多雷用邮件发来的 PDF 文件的字体颜色。因为打印机的墨盒里没有黑墨了，而他从来不知道该怎样更换墨盒。格拉茨勒只花了不到半个小时的时间，就做出了决定，把香槟海峡餐吧的员工名单发给了他。那是十年前的员工。

七个名字。

文件上有日期，盖了章，签了字。

克里斯托知道，他得花时间去确认这份名单，和 URSSAF[1] 的记录做对比，联系每一位证人，记录他们的证词。

这些稍后再说……

伊梅尔达的直觉就是他的指南针。他必须找到过去和现在之间的联系，找到香槟海峡餐吧早期员工和阿拉曼达酒店现有员工之间的关系。

克里斯托从打印机里扯出那张纸，咒骂了一句。红色变成了浅粉色。看来，连彩色墨盒也快没墨了……

警局的两台电脑与音响相连，正在持续播放司令部成员之间的高频无线电通话，如同马夏尔·贝利翁追捕行动的现场直播。即将落网的嫌犯，空中交织的直升机……所有人——包括阿加和拉罗什——都有其他更重要的事情要做，没人还会关心十年前的一场悲剧，以及见证这场悲剧的几个克里奥尔人。再说，这些克里奥尔人究竟能不能成为本案证人，都还不一定。

克里斯托把那张纸举到眼前。尽管不算清晰，他还是可以读出七个名字。

穆罕默德·丁达内

勒妮－保罗·格雷戈里

帕特里夏·托克

阿罗耶·纳迪维尔

---

1. 社会保险费及家庭补助金征收联合机构。

乔尔·茹瓦约

玛丽－约瑟夫·安苏杜

弗兰索瓦·卡利斯特

也可能是弗兰索瓦丝·卡利斯特

副官又把名单读了一遍，目光停留在第四个名字上。他的额头出现了几道皱纹，表明他陷入了沉思。最后，他把这张纸折好，塞进裤子口袋里。

他决心已定。

与其傻傻地待在警局，不如去一趟阿拉曼达酒店，问问阿尔芒·朱托和他的员工们。就算这天是复活节，酒店也一定有人上班，服务仅剩的几位顾客。酒店离警局不到一公里，那里的朗姆酒十分诱人……

11 点 39 分

黑色四轮驱动车停在艾尔米塔什出口处的人行横道边。伊梅尔达与它相隔三辆汽车，一路尾随而来。好奇心胜过一切！另外，她发现在岛上玩跟踪游戏一点也不难：沿海公路只有一条车道，接连开好几个小时也无人超车。这未尝不是一件好事！因为她的红色波罗车特别显眼，左后侧车门是从苏尔思废车场捡来的一个橙色车门。克里斯托一直没时间给它重新刷漆。

四轮驱动车驶过莱萨维龙。在俯瞰河谷的道路下方，几只山羊正在分享稀疏的青草。伊梅尔达抱怨了一句——难道那个马尔巴人要一直把车开到迎风坡去吗？

她一手扶住方向盘，一手在手机上按下家里的电话号码。

"纳齐尔？我是妈妈。"

"你在搞什么鬼？我们都在等你呢！"

"我要晚一点回来。"

"你总会回来吃饭吧？"

"也许不会。你可以照顾一下弟弟妹妹吗？"

"不可以。"

伊梅尔达在波罗车里骂了一句。雪佛兰在埃唐萨莱缓慢行驶。她想象了一下纳齐尔叼着烟，不肯做出任何努力的模样，于是提高声调：

"我认为你可以。你能做到的，我的大男孩。冰箱里有咖喱鸡块。虽然不够你们几个人吃，但你可以再加一点蔬菜进去。你自己去菜园里找找。"

四轮驱动车驶入圣皮埃尔，朝天堂线街区的楼房开去。纳齐尔在电话里咳嗽。

"妈的，简直是疯了……"

"至少一次，请你自己看着办。你可以叫乔利帮忙。"

电话那头一阵沉默。

至少一次，伊梅尔达在心里重复。没有她，他们也一定能行。她觉得自己像是一个坠入爱河的小姑娘，正怀揣一颗狂跳不止的心，偷偷摸摸地奔赴约会地点。不行，她得沉着一点。

"你能做到的，对吧，我的大男孩？"

"你的声音听起来很兴奋啊，妈妈。你是不是找到别的男人了？一个真正的男人，对吧？他是卡夫尔人吗？"

越是接近天堂线的楼房，路上的车辆就越少。伊梅尔达必须保持警惕，免得被发现。她放慢了车速。

"我要挂电话了，纳齐尔。你是个聪明的孩子，一定能做到。"

她挂断电话，将手机夹在两膝之间。

雪佛兰向左转，再向右转。几秒钟后，她来到一个由肮脏街道组成的迷宫里。四轮驱动车最终驶入苏木街。这是条死胡同！她把波罗车停放在人行道旁。一条瘦狗立马凑过来嗅她的汽车轮胎。街对面的一道窗帘被拉开，一位身穿浴袍的老奶奶正从窗口盯着她看。几个小孩在街边的两个垃圾桶之间玩球。

这就是天堂线街区。跟她在圣路易所住的街区类似。她对这样的街景并不感到陌生。她下了车，一直走到死胡同的路口。

雪佛兰就停在一座小房子跟前，房子的屋顶是板材的。这样一辆豪华的四轮驱动车，停在这样一座寒酸的小屋边，反差实在太过强烈。不过，伊梅尔达知道，有些克里奥尔人宁愿睡大马路，也不能没有一辆光鲜的高档车。

马尔巴人下了车，消失在小房子里。

伊梅尔达等待着。一分钟后，她的电话铃响了。

"妈妈，我是纳齐尔。"

卡夫尔女人翻了一个白眼。

"我正忙着哪！"

"妈妈，我们可以不吃菜园里那些该死的蔬菜吗？可不可以用米饭来代替？多里安，艾米克和乔利都同意。"

这还用问？

"我很忙，我的大男孩。"

"我知道，妈妈。那你是同意了？"

伊梅尔达叹了口气。

"好吧。听着，纳齐尔，从现在开始，不要再给我打电话了。有急事就发短信，明白吗？"

"明白。我真为你感到高兴，妈妈。好好享受吧……"

这个傻孩子！

她挂断了电话。

又过了一分钟。伊梅尔达再次犹豫要不要通知克里斯托。在侦探小说里，她每次都会咒骂那些完全可以寻求警方帮助却偏不这样做，最后不是惹上大麻烦就是引来杀身之祸的孤胆英雄。

现在呢，她变得跟他们一样了……

马尔巴人从房子里走出来，斜挎着一个跟他腰身差不多的圆滚滚的包。他把包塞进雪佛兰的后备厢。过了一会儿，雪佛兰重新发动，双排气管吐出团团尾气。

伊梅尔达犹豫了：到底是回到波罗车里继续玩跟踪，还是留下来好好检查一下那座房子？最后，她对房子的兴趣占了上风。再说，雪佛兰早已消失在街角。

伊梅尔达又等了好久。她担心其中有诈。马尔巴人说不定早就发现了她的行踪，就像这个街区的其他人一样，包括鼻子紧贴窗户的老妇人、开始对另外三个车轮产生兴趣的瘦狗、三次投球未中的小孩……

伊梅尔达下了车。

她决定只去房子的花园里看看，最多透过窗户朝屋子里瞄一眼。万一发现特殊情况，再给克里斯托打电话也不迟。

花园的栅栏门被她推开，发出吱吱呀呀的响声。她用手臂拂开一截干枯的树枝，又迈出几步。房屋的玻璃窗脏得很，无法从窗外打量屋内的情况。

再说，也没必要从窗外打量。

因为房屋的门根本没关，只是虚掩着而已。门锁锈迹斑斑，看样子是坏了好多年，再也派不上用场。

伊梅尔达知道，贸然踏入屋内绝对是一步错棋。她已经在小说中读过无数遍类似的情节。那些好奇心太重、自信心太强的证人，往往就是这样一着不慎，满盘皆输的。

她又朝街上看了一眼。

大白天的，这片街区还能发生什么事呢？她从小在类似的街区长大，并且至今还生活在这样的街区里。她清楚这里的每一个暗号、每一种习俗，熟悉在暗中窥视的老妪、在街头吵闹的孩童，知道男人们只在太阳落山后才会回家……

伊梅尔达把手机握在手中，确定能收到信号。

然后，她推开了房门。

36 逆温

扩音器的声音在萨布尔平原上洪亮响起。

"马夏尔·贝利翁！你已经被包围了！请举起手来，远离你的女儿！"

马夏尔眯缝上双眼。火山灰烬的灰色光晕后面，有二十来个男人，彼此间隔约三十米，一动不动地笔直站立，如同伫立在荒原上的图腾。他们都端着配有瞄准镜的狙击步枪，枪口统统指向他所在的位置。

索法的小手握住他的食指。她轻声问：

"他们会杀死我们吗，爸爸？"

马夏尔蹲下身来：

"不会的，我的宝贝，不要害怕。你要一直抓住我的手。千万千万不要放开！"

马夏尔用目光迎向警察。越是靠近他们，马夏尔越是觉得自己浑身充满一种神奇的力量，仿佛能刀枪不入。这种感觉令人陶醉，他的意志也因此而愈加坚定。一股冲动在他内心奔涌，让他恨不得立刻冲上前去，堵住枪口，保护女儿不受这些雇佣兵的伤害。

马夏尔再次朝女儿俯下身来。他不能被这种蛊惑人心的错觉所迷惑。

父性的冲动不过是一种自然反应，一项动物本能，一种企图美化现实的幻象。

他从来没有如此轻率过。不管是哪个警察，都有可能沉不住气，扣动扳机。

他在女儿耳边低语：

"你知道怎样快快地跑，对吧，宝贝？"

索法想了想，随即露出笑脸：

"对！我是学校里跑得最快的。玩'雀鹰出动'的游戏时，连男生都跑不过我。"

"嗯，我相信你。待会儿，你要跑得比平时更快。不过，一定要等到我说跑的时候才能跑。"

扩音器又发话了：

"马夏尔·贝利翁，我是拉罗什上校，岛上宪兵司令部的总指挥。请你举起手来，远离你的女儿。现在，有二十支狙击步枪正瞄准你们，请不要逼我们开火……"

马夏尔必须争取时间。哪怕只有几秒钟。

在警察身后，火山平静如初。靠火山喷发来制造混乱是指望不上了。富尔奈斯火山是世界上受监视最密切的火山。如果它要喷发的话，各大新闻早就会在头版头条大肆报道了。

"像我这样做，索法。"

马夏尔公然地、缓慢地举起左手。他的右手一直牵着女儿的小手。

扩音器对此并不满意。

"行吧，马夏尔·贝利翁。既然你要装傻，那就等我们来找你。如果你敢动一下，我们就当着你女儿的面，把子弹打到你头上。你听明白了吗？"

远处，马夏尔看到一架直升机正降落在贝勒孔布步道停车场上。有人从直升机里冲了出来。他认出那是圣吉尔专区警局的普尔维警长。

就在一瞬间。

他什么也看不见了。

直升机和火山一起，最先消失在他的视野中。

五秒钟后，他眼前的警察也被吞没。

又过了五秒钟，他只能看清三米以内的情景。

下一秒，他连自己的脚都看不见了。当然也看不见身边的索法。他只能感受到她放在他手心里的温热的小手。

"索法，跑！一直向前跑！"

他们在浓雾中疾速冲刺。

孤注一掷！

马夏尔爬过十几次火山坡，每次都会被当地特有的逆温现象所震撼。真是不可思议——短短几秒钟内，浓雾突如其来，刚刚还在碧空中发出耀眼光芒的太阳，转眼间就被海风送来的浓雾所遮挡。浓雾先是聚集在朗帕尔河峡谷中，继而如蜂群般汹涌而来，迅速溢出峡谷，把方圆几公里以内的能见度统统降低为零。马夏尔不知见过多少身穿短袖衫、手持照相机，在潮湿雾气中瑟瑟发抖的游客。他好几次在伸手不见五指的浓雾中，护送莱马克、马伊多以及贝勒孔布观景台上那些垂头丧气的游客狼狈逃离……

各种声响全都在浓雾中扩散开来。嘈杂的下令声，慌乱的脚步声……这些声音掩盖了他和索法的脚步声。

警察是不会开枪的。

马夏尔知道，他得再跑快一点。萨布尔平原上的雾气总是说来就来、说散就散，无论何时、无论何地。他们只有到达灌木林，才算是真正安全了。在灌木林里，雾气能持续好几个钟头。他们可以长时间保持隐蔽状态，从而占领先机，最后隐匿在圣罗斯高地。警察永远猜不出他们到底去了哪里。

"大家别跑散了！"扩音器里传来拉罗什的声音，"排成行！拦住马夏尔·贝利翁！"

马夏尔想象那些警察伸长手臂在浓雾中茫然摸索的样子，他们如同一群玩捉迷藏的男孩。

划破他们皮肤的枝丫令他心安。他高兴得快要哭出声来。

终于到达灌木林了！

他听见身边索法的喘息声。他们不能说话。继续跑，继续跑，在密林中一路向前。

看不见的树枝打在他们脸上。马夏尔用空出的那只手拨开树枝。他们用最快的速度不停向前跑。

他们越跑越远，现在已经听不见警察的叫喊声了。

他们胜利了！

接下来只要下山，朝着海洋的方向，去卡斯卡德角。

他们能准时赴约。

他们……

突然，马夏尔脚下一绊，失去平衡。仅仅是因为一截树墩，他一脚踏空……

索法潮湿的小手便滑出了他的掌心。

他咬住嘴唇，几乎是从齿间挤出一句轻唤：

"索法？"

不能呼喊。甚至连稍稍提高音量都不行。否则就傻到家了。索法一定在，就在离他不远的地方。

在这片白色的夜里，他听不到一丝呼吸声。

"索法？"

依然没有回答。马夏尔的双手到处摸索。荆棘划破了他的皮肤。

他轻声呼唤，尽量控制自己的音量。

"我的宝贝，爸爸来找你了。你可千万不要乱动。"

马夏尔的意识开始天旋地转、分崩离析。他熟悉这片土地。在萨瓦那墓地河谷里，到处都是被连根拔起的树木。索法随时都有可能被绊倒，就像沙漠旅人随时都有可能遭遇一场突如其来的沙尘暴。

"索法，我在这里，我来找你了。求求你，千万别跑远了。"

他的音量在逐渐升高，全然不顾危险。

没有回答。棉花般的空气里，甚至连回声都没有。

马夏尔忍住不叫。他陷入最恐怖的噩梦中。

他站在海滩前。孤身一人。

他朝空洞的大海悲怆呼喊。

呼喊他孩子的名字。

"亚历克斯……"

37 马尔巴人的家

也许是因为骄阳的热度为情感增温，莉安娜贴近马夏尔。

放大到 A3 尺寸的照片展现了马夏尔与妻子的亲密。

两米开外的棕榈树树荫下，小索法正在玩耍。贝利翁一家是埃唐萨莱那片黑沙滩上仅有的游客。伊梅尔达一眼就认出了那个地方。

真是幸福的一家。

可是，这张照片是谁拍摄的？

伊梅尔达后退一米，在脑中重复这个简单的问题。

是谁拍摄了这张照片，以及另外十几张贝利翁家人的照片，还把它们用图钉钉在这座破房子的脏兮兮的墙上？

伊梅尔达数过了，一共有三十七张照片，被打印成 A4 或 A3 大小，构成了一个奇怪的图片展。仿佛有支狗仔队在持续偷窥贝利翁一家的生活——从他们到达留尼汪岛的第一天起。照片显然是在马夏尔和莉安娜毫不知情的情况下用高像素相机拍摄的。拍摄地点在圣吉尔集市广场某家餐厅的露台上；在圣安德烈巨像印度庙前面；在地狱堡中心大道某个明信片展架前……不过，这位匿名摄影师最感兴趣的人物还是索法，她的小雀斑、小酒窝，以及洋娃娃般的蓝色双眼，都被纳入特写镜头之中。小女孩都喜欢拍照，伊梅尔达心想，不同的是，这组照片的摄影师没有叫索法摆姿势。

为什么？

伊梅尔达一边思索，一边朝窗外张望，以确保街上没有异常动静。她在屋子里转了一圈。马尔巴人的巢穴像是临时租来的，只有两个区域，一间是卧室，一间是客厅。家中几乎没什么家具，只有两把折叠椅，一张弗米加桌子，一块铺在地上的床垫。壁柜藏在肮脏的窗帘后面，上面堆放着罐头、面条、大米之类的食物。一个燃气炉搁在洗碗槽旁边，随时都有掉落的可能。垃圾桶里塞满了空可乐罐和比萨包装袋。

十来个汽油罐靠墙摆成一排。这是要给什么东西加油呢？伊梅尔达自问。直升机？还是那辆四轮驱动车？这么多汽油，足够它在高地跑好几周了。

整座房子像极了一个逃犯的窝点，很典型的那种……除了这些照片。

那个马尔巴人一定就是这些照片的创作者！她果然没有猜错：他的黑色雪佛兰科帕奇在命案发生当天停在阿拉曼达酒店停车场也绝非偶然！伊梅尔达越想越兴奋。她非常享受此刻的状态。她要集中精力，按顺序整理信息，完成眼下这幅拼图。

可惜她办不到！

一声短促而尖厉的提示音打断了她的思绪。手机上收到了一条新短信。

她咒骂了一句，读取短信。

"一切都很好，妈妈。我尽力而为，让多里安和乔利帮忙干活。你忙你的吧。"

伊梅尔达笑了笑，但心底难免不生出一丝惆怅。看来孩子们是真的长大了，就算没有她，他们也能过得很好。她发了一条简短的回复，把心思重新放到贝利翁案件上来。

这个马尔巴人是自己单干,还是受雇监视贝利翁一家?他是不是私家侦探?不,这些都不是重点。重点是他为什么要监视贝利翁一家。为了敲诈?为了复仇?又或是出于嫉妒?答案有无数种可能。如果他是受雇于人,那么雇主是谁?是跟贝利翁一家有纠葛的人?或者纯粹是变态狂、神经病?会不会是莉安娜·贝利翁本人?因为一个女人能找到一万种监视丈夫的理由,尤其是当丈夫的过往史并不光彩时。

伊梅尔达盯着莉安娜·贝利翁的照片。她正坐在一家酒吧的露台上,地点像是在圣吉尔港。马德拉斯超短裙,裸露的背脊,随意绾起的金色长发,光洁修长的脖子……她的模样十分迷人。

伊梅尔达转念一想,会不会是马夏尔怀疑妻子对他不忠呢?如果是这样,那他何必找人偷拍全家人的照片?更何况还是一个住在这种破房子里的马尔巴人?

伊梅尔达回想起刚才在警局看到的案件资料,以及阿拉曼达酒店员工把矛头一致指向马夏尔的证词。说起来,阿拉曼达酒店就是由普尔维家族缔造的,负责调查此案的警长跟马尔巴人这个族群有着同样的血统。

这难道又是一个巧合?

房屋的第二个房间没有窗。在走入这个房间之前,伊梅尔达又朝街上看了一眼。一切正常。那只瘦狗还在游荡,这里闻闻,那里嗅嗅,为脏乱的街区再添一泡狗尿。玩球的孩子们进入第十三次中场休息。

伊梅尔达突然被吓了一跳。

又是一声提示音。手机上收到了一条新短信。

"晚饭的咖喱做好了。你是不是很惊讶?祝你玩得开心。"

这条短信令她感动。纳齐尔其实是个好孩子。他需要的只是一个能时不时踢踢他屁股的父亲。她弯下腰,小心翼翼地抬起地上那个又脏又乱的床垫。

一种胜利的快感顿时席卷她的全身:在床垫与墙角之间,果然藏着一个手提包！看着不像是那个马尔巴人的……

伊梅尔达迫不及待地打开那个手提包，手眼并用，清点包内的物件：一支口红，一管唇彩，一个 Lancel 牌钱包……伊梅尔达的手在乱糟糟的包里到处翻找，找到了一张身份证、一张银行卡、一张乘车卡。

上面全都写着莉安娜·贝利翁的名字……

伊梅尔达的大脑神经元迅速对接，各种猜测纷纷涌现。马夏尔·贝利翁会不会把妻子的尸体藏在这里？所以他才雇了那个马尔巴人来帮忙？他从一开始就欺骗了所有人？莉安娜·贝利翁也许还活着？她只是在离开时伪造了一个谋杀现场，然后躲到这里，任全岛的警察苦苦寻觅她的尸体？

但她为什么要这样做呢？她在这里等人吗？她会不会再次消失？她要去哪里？

伊梅尔达的手指正要在包里翻找其他证据，却突然停止了动作。

那只瘦狗叫了！

紧接着，她听见汽车在房屋前面熄火的声音。毫无疑问，那是一辆配有双排气管的大家伙。

一辆四轮驱动车。

不用看就知道，那辆车是黑色的，司机是个戴卡其帽的马尔巴人。她赶紧把手提包塞回原处，匆匆回到客厅。她四下打量，确保房间里没有留下被翻找过的痕迹，这才开始寻找藏身之处。

只有一个可以勉强藏身的地方。

就是那个壁柜。

她用力拉开窗帘，看了一眼壁柜里用来放置扫帚的又高又直的隔间。伊梅尔达的身体比隔间至少宽一倍，但她不假思索地挤了进去。她的赘肉被挤成一圈一圈的，松弛的皮肤因被隔板剐伤而肿起，疼得她直掉眼泪。可她依然攀住隔间里的挂钩，用力把身体往里缩。她的裙子被寸寸撕裂，肥硕的身躯终于嵌入隔间里，皮肉被冰冷的柜壁压得瘪平。就像一块过大的面团在努力贴合一个过小的容器，难免会满溢出来。

她绝望地拉上窗帘，又惊恐地等待窗帘恢复静止状态。

在这个漫长的等待过程中，伊梅尔达屏气凝神。

房间的门被推开了。

隔着窗帘，她只能依稀辨认出一个矮壮的身影慢慢走进屋内。紧接着传来的声音却十分清晰：一只包被扔在桌上；关厕所门的声音；冲水的声音；洗手池细微的流水声；几颗水珠滴落，然后一片沉寂。

伊梅尔达屏住呼吸。

脚步声在房间里移动，从窗帘前经过，并没有放慢速度。伊梅尔达的腋下和耻骨处全都被汗水浸湿了。她竖起耳朵，隐约听到衣物的摩擦声、衣服被扔在地上时沉闷的落地声，以及简短清脆的闭合声，也许来自一个行李箱。

马尔巴人可能是在换衣服。

时间一秒一秒地过去，没完没了。

脚步声再次靠近。一声叹气。窗帘微微抖动，摩擦着伊梅尔达的腹部。

洗手池再次传来水流声；玻璃杯与不锈钢的触碰声；包在桌上滑动的声音；然后是渐远的脚步声……

门被重新关上。

所有声音都消失了。

伊梅尔达警觉地等待着。

她等了很长时间，仿佛等了永世。屋子里静悄悄的。她能依稀听到远处传来的孩子们的嬉闹声。

伊梅尔达一动不动。马尔巴人并没有离开，因为她并没有听见汽车发动的声音。他还在附近。她必须一直藏在窗帘后面。她小心翼翼地从兜里掏出手机，决定马上联系克里斯托。这样做并没有风险，因为在发短信的时候，她的手机不会发出任何声音。

只在收到短信时才有提示音……

突然，一声提示音在房间里炸开。

伊梅尔达低垂双眼，目光惊恐，像是被在暗中发光的手机屏幕施了魔法。

"都收拾完了。你为我们感到骄傲吧？你知道抹布在哪儿吗？还有门钥匙？还有被"德里克"藏起来的烟草？"

这条短信息让伊梅尔达露出了奇怪的笑脸。

她想错了。孩子们还是离不开她。

这是她的最后一个想法……

窗帘被猛地拉开。黑影就在她面前，手里举着一把刀。伊梅尔达想逃，却是徒劳。

她是活生生地、心甘情愿地迈进了这口对她而言太过狭窄的棺材。

她先是感到胸口一阵疼痛，痛感剧烈而短暂。她的两只手想要抓住窗帘，却扑了个空。它们扭曲、痉挛，经过漫长的几秒后，终于瘫软、垂落。就像两截枯枝上的两片残叶。

38 突破迷雾

11 点 43 分

"爸爸?"

这不是一声呼唤,而像是黑暗里的一声呢喃。

马夏尔的心在狂跳。索法还在,就在距离他大约两米的地方。

"索法?"

他们的手本能地重新牵起。他们彼此都一言不发。马夏尔牵着女儿,重新迈出稳健的步伐。土地在他们脚下下沉。他们越是沿着山坡往下走,雾气就越浓。

在幽谧的气氛中,警察的叫嚷声、扩音器的下令声、错乱的脚步声,统统离他们越来越远。那些警察成了散落在风中的看不见的幽魂。

父女俩继续赶路。马夏尔对当地地形了如指掌。他有很强的方向感,并且记住了地图上的每一处细节。他的口袋里还装着一枚指南针,以备不时之需。他们首先要沿着萨瓦那墓地河谷的东线走。那是一片沼泽地带,有足够多的树木为他们掩护,就算雾气散去,从空中也无法看到他们。随后,在河谷与东河交汇处,他们就改朝正东方向前行,穿过圣罗斯高地和白木森林。那是一片由罗望子树、椰树和万灵木组成的森林,到处都有他们应该回避的登山小径，以及冷却了好几十年的火山熔岩。最后，他们将在甘蔗林的掩护下，向卡斯卡德角靠近。圣罗斯高地种满了用来制糖的甘蔗，甘蔗林高达三米，一直连绵到海边。

据他推算，他们距离沿海公路大概还有十五公里。这一路全是下坡，垂直落差达一千七百米。接下来就看索法的表现了。当然，他们可以沿途休息，他还可以背着她走。

他们距离目的地已经很近了。

一定可以到达！

为了保险起见，马夏尔从口袋里掏出指南针，朝东北方向的一个小火山口走去。小火山口在迷雾中若隐若现。

"不要放开我的手，索法。我们还要继续向下走好几个钟头。"

"妈妈在下面等我们吗？"

"我希望是。别多说话，宝贝，我们要节省体力。"

马夏尔知道，再过大约一个小时，他们将走出迷雾，所以要加倍小心。

12 点 48 分

爸爸看了看手表，说我们比预计的时间要早一点，这是因为我走得很快，而且没有发脾气。他还说，我们要朝着那些高高的杆子走，然后就会到达目的地。那些杆子是我身高的三倍。

"那个约会……"我问爸爸，"我们能准时赶到吧？"

"是的，宝贝，如果你继续这样努力走的话。"

我没有回答，脑子里一直在想写在车窗上的那几句话：

地点

卡斯卡德角

明天

16 点

带那个女孩来

事情一定没那么简单……

我没怎么跟爸爸抱怨，但我的脚真的很痛。腿也痛。到处都痛。爸爸可能已经猜到了，他终于同意停下来，在河边休息一会儿。

那其实是一条河谷。爸爸告诉我，河谷就是没有水的河流，或者说只有很少的水。树上结了果子，爸爸说可以吃，只要把它们从枝头摘下来就行。我认出了其中几种水果：柚子、橘子。爸爸还教我认识了其他两种水果：箭叶橙、草莓番石榴。

刚开始下坡时，爸爸跟我说了很多、很久的话。他给我介绍各种花草树木，还有水果。可是，当我们停下来时，爸爸便又去了很远的地方。我并不是说他离开了我。不是的。他一直在我身边，就坐在一块大石头上。可是，他心里不再想着我。爸爸经常这样。我猜他一定是跟我的亚历克斯哥哥在一起，就是已经死去的那个。爸爸的眼角湿漉漉的。

看到他湿漉漉的眼角，我就明白，爸爸又要在头脑中跟亚历克斯，以及其他在我出生之前就已经存在的鬼魂们对话了。

13 点 03 分

马夏尔站起身来，一只手穿过迷雾，去采摘挂在枝头的草莓番石榴。浓雾现在消散了一些。他把摘来的草莓番石榴堆放在脚边，准备让女儿尝尝。女儿正在玩耍，试图在河谷里砌一座石头坝。

女儿的表现令他感到震惊。

小小年纪，她已经知道何时可以滔滔不绝，何时又必须缄默不语，好让他重返过往的时光里。

马夏尔叹了口气。他先是在口袋里摸索，转而又打消了抽一支烟的念头。不能在此时此地当着索法的面抽烟。

他抬头望向迷雾间一方细小的蓝天。蓝天上有一朵厚厚的云，呈现出一颗心的形状，"心头"还有一道白色印痕。

那不过是一架飞机留下的痕迹，却足以让他浮想联翩……

不知为何，他的思绪飘向了阿罗耶。

为什么会在此刻想起她？

为什么会在此地？

是因为天上的这颗心，以及插在心头的这支白箭吗？

有一个问题折磨了他好多年，始终没有答案。

假如当初他没有让阿罗耶上飞机，那亚历克斯会不会还活着？

39 冰块和女孩

叮当，叮当，叮当。

克里斯托摇晃着潘趣酒杯里的冰块，制造出一种与木琴声类似的声音。

"怎么样？"

阿拉曼达酒店的员工们全都坐在灰色的塑料仿藤高脚椅上，在吧台前面围成一个半圆形。克里斯托站在半圆形的中间。就差女清洁工伊芙－玛丽·纳迪维尔和园林工坦吉·迪若克斯没来了。坦吉送茹尔丹夫妇去机场了。他怎么还没有回来呢？克里斯托心想，从圣但尼开车回来用不了两小时。

花园的围墙投下一片阴影，使他们免遭午后太阳的毒晒。在他们身后，为数不多的游客正慵懒地躺在长椅上，与泳池保持足够远的距离，免得那些不停跳水的孩子把水花溅到他们身上。

阿尔芒·朱托在远离员工和游客的地方，把椅子靠放在一棵棕榈树下，坐在树荫里。

"怎么样？"

克里斯托又把那七个名字念了一遍。他念得很慢，故意把每个音节都拖得很长，好像是在给一群文盲做听写练习。

穆罕默德·丁达内

勒妮–保罗·格雷戈里

帕特里夏·托克

阿罗耶·纳迪维尔

乔尔·茹瓦约

玛丽–约瑟夫·安苏杜

弗兰索瓦·卡利斯特

也可能是弗兰索瓦丝·卡利斯特

叮当，叮当，叮当。

"你们都不认识这七个人？"

朱托懒洋洋地看了一眼手表，像是在给员工计时，不知这场调查还要耽误多长时间。

更何况今天是节假日，工资是要翻倍的。

克里斯托走向吧台，又给自己倒了一杯潘趣酒。

"这七个人，你们一个都不认识？不会吧，留尼汪又不是澳大利亚！"

渐渐地，保护阿拉曼达酒店员工免遭日晒的那片阴影向泳池方向偏移。克里斯托心中暗喜：你们都不开口，那就晒着吧！

卡班·巴耶特坐在克里斯托对面的椅子上，是第一个被太阳晒到的人。他率先打破沉默：

"那都是陈年往事了，克里斯托，距今有十年了吧。这十年里，新的酒店拔地而起，里面有好几百张床，有好几千个克里奥尔人忙着换床单、送早餐、叠毛巾、运推车。他们有不少是临时工，有的只干了一个月，甚至是一周，就拍屁股走人了……"

纳伊沃·兰德里安那索罗阿里米诺，还能在阴影里多坐几分钟。他颇有暗示性地说：

"再说，这几个名字在留尼汪太常见了。像什么瓦罗、佩耶、丁达内……"

克里斯托趁机问了一句：

"纳迪维尔呢？岛上姓纳迪维尔的人多吗？"

卡班突然就坐不住了。他满头大汗，花衬衫被汗水粘在棕色皮肤上。他绕到吧台后面，打开一瓶巴黎水[1]，又往杯子里加了一块冰和一片柠檬。他重新坐回座位上，根本不关心其他员工是不是口渴。

"她是伊芙 – 玛丽的侄女！"

克里斯托露出了笑脸。

过往与现在的关联……终于找到了！伊芙 – 玛丽·纳迪维尔是案件的关键证人之一，也是唯一一个可以指证莉安娜·贝利翁是否活着离开阿拉曼达酒店 38 号房间的人。

"你想要了解她什么，先知？"

"全部。把你知道的全部说出来。"

"这倒也不难，因为没什么好说的。那时，我还在竹子酒吧工作。阿罗耶是香槟海峡餐吧的服务员，香槟海峡餐吧就在布康卡诺海滩附近。她长得很美，特别美。可以说是岛花，你明白吧？顾客们都很喜欢她。马夏尔·贝利翁也不例外。"

墙壁投下的阴影又偏离了一些。现在，所有员工都暴露在热带烈日之下，备受煎熬。只有阿尔芒·朱托还留在树荫里。尽管如此，他的脸色还是很难看。克里斯托并不打算加快进程。

---

1. Perrier，法国矿泉水品牌。

他喝光了那杯潘趣酒，问卡班：

"所以，从一开始你就知道，马夏尔·贝利翁并不是一个游客，而是一个重返故地的佐亥伊？如果你从一开始就告诉我们这一点，我们能节省不少时间。"

"当时没人问我这个问题。"

"如果你主动一点，我们也许早就抓住马夏尔·贝利翁了。"克里斯托继续说，"尚塔尔·勒特里尔也不会死。"

"得了吧。我又不能未卜先知。你才是先知啊……"

克里斯托并不生气。他知道，阿加一定会找卡班算账的。他一门心思琢磨卡班的话，继续追问：

"好。让我们回到阿罗耶·纳迪维尔的话题上来。马夏尔·贝利翁喜欢她到什么程度？"

"她是他的情人。"卡班一边回答，一边把巴黎水放到椅子扶手上，"马夏尔很喜欢采花，尤其是艳丽的花。"

"这发生在他与格拉茨勒·多雷离婚之前还是之后？"

"是在他们离婚多年之后。他和格拉茨勒·多雷是在 1998 年离婚的，而阿罗耶直到 2002 年才到香槟海峡餐吧。那时她只有十八岁。阿罗耶是个好姑娘。她是家里的长女，下面有四五个弟弟妹妹。她很能干，也很疼爱亚历克斯。亚历克斯的妈妈，也就是餐吧的老板，总是忙个不停。亚历克斯就在餐吧的露台上玩耍，所以受阿罗耶的照顾反而更多。"

"那马夏尔·贝利翁呢？他是什么时候认识阿罗耶的？"

"他那时每周来香槟海峡餐吧两次，接送亚历克斯。阿罗耶在餐吧工作，亚历克斯又经常跟爸爸谈起他的大朋友……马夏尔·贝利翁不傻，他知道阿罗耶有两个对他而言极为宝贵的优点：一是她爱穿超短裙，短到几乎藏不住她性感的小屁股；二是她很会照顾孩子，尤其是单身父亲疲于应对的那种孩子。"

"她那时有男人吗？"

"有一个，是加莱角港的水手。那男的经常出海，不常登岸……阿罗耶·纳迪维尔就相当于 Super Nanny[1]，马夏尔·贝利翁想方设法地把她留在家里，包吃，包住，包睡……"

卡班心满意足地喝光了他的巴黎水。克里斯托在卡班的话语中寻找种种可能。朱托好像戴着雷朋墨镜睡着了。纳伊沃起身给在座的员工分发水和纸杯。克里斯托的注意力仍集中在与卡班的对话上，因此并没有阻止纳伊沃。

"亚历克斯溺亡的那天晚上，阿罗耶·纳迪维尔在马夏尔家吗？"

卡班摇摇头：

"不知道，我又不是他们家的人。你去问她姑妈吧……"

克里斯托暗自咒骂了一句。真不凑巧，伊芙－玛丽今天正好不上班。据其他人说，她每周一都要去另一个雇主家打扫卫生，做黑工。没人知道那个雇主姓甚名谁。伊芙－玛丽也没有手机。要找她的话，只能等她下班回家。她家住在卡洛斯街区，18 点之前家里都没人。

妈的！

"阿罗耶后来怎么样了？"

"红颜命薄。香槟海峡餐吧关门大吉，她跟其他人一样，失业了。亚历克斯死后，马夏尔·贝利翁忙着收拾烂摊子，而且再也不需要保姆了。阿罗耶只好重新去找她的水手……"

"后来呢？"

"别人的舌头你是管不住的。因为谣言四起，她男人也不要她了。与她有关的最新消息，是在至少五年以前。那时，她在圣但尼当妓女，就在老汽车站附近。现在，就算我遇见她，恐怕也认不出她来了。"

克里斯托默默记下这些信息。不知为何，阿罗耶的命运让他想起了伊梅尔达的两个女儿乔利和多莱恩，继而他又想起了爱抽烟的纳齐尔。在这

---

1. 法国真人秀节目《超级保姆》中的人物。Super Nanny 擅长协助父母管教儿童。

个岛上，出生在山脊的哪一侧，完全看运气。有人生在迎风坡，有人生在背风坡；有人一辈子交好运，有人一辈子倒大霉。

克里斯托最后一次晃动杯子里的冰块。

叮当，叮当，叮当。

倒计时开始。他得在 18 点之前找到伊芙－玛丽·纳迪维尔。如果她翻供，那么整个调查都得重新来过。莉安娜·贝利翁可能并没有死……如果她没死，马夏尔的罪名就不成立，哪怕房间里有血迹，哪怕刀柄上有他的指纹。

克里斯托不想再去刨根问底。案情变得越来越扑朔迷离。要是他有时间的话，他真想给伊梅尔达打个电话，好整理一下头绪。他看着卡班，问出最后一个问题：

"你还记得阿罗耶·纳迪维尔的男人叫什么名字吗？"

"我不仅记得，还经常遇见他。他长得又矮又壮，有时会去附近的酒吧送啤酒。他的名字叫穆卢卡因·潘尼安迪。"

"潘尼安迪？难道他是个马尔巴人？"

40 渡渡鸟寓言

13 点 19 分

拉罗什像个在恶战中被敌人杀个措手不及的将军。他站在一辆警车的车顶上，层层雾霭染白了他的头发，还为他画上一把花白的胡子。他的红外线夜视望远镜，原本是用来在极端情况下协助他办案的，此刻却无力地垂在他胸前。

二十多个警察急得团团转，在厚厚的浓雾中彼此辨识。这情景，如同游行的人群在烟幕弹中散开，连 CRS 也无计可施。

阿加走了过来。陪在她身边的吉佩显然是被眼下的场景逗乐了。阿加的从容淡定与周遭警察的惊慌失措形成了鲜明对比。拉罗什转过身来，居高临下地看着她。他完全放弃了先前沉着老练的姿态。

"连您也来凑热闹了，普尔维！您不是应该留在圣吉尔做调查吗，来这里碍手碍脚的干吗？"

换作平时，阿加早就毫不客气地反唇相讥了。但是现在，她对上校更多的是怜悯。他就像一只气急败坏的公鸡，领着一群局促不安的母鸡。他一定已向高层甚至向国家内务部汇报过，尽管他动用了空前的警力，那个手无寸铁、带着女儿的家伙，还是从他的手心里溜走了。

可怜的拉罗什，眼看着就要被贬去凯尔盖朗岛、克洛泽岛或是特罗梅林岛，一个人守着一所偌大的地方警局，陪伴他的只有燕鸥和企鹅。

"您是来看好戏的吧，普尔维？"

阿加挥舞白旗：

"不是。我感到很抱歉，上校。很抱歉我没能早点识破马夏尔·贝利翁的阴谋。"

拉罗什一猫腰，灵活地跳下车顶，像是要测试他那双簇新的半筒安全靴的抓地效果。他硬装出一副威风凛凛的派头，好像威风十足可以弥补能力不足。

"不必感到抱歉，警长，我们大家都上当了。"

他焦躁地点了一支烟，然后惊讶地打量起吉佩的橙色直升机来。机身上写有"高飞"二字，还画着俱乐部的标志——一只翱翔的涉禽。他的目光最后停留在吉佩敞开的衬衫上。

"警长，您难不成是半路上拦顺风飞机过来的？果然，你们这岛上的居民，还真是个个都身怀绝技啊……我指的不仅仅是那个该死的马夏尔·贝利翁。"

一个戴白色军帽的家伙走过来，手里拿着一张被风吹皱的地图。地图上用毡头笔画了几个粗线条的同心圆。拉罗什比画了几下，例行公事般地下了几道命令：以火山为圆心，展开离心式搜索、地毯式排查，保持实时无线电联络。

这又是在白费力气，阿加心想。方圆几百公里全是森林，从何找起……

于是她说：

"上校，您对这岛上的居民感兴趣？如果您不介意的话，我个人倒是有一条理论，与留尼汪人无穷无尽的精神源泉有关。我称之为'渡渡鸟症候'。"

"是吗？"

266

拉罗什看着手下人马消失在雾气中，只留下无线对讲机的"蝉鸣"。他吸了一口烟。如果有任何新进展，他一定会在第一时间得到通知。

"行，普尔维，那就听听您的高见吧。您正好给我介绍一下这座岛屿。您所说的'渡渡鸟症候'是指什么？"

吉佩逗趣地看了阿加一眼。她已经滔滔不绝地讲述起来：

"第一次来留尼汪岛的人，经常会感到很意外。他们发现岛上居民并非处于休闲状态，脚上不跋人字拖，身上没有敞开的花衬衫，也不会露出黑黝黝的胸膛……甚至还有岛民系着领带，夹着公文包，遇到塞车就骂娘，看上去比最忙碌的巴黎人还要紧张。这就是'渡渡鸟症候'。我给您讲一个小故事，您就会明白：所谓热带慵懒生活，以及克里奥尔人的哲人本性，其实全都是假象。您听说过渡渡鸟吧，上校？"

不等上校回答，阿加就继续说：

"您至少在波旁啤酒瓶上见过渡渡鸟的模样。它是留尼汪岛的吉祥物！更确切地说，留尼汪人管它叫'孤鸽'，毛里求斯人管它叫'渡渡鸟'，其实指的都是同一种动物。专家认为，留尼汪岛上的渡渡鸟是从天而降的外来物种。这并不奇怪！留尼汪原本是一个伊甸园，没有捕食性动物。没有大猩猩，没有野兽，没有人类，没有任何哺乳动物！甚至连蛇和蜘蛛都没有。最初的渡渡鸟长得像白鹭。"

阿加指了指画在吉佩飞机上的那只优雅的涉禽，继续说：

"研究证明，渡渡鸟曾经是一种飞行速度极快的鸟，它拥有流线型身材，生来就是海上飞行的高手。可是，在留尼汪这个天堂般的岛屿上生活好几十万年，足以改变一个越洋健将。岛上出土的渡渡鸟骨骼从各方面都惊人地印证了这一点。如果没有威胁你的敌人，为什么还要飞？一代接一代，渡渡鸟的翅膀慢慢退化，变成了可笑的附属品。为什么还要跑？随着时间的推移，那些苗条的白鹭变成了肥胖的笨鹅。为什么还要大量繁殖？雌鸟下蛋的次数越来越少。为什么还要团结对敌？白鹭群体分裂成数以千计的独居的孤鸽家庭。从骸骨分析来看，毛里求斯渡渡鸟、留尼汪孤鸽、罗德里格斯岛的鸽子，都经历了一模一样的演变过程。"

拉罗什饶有兴致地听阿加讲述寓言故事，同时密切关注对讲机里哪怕是最细微的动静。

"那又怎么样？这能怪那些鸟吗？是它们发现了这片与世隔绝的天堂，又在这里生活了好几十万年。撇开你们对它们肥胖体形的审美评判不谈，你们的'珍珠鸡'确实有发生转变的特权，因为它们已经成了世上独一无二的物种。"

阿加笑了。拉罗什果然不傻。可她总觉得自己跟他不是一路人。她看着还在贝勒孔布步道停车场上忙碌的司令部成员：直升机飞行员、精英狙击手、通信工程师……全是白人，无一例外。

阿加直直地盯住拉罗什的眼睛：

"渡渡鸟太天真了。它们忘了，天堂是不存在的。1665年殖民者登岛时，没人知道岛上到底有多少只渡渡鸟。面对岛上的第一批水手，它们压根不知道要逃跑，甚至连什么叫'害怕'都忘记了……等到它们幡然觉醒，一切都晚了。它们没有翅膀可以飞，没有力气可以逃，没有勇气可以联合抗敌。还没等到下一代降生，渡渡鸟就被杀了个精光。到了十八世纪，整个马斯克林群岛再也找不出一只活的渡渡鸟。"

阿加不作声了。拉罗什吐掉烟头。

"这个故事的寓意是什么，普尔维警长？我猜您的故事一定有个寓意吧？"

"您读过的书比我多，不必我来为您点破。那些'压倒性的大多数'和'社会精英'，全都想把你变成渡渡鸟，变成一只乖巧、安逸、慵懒的鸡。这就是他们为你量身定制的计划。那些用低收入家庭补助金换取牛车朗姆酒的留尼汪人，就是最好的证明。"

吉佩笑了。拉罗什皱着眉头，思考片刻，然后鼓起掌来。

"好，普尔维，我懂了。您所说的渡渡鸟，其实就是那些被极度边缘化的岛民，还有那些在警队打拼的女人。同样的命运，同样的抗争。谢谢您给我上的这堂地理课。我也很乐意就此问题与您展开探讨。我在其他海外领地的岛屿上摸爬滚打了好多年，如安的列斯群岛、马约特岛、新喀里多尼亚岛……您想象不到，相比之下，你们的留尼汪岛有多么幸运！这里既没有种族歧视，也没有民族纷争。它简直就是太平国里的伊甸园，是世界上绝无仅有的唯一。"

阿加迎向上校的目光。对于他的话，她既不认同，也不反驳。

拉罗什只好笑着耸耸肩，把两只手搭在皮带上，像是克林特·伊斯特伍德电影里的美军特别行动队队员，凭脑力吃饭的那种。

"警长，如果您愿意，我们稍后还可以详聊。不过我得先问问：关于罗丹和尚塔尔·勒特里尔的谋杀案，您那边有新进展吗？"

"我正派人办着呢。"阿加故做傲态，"有新消息的话，我会在第一时间通知您。"

拉罗什不再多言，转而去找那个戴头盔的技术人员。阿加走到吉佩身边，确定拉罗什没再留意她了，这才问吉佩：

"有个问题我一直想不明白。吉佩，依你之见，马夏尔·贝利翁究竟是出于什么原因，才会带女儿到这里来？"

"依我看，答案很明显，不是吗？因为微气候啊！火山坡上的雾气来得最快、最浓。"

"没错。但如果马夏尔·贝利翁仅仅是为了藏身的话，他完全可以就地抛弃汽车，随便冲进哪片森林都行。贝布尔森林、贝卢夫森林、丽安平原，难道还不够他选吗？这样一来，他可以不冒任何风险，不留任何痕迹，岂不是更好？"

"你的意思是？"

"我反复琢磨了很久。他之所以会跑来这里，只有一种解释——他想沿火山的另一侧，继续往下走。要是走沿海公路的话，他没有任何希望，一定会被逮住。所以，他只有唯一的选择：经由山顶，徒步下行。"

吉佩在脑子里打开一张岛上地形图，细细琢磨。

"如果我没有理解错的话，马夏尔·贝利翁也许是要去往位于圣伯努瓦和圣菲利普之间的某个地方。这意味着我们有六十多公里的海岸线要搜索。"

"这个范围太大，实在是太大。我敢肯定，他绝对会故技重施，先出其不意地在某个地方现身，再继续玩消失。"

吉佩抬起头来。拉罗什的半筒靴踩在停车场的火山灰上，手机紧贴在耳朵上。吉佩问阿加：

"那你要不要先跟大老板报告一声？"

"打死我也不跟他说！"

半山腰上的浓雾开始消散。阿加终于看见海洋的一角，就在正东方向。

"吉佩，马夏尔·贝利翁一旦再次出现，我们必须见机行事，手段要灵活，反应要迅速。所以，你……你能给我提供一些设备吗？"

"说具体一点。"

阿加顿了顿，把飞行员拉到稍远处，压低嗓门说：

"一些可以在一分钟内下降两千米的设备。比如悬挂式滑翔机、山崖跳伞设备之类的。不用我细说，你懂的……"

吉佩抿住嘴，把目光投向那些还停留在贝勒孔布步道停车场上的司令部成员。

"不是我不帮忙，阿加。你让我把那群'X 战警'绑上滑翔伞，扔进信风里，恐怕下一秒他们就进了多洛米约火山口，成了烤串。"

阿加朝飞行员眨眨眼睛，把声音又压低了些：

"谁跟你提那群小丑了？你要是能把你的宝贝家什弄来，我就去岛上各大警局活动活动，给你弄十几个有执照、有经验的同行来。"

天空突然放晴。阳光倾泻在火山上。吉佩重新戴上墨镜，动作十分专业。

"你还真是永不言弃啊？"

270

阿加笑了。

"没错！伙计，别忘了'渡渡鸟症候'！我可不想变得又肥又没有翅膀，只等被拔毛下锅。"

"拉罗什会不高兴的。"

"我才懒得管他呢！"

13 点 27 分

"喂，阿加？我是克里斯托！你还在贝勒孔布步道吗？"

"在。你听到无线电通信啦？你该不是打电话来嘲笑我们的吧？"

"恰恰相反……"

"什么意思？"

"别急着击毙马夏尔·贝利翁。我挖到了一块石头，一块能让整座教堂崩塌的基石。"

"说人话，克里斯托。"

"我现在怀疑伊芙 – 玛丽·纳迪维尔的证词有问题！"

"妈的！详细说说？"

克里斯托简要讲述了阿尔芒·朱托造访警局、茹尔丹夫妇逃往毛里求斯岛、他与格拉茨勒·多雷的通话、七个员工的名单、临时去阿拉曼达酒店的调查、卡班的讲述等事情。

阿加在电话那头吹了声口哨。

"妈的，司令部恐怕不会买账。十年前的一场事故，两个克里奥尔人之间缥缈的亲戚关系——拉罗什不是吃这一套的人。"

"你说得有道理。但我觉得这还不是最离奇的。司令部发出的马夏尔·贝利翁在岛上残留的联系人名单中，居然没有阿罗耶·纳迪维尔的名字！她可是他的前女友啊！这一点他们不可能不知道。"

阿加被问住了。

"我现在走不开，克里斯托。马夏尔·贝利翁随时有可能从雾气中冒出来。不过，你倒是可以省去午睡，在傍晚之前找到伊芙-玛丽·纳迪维尔！"

"美人儿，你说得倒是轻巧。据其他人说，她今天一整天都在为一个大白打黑工。克里奥尔人是绝对不会出卖雇主信息的……"

阿加没有回答。电话中，克里斯托只听见山顶呼啸的风声。

"阿加，你还在听吗？"

"我倒是有个主意，老伙计。"

"你认识敢出卖老纳迪维尔的人？"

"嗯。莱拉。"

"莱拉是谁？"

"莱拉·普尔维。我妈！"

41 打伞的夫人

马夏尔和索法在广袤的甘蔗林中挤出一条路来。他们走得十分小心，一直藏在高达三米的甘蔗林下。现在，他们开始爬莫卡峰的第一道山坡。

"让开一点，爸爸，我什么都看不见了。"

黄绿相间的甘蔗林一排连着一排，向海边延伸。甘蔗林外围是几道狭窄的深灰色熔岩。岛上最单调的景致莫过于此。只有远处熔岩圣母教堂的钟楼跃然于甘蔗林之上，好像博斯地区[1]兀自多出一个缩小版的沙特尔教堂。

这里简直就是一座植物迷宫。马夏尔仔细研究过地图，莫卡峰是一座老火山，被岁月侵蚀得厉害，高不过五百米，常年埋没在巍峨的多洛米约火山的阴影之中，无法与之抗衡。不过，莫卡峰却是俯瞰东南海角的绝佳地点。

索法踮起脚尖，睁大双眼。

"那边那个穿蓝衣服的夫人，为什么要打伞呢？"

---

1. 位于法国中北部的平原地带。

马夏尔花了很长时间才弄明白女儿在说什么。她指的是圣母玛利亚的雕像，就在熔岩圣母教堂脏兮兮的粉色大钟下。圣母玛利亚头戴金冠，双手合十，在圣罗斯城的入口处祈祷，跟常见的玛利亚雕像没什么两样——除了一个显眼的细节：这位圣母的头顶上方有一把太阳伞，颜色跟她的蓝色头巾一样。

"那是保佑我们不受火山熔岩侵害的女神，宝贝。她在本地非常有名。你看到她脚下那些鲜花了吗？那都是本地人为了表示感谢，献给她的。"

"警察没有抓到我们，也是因为她在保佑我们吗？"

"也许是吧……"

"那我也要去给她献花，跟妈妈一起去。"

马夏尔的心头一阵战栗。他向后拉了女儿一把，好让她一直藏在甘蔗林里。在这个海拔高度，雾气已经完全散去。他从口袋里掏出那张1∶25000的地图，与其说是出于需要，不如说是出于谨慎。只剩下不到一公里路要走了。他们只要沿着竹子河谷，一直下到海边就行。

"我们快到了，宝贝！你往下看，那些伸向海面的黑色大礁石，就是卡斯卡德角。"

"妈妈就在那里等……"

还没等索法把话说完，马夏尔就伸手捂住了她的嘴。一块可怕的湿手帕被塞入她的口中，弄疼了她的嘴唇。

15 点 41 分

"你弄疼我了，爸爸……"

我知道爸爸为什么要用手帕堵住我的嘴。因为我提到了妈妈。每当我想要谈论妈妈时，爸爸总会想办法回避这个话题。

好了，爸爸终于把手帕从我嘴边移开，还把它拿给我看。

我被吓得后退一步。

手帕上全是鲜血!

我摸摸自己的脸。奇怪,我一点都不觉得疼啊!

爸爸一直在笑,应该没什么大问题。我想了好久才明白——对呀!我差点忘了!这是因为我吃了那种叫作草莓番石榴的水果!我特别爱吃草莓番石榴,所以刚才我摘了很多,一下吃个够。就像上次我和妈妈去蒙莫朗西森林里摘桑葚时那样。爸爸告诉我,这里的草莓番石榴树特别多,多到别的树都没法生长了。所以人们一看到草莓番石榴树,就会把它拔掉。

真是浪费!

"我现在干净了吗,爸爸?"

"好多了,别人会以为你涂了口红。来,宝贝,到我怀里来。我抱着你走,怎么样?"

"我不累。"

真的,我不是累,而是筋疲力尽!但我不想让爸爸知道!我费了好大力气才从山上走下来,再走几分钟就可以见到妈妈了,我才不要现在睡觉呢!

卡斯卡德角就在前方。

爸爸从一开始就这样说,我希望他没有骗我。

"你是一个非常勇敢的女孩,让人刮目相看。"爸爸对我说,"但是在到达海边之前,我们还要穿过最后一条马路。一定不能让别人认出我们来。警察还在找我们,他们现在已经知道你打扮成男孩的模样了。"

"要是你抱着我走的话,又能怎样?"

"你爸我虑事周全……"

爸爸弯下腰,从背包里掏出一条又丑又脏的被子。我认出来了,那是他在蓝头发老奶奶家的车库里捡的。现在,那个老奶奶和她的汽车一起,待在那个无底洞里。

"宝贝,我用被子把你裹好,紧紧地抱在怀里。别人会以为我抱着一捆柴,要不就是拿去焚烧的甘蔗秆,或者是用于编织的露兜树叶。本地人都这样做。"

我听不太明白。爸爸向我伸出手臂。

"来，举高高，宝贝……"

我犹豫了很久，最后还是选择服从，把手臂伸向爸爸。

我的双脚刚一离地，一股疲惫感立刻就包围了我的身体，比这床裹住我的臭被子更暖和、更漆黑。

15 点 43 分

马夏尔上路了。走完竹子河谷这段路程，只用花不到十分钟时间。索法在他的怀里打哈欠。一旦靠近沿海公路这条国道，他就会用被子把她盖严实。

这是最后一道等待他去跨越的障碍……

国道上空无一人。马夏尔对此并不惊讶。这里是岛上车流量最小的路段，沿海十几公里，没有一座房屋。火山喷发的岩浆会一直流到海边，烧毁沿途的一切。没有人会疯狂到把房子盖在这里。

马夏尔藏在甘蔗林边缘，仔细观察，耐心等待。尽管警察们没有任何线索，无法推测他离开萨布尔平原后去了哪里，但他还是小心为妙。索法在他怀里睡着了。他的双臂在颤抖，却不是因为女儿体重的缘故。

更多的是因为担忧。

他又想起了那些匆忙留在灰色克力奥车窗上的字。

地点

卡斯卡德角

明天

16 点

带那个女孩来

他已经如此接近目标，脑子里却不断闪过一个念头：最好的抉择，就是乖乖跟警察走，然后和盘托出……为了救莉安娜，他是不是在把索法推向一个更大的险境？马夏尔轻柔地抚摸着被子，低声唱起那曲克里奥尔童谣。

高地的孩子。

他已经有十年没唱过这首歌了。

在高地，山间的道路很崎岖
迷雾中，只有鸟儿和小溪
玛尔拉，如果你想去那里，请一定要鼓足勇气

在歌声的抚慰下，索法安然入梦。她的呼吸越来越规律，越来越深沉，充满了信任。

玛尔拉，如果你想去那里，请一定要鼓足勇气

他看了看手表。可以准时到达。

15 点 57 分

马夏尔等候两辆汽车和一辆租车公司的小卡车驶过，然后开始穿越国道。可见范围内，并无警察的身影。

卡斯卡德角就这样突然出现在他眼前，风光旖旎，壮丽非凡。这是一片隐匿在棕榈树、榄仁树和露兜树之间的水上仙境，仿佛经由一位天才园丁精心打造而成。周边火山环绕，一组瀑布如同千万条银链，从火山口飞流直下，再汇聚成一道溪流，从小桥下流过，在巨石间蜿蜒，最后消失在海滩上那些炭黑色的卵石下方。与这片浪漫绿洲形成鲜明对比的，是海上疯狂的巨浪。它们野蛮地拍打着礁石，让人根本无法想象，那些在旧码头短暂停泊的十几艘渔船，究竟该如何驶向这片海。

马夏尔谨慎前行。在森林的阴影中，有一个小亭子，亭子里设有木头桌椅。有几家人正在亭子里野餐，把他们的汽车规规矩矩地停放在临时充当停车场的平整草地上。

只有一辆汽车不守规矩。它越过码头，停在最难接近的石堤后方。

那是一辆黑色的四轮驱动车。雪佛兰科帕奇。

一个男人站在四轮驱动车前。他身材矮壮，脸庞近乎橙色，头戴一顶卡其帽，帽子上绣了一个红色虎头。

马夏尔摸不清状况。他用颤抖的手紧紧抱住被子。

他又往前走了十几米。

那个马尔巴人始终微笑着看他，像是在等待。突然，马夏尔惊呆了。他的身体动弹不得，心却在疯狂跳动。

他认出那个人来了。

42 不要惊醒往事

伊芙－玛丽并没有走进警局。她把大大的帆布包放在警局门口的台阶上，就这么席地而坐，等待别人来发现她。

克里斯托去停车场抽烟，一出门就看见了她。这位克里奥尔老妇人在这里坐了多久了？几分钟？一小时？

"是康斯坦丁诺夫副官吗？"她有气无力地说，"是您领导的母亲——莱拉·普尔维说服我来的。但愿您真的有要紧事找我。老板们都不太喜欢打扫到一半的房间。"

"是不是要紧事，这完全取决于您，伊芙－玛丽。由您说了算。先请进吧。"

克里斯托把烟收回兜里。伊芙－玛丽却没有动弹。她该不会是没听见吧？

"不。"过了好一会儿，她才低声说，"不，我并不是来……就像你们所说的……"

"做笔录？"

"对，我不是来做笔录的。我只是来……"

伊芙－玛丽看着挂在警局墙上的软塌塌的三色旗，没有把话说完。

"您是来给我讲故事的？"副官接过她的话，"关于您侄女阿罗耶的故事？"

"因为我答应了莱拉。"

克里斯托抬起头来。老妇人有着潟湖一般湛蓝的双眼，与裹住她头发的那条克里奥尔头巾颜色相同。在他们前方五十米，有几座民房，以及几近无人的海滩。

"要不我们去散散步？"

伊芙－玛丽笑了。

"好主意，副官。您帮我拿包？"

他们肩并肩地朝海滩走去。马路上没有车，就算走在路中央，也不会有人抗议。他们从橘子理发店的橙色招牌前经过。

"您还真是会藏事啊，伊芙－玛丽。"

老妇人每走一步都会喘息。

"副官，我把我认为有用的信息全都告诉警察了。而且我一次也没有撒谎。"

"您依然坚持说莉安娜·贝利翁再也没有从阿拉曼达酒店 38 号房间出来过？"

一个长长的深呼吸。

"是的。"

"也仍坚持说马夏尔·贝利翁管您借用了装床单的推车？"

他们在马路中央停下脚步。两辆摩托车从他们身边擦过，消失在港口。

"是的。事实就是如此，跟我告诉过你们的一样。"

"但是您忘了告诉我们，您早就认识马夏尔·贝利翁了。也没说他在十年前和阿罗耶——也就是您的侄女——一起生活过。"

他们重新迈开脚步。两人经过名为"保罗和弗吉尼亚"的餐厅，海滩近在眼前。这三十米的距离，却像是走了一辈子那么久。

"副官，那些陈年旧事和莉安娜·贝利翁的失踪有什么关系？"

"这个问题，不是应该由您来回答我吗，伊芙－玛丽？给我讲讲您侄女的故事吧。"

克里奥尔老妇人再次停住脚步。几颗泪珠挂在她布满皱纹的眼角。克里斯托像一个体贴的女婿，揽住她的肩膀。他们一步一步朝海滩走去，克里斯托一直搀扶着她。

"副官，阿罗耶有颗金子般的心，是个十分讨人喜爱的姑娘。她把四个弟弟妹妹都拉扯大，从来没有一句怨言。她的外表与她的心一样美丽。她身上总是散发出清香，那是香草的气息。在我位于卡洛斯街区的家中，花园里一直种有香草。每天傍晚放学后，她总要去花园，一待就是好几个钟头。这就是为什么我没有对你们提起她。Fé lève lo mort[1]，副官……"

惊醒往事是很危险的？

他们走下一段小台阶，来到沙滩上。台阶只有短短九级，伊芙－玛丽几乎每走一级都要停下来喘气。到达最后一级台阶时，她扶住克里斯托的肩膀，花了仿佛无限长的时间，才脱掉帆布凉鞋，然后把鞋子拎在手里，小心翼翼地赤脚踏入沙中。

"我有所耳闻，伊芙－玛丽。"克里斯托谨慎地组织语言，"她经历了艰难的生活，又被男人抛弃——先是马夏尔·贝利翁，然后是穆卢卡因·潘尼安迪。香槟海峡餐吧也关门了。可是我要的是一个精准的回答，伊芙－玛丽。阿罗耶和亚历克斯关系很好，她比亚历克斯的亲生父母更常照顾他。请您告诉我，2003年5月3日，亚历克斯溺亡的那个夜晚，她在布康卡诺吗？对于男孩的死，她有没有可能是责任人？"

伊芙－玛丽呆立在沙地上。她久久地看着一只在他们头顶上方盘旋的

---

1. 留尼汪谚语，惊醒往事是很危险的。——作者注

鹲鸟，然后才愤怒地说：

"原来您怀疑的是这个？您以为我是为了袒护侄女，所以撒了谎？"

伊芙－玛丽发出一阵苦笑，笑声随风飞向潟湖。

"Bondyé[1]······我可怜的阿罗耶······"

克里奥尔老妇人在沙滩上坐下来，让数不清的沙粒从她满是皱纹的双手间滑落。克里斯托犹豫片刻，也在她身边坐下。

"尽管马夏尔·贝利翁比她年长很多，但他和阿罗耶真的很般配，至少比那个傻乎乎的穆卢卡因强多了。可是，随着时间的推移，马夏尔把越来越多的心思转移到他儿子身上，阿罗耶这个年轻漂亮的克里奥尔保姆对他来说越来越不重要了。他迟早有一天会离开她，去找另一个没她那么年轻但同样漂亮的女人。这一点她心知肚明。"

"您还没有回答我的问题，伊芙－玛丽。马丁·伽利玛法官将亚历克斯的溺亡判定为意外事件，马夏尔·贝利翁是唯一一个受到质疑的责任人。2003 年 5 月 3 日，亚历克斯出事的那一天，阿罗耶在哪里？"

"她在远方。很远很远的远方。"

伊芙－玛丽的目光投向遥远的天际。她又补充说：

"比鹲鸟能飞去的地方更远。"

她是不是疯了？

老妇人似乎察觉到副官的疑惑。她握住他的手。她的手臂在颤抖，一如她的声音。

"阿罗耶还以为命运之神终于眷顾了她！2002 年夏天，她去海边参加了一个试镜活动。她得穿着比基尼，在夕阳下的椰林中跳舞，大概就是这样······等到秋天，有人给她打电话，说她被选中了，可以去法国本土拍摄一首歌曲的 MV。好像不是留尼汪的赛加音乐，而是一首安的列斯祖克舞曲。她出行的交通和住宿费用全部由对方承担。后来，这支 MV 在电视

---

1. Bon Dieu，老天爷。——作者注

里播放过好几次，尤其是在电视六台。人们可以看见我的小阿罗耶站在一个帅气的黑人歌手后面，和其他十四个身穿比基尼、跟她一样貌美如花的混血女孩一起跳舞。拍摄结束后，她重返留尼汪岛，此后再也没有人来找她参加演出。"

"2003年5月3日，阿罗耶在法国本土？"

"是的。这件事情应该很好确认。当时肯定留有记录……"

又是一个奇怪的巧合。当然，警方会加以确认的。

"那倒不必。"克里斯托嘴上却说，"我能……能见见阿罗耶吗？"

老妇人那只长满皱纹的手突然僵住，像一截静止的枯木。她的双眼再次噙满泪水。

"难道您还不明白吗？"

克里斯托轻柔地抚摸伊芙-玛丽那干枯的手臂，像是在安抚一只受到惊吓的鸟儿。

"明白什么？"

"明白为什么我从没向您提起过阿罗耶？"

"当命运不济的时候，她出卖了自己的肉体——您是想告诉我这个吗？"

伊芙-玛丽的左手在沙地上画了好多小圆圈。

"她给自己取名为'香草'。顾客们只知道她用的这个假名。我也是很久之后才得知的。她后来再也没来卡洛斯街区看望过我。听说，她特别受欢迎，尤其受那些有钱男人的欢迎。她因此挣了不少钱。"

突然，她用手掌一把抹去沙地上的那些小圆圈。

"可她的存款越来越少。因为她的开销越来越大。"

"是因为烟草吗？"

伊芙-玛丽惨笑了一下。

"是海洛因，副官。2009年11月17日，有人在马尼克瀑布的水潭中发现了她的尸体。死因是过量吸食毒品。至少法医是这么说的。当地报纸用几行字刊登了一个名叫'香草'的 pitin[1] 的死讯。没有人知道她的真实姓名，除了警察、她的弟弟妹妹、父母和我。死去的'香草'就是阿罗耶，这一点连马夏尔都不知道。"

"我很抱歉，伊芙－玛丽。"

"您不必感到抱歉，副官。这不是您的错。现在，您至少能理解为什么我不愿意谈及我的小阿罗耶了。在这个岛上，想隐藏家族秘密可不是一件容易的事。"

伊芙－玛丽让最后一抔沙从指间溜走。

"我们往回走吧，副官？"

16 点 00 分

克里斯托和伊芙－玛丽站在警局门口。从海滩回到警局的路上，他们一直保持沉默，但克里斯托丝毫不怀疑伊芙－玛丽的话。

"谢谢您陪我散步，副官。"

"我乐意为之，伊芙－玛丽。"

克里斯托说的是真心话。

伊芙－玛丽从副官手中接过她的帆布包。在慢慢走过停车场之前，她最后一次转过身来，面朝副官。

"我知道，你们还会想方设法地弄清楚谁才是男孩之死的罪魁祸首。可是，副官，请您试着说服自己：这不是任何人的错。男孩之死，纯属偶然，任何人对此都无能为力。副官，当面对痛苦时，人们总想寻找一个责怪的对象。就算没有，也会在心里杜撰一个。这正是世间所有战争、所有仇恨的起因。身为警察，您也许很难承认这一点：你们太需要罪人了。一心寻找而不得的最终结果，只能是凭空设定一个。"

---

1. putain，妓女。——作者注

克里斯托怔住了。老妇人的一番肺腑之言，竟让他无言以对。她那湛蓝的双眸，直视他的眼睛。

"I fé pa la bou avan la plï[1]，副官。这句话您明白吧？当一个人遭遇不幸，他会觉得全世界都亏欠了他，或者会特别怨恨某一个人。只有这样他才会感觉好受一些。难道您不这么认为吗？"

"我……我不知道。您刚刚告诉我，亚历克斯的死没有罪魁祸首。不过，我们却有一个杀人狂在岛上逍遥……"

伊芙-玛丽潮水般的目光淹没了副官。

"想想我说的话吧。I fé pa la bou avan la plï。当噩运来袭，却没有可以接受惩罚的罪人，这是所有人都无法接受的。于是，为了解恨，人们会炮制出一场复仇大戏来。"

炮制出一场复仇大戏来。克里斯托在心中默默重复这句话。

这个克里奥尔老妇人是不是疯了？或者她是在试图暗示他什么？一个被隐藏的真相？一个姓名并非"马夏尔·贝利翁"的凶手？

正当各种假设在他脑海中疯狂盘旋的时候，警局的电话铃响了。

---

1. 留尼汪谚语，意为不要混淆因果。——作者注

43 轮流监护

　　马夏尔在距离马尔巴人二十米远的地方停住脚步，无法再继续向前。他把被团放到地上，索法还在被团里沉睡。那个马尔巴人站在黑色四轮驱动车前面，脸庞藏在卡其帽投下的阴影中。他一动不动，只是看着马夏尔。在他身后，惊涛骇浪冲上卡斯卡德角的黑礁石，瞬间粉身碎骨。

　　马夏尔在犹豫。他应该继续前进，还是拔腿就跑？

　　他选择站立不动。

　　他紧盯着马尔巴人，脑子里又想起那则留言。

卡斯卡德角

明天

　　他明白，那些汹涌而至的回忆势必将他吞没。它们充斥着他的大脑，刺激着他的每一根神经。而这一次，他选择向往事低头。

　　理智再也控制不住脱缰的万千思绪。往事如一帧帧画面，从他眼前飞闪而过。马夏尔开始为自己讲述往事。他张开双唇，却没有发出任何声音。

噩梦是从 2003 年 5 月 3 日开始的。

那是一个周六的夜晚。轮到格拉茨勒看管亚历克斯。不同于以往的是，那天我孤身一人。我当时的女友——阿罗耶，乘坐飞机去法国本土拍摄 MV。我和阿罗耶分开一下也好。我们俩其实都心知肚明：我们早晚劳燕分飞，各有各路……

16 点 02 分

格拉茨勒把一缕过长的刘海别到耳后。她的动作很小心，仿佛生怕折断了这缕头发。她望向印度洋。

有那么一会儿，她回想起与警察的那通电话。警察能觉察出蛛丝马迹吗？恐怕不能。他听起来不像是个热衷于工作的公务员，随便哄哄就被打发走了。

他只是一个慵懒的老好人。

她必须集中精力，处理当下的问题，而不是无休无止地回忆过往。她必须采取行动，做出回应。可是，叫她如何能放下过往？

每一个扑倒在她脚下的海浪，都会让她想起亚历克斯。

叫她如何不去想？

往事吞没了她。潟湖、阿拉曼达酒店、马夏尔的出逃、那些或新或旧的亡灵……

这些亡灵纷纷拖住她的脚，生怕被她遗忘。

这一次，格拉茨勒不再推开它们。

那是很久以前的事了……

确切地说，是在2003年5月3日，格拉茨勒心想。我那时只有一个执念。

马夏尔无权离开我。

他可以背着我去找别的比我漂亮的女人，比如说那个小阿罗耶·纳迪维尔。他可以整晚和其他男人一起喝酒。他可以隔天来一次，蹭我的钱，蹭我店里的饭菜，蹭我的床，蹭我的肉体。但是，他不可以离开我。

他不可以爱上别人。

我把一切都押在他身上。就像把所有赌注都押在一个号码、一匹马、一个初创公司上。我在十几个追求者中选择了他，并坚信我可以改变他，而且我也做到了这一点。他还那么年轻，像一块有待雕琢的璞玉，一个尚未开采的矿场。是我发现了他，所以他只能由我来主导。所有的付出都是值得的，因为我们注定是天长地久的一对。只有在多年以后，别人才能看出我们的结合是多么完美，多么具有潜力。我们的婚姻应该是一场漫长而精心的经营。

我抛开无关的幻想与激情，放弃生命的其他无限可能，把一切都倾注在马夏尔身上。我就像一个封存全部青春、日夜埋头苦读，只为求得一纸遥不可及的文凭的女大学生。

我选择他作为我孩子的父亲。

不，马夏尔无权为了其他不三不四的女人而离开我。

正因如此，那天晚上我才会负气为难他。

16点03分

我把阿罗耶送去罗兰-加洛斯机场。阿罗耶刚离开不到三个小时，格拉茨勒的电话就追来了。她也许是通过我们共同的朋友，得知阿罗耶要去法国本土，并且归期未定。

"今晚请你照顾一下亚历克斯。没错，我知道该是我看护他，但是……但是你必须来。我今晚有约会，是跟一个男人约会。这是我第一次跟其他男人约会，马夏尔。所以，请你帮帮忙，到香槟海峡餐吧来，最迟22点把亚历克斯接走。"

她在虚张声势。我敢保证她是在虚张声势。根本就没有什么其他男人，也没有什么约会。她再一次以亚历克斯为借口，把我呼来唤去，对我发号施令，冲我吼叫那些我应当对妻儿承担的所谓的责任。她在试图挽留我，因为她知道我再度恢复了自由。

16 点 04 分

马夏尔太自以为是了，所以才不愿选择相信。可是那天晚上我并没有虚张声势。我第一次没有虚张声势。我是真的决定把自己交给另一个男人。法布里斯·马丁是一个环境法律师。他很富有，不遗余力地捍卫岛上的生物多样性，做法是把世世代代都生活在那里的种植者和养殖者们从高地的保护区中赶走。说实话，他长得并不帅。但他每天都在阳光下跑步两小时，而且一有机会就摘下领带、脱掉衬衫，炫耀他那完美的胸肌。不过，他依然是一副秃头公务员的模样，过长的鼻子正好扛住他那厚重的近视眼镜。

几周以来，他一直邀请我共进烛光晚餐。那天晚上，我最终答应了他。我这么做当然是为了让马夏尔心生嫉妒。那个刚成年的小克里奥尔姑娘终于滚蛋了。我早就想把她从香槟海峡餐吧炒鱿鱼，不过她倒是为我招来了不少顾客。再说她也把亚历克斯照顾得很好。马夏尔可不是独自照顾孩子的料……现在，这一切都结束了！这一次，他必须做出选择。

亚历克斯在布康卡诺海滩上玩耍。每到晚上，他都会去海滩玩。我站在香槟海峡餐吧的柜台后面看着他。海滩已经四下无人了。我打算最迟22点关门。尽管今天不是马夏尔的看护日，但是他别无选择，他必须来接亚历克斯。他知道，如果他迟到，我是绝不会饶恕他的！我会立马给法官写信，我所有的员工都可以为我做证。马夏尔是一个需要给点教训才行的大男孩。我知道该怎样调教他，而他也正在进步。等他再次回到我身边时，一定会是一个几近完美的父亲。

是的，马夏尔是一定会来接亚历克斯的。那时，我一定会让他明白他的职责所在。他别想再戏弄我。他应该清楚地认识到，从此以后，他遇上了竞争对手。

法布里斯是一个年轻有为的律师，富足，爱运动，还很靠谱。

马夏尔可能会失去我，永远地失去我。

而这一点，他绝对无法接受。

16 点 05 分

如果我不在 22 点出现在香槟海峡餐吧，格拉茨勒那个疯女人一定会再次写信给法官，胡编乱造一番。在这种情况下，父亲与母亲对峙，如同黑奴与主人对峙……21 点 30 分左右，我决定去接亚历克斯。

22 点左右，我开车到达布康卡诺。太阳早已落山，天空一片绯红，如同喷发中的火山。我特意把车停在海滩尽头的木麻黄树下，与第一盏路灯还有一段距离。

昏暗中，我沿着布康酒店对面的礁石向前走。从这个位置，我可以看到香槟海峡餐吧的吧台，但又不会被人发现。

疯女人格拉茨勒就站在柜台后面，看着十米开外、正在沙滩上玩耍的亚历克斯。只有店铺的霓虹灯为他照明。

如我所料，所谓"与男人的约会"果然是子虚乌有，是她趁阿罗耶离开后勾引我的幌子。我又在昏暗中向前走了几步。有那么一会儿，我蹲下身来，看着正在玩耍的亚历克斯。我很喜欢看他就这样远离成人的世界，与他想象世界里的一只小船、一个海盗交谈，并想象出许多奇特的虾兵蟹将来。格拉茨勒与我不一样，她受不了亚历克斯无所事事地幻想。

这是我与她之间无法逾越的鸿沟……

16 点 06 分

马夏尔费了不少气力，故意把车停在沙滩的木麻黄树下，隐藏在阴影中，但他毕竟还是来接亚历克斯了。他自以为我看不见他。其实，他身后布康酒店的明亮灯光早已出卖了他。我不动声色地看着他昏暗的身影，当他朝我这边看时，我就赶紧望向亚历克斯。

这一次，我明白了。马夏尔想要不跟我见面就把儿子接走。他甚至都不愿意过来问问我的近况。

真是过分……

马丁·伽利玛法官告诉我，有些夫妻在离婚后彼此深恶痛绝，不愿相见。每到交接孩子的时候，他们会把孩子留在一个安全的地方，让孩子自己等待另一方的出现。比如说在楼道、公园，或是咖啡厅的露天餐台。

马夏尔虽然还不至于如此，但一切再明白不过——他不想再见到我了。他不是一个糟糕的父亲，甚至不再是一个花心的丈夫。不过我身上有他所憎恶的东西。我的威胁和算计，只会让事情变得更糟糕。

我押了一个错误的号码。我失败了。

今晚，我会与法布里斯共进晚餐，让长久以来对我殷勤追求的他得到满足。我打算今晚就把自己给他。也许我会爱上他，谁知道呢……也许马夏尔会嫉恨他……恨到重新爱上我。

也许我还没有完全失败……

16 点 07 分

我在礁石投下的阴影中待了几分钟。我不想让亚历克斯看见我。一会儿住妈妈这儿、一会儿住爸爸那儿，这对他来说已经够复杂的了。他一定搞不懂，在这个本该由妈妈照看他的周末夜晚，爸爸为什么会突然出现，更搞不懂为什么爸爸刚一出现又急着要走。

我看了一下手表。22 点 10 分。我最后看了格拉茨勒一眼，确保她透过餐吧明亮的玻璃窗一直在看护亚历克斯，然后我就走向停在黑暗中的汽车。

16 点 08 分

我看了一眼马夏尔停在木麻黄树下的汽车，确保他一直都在。

就这样吧。我心想。

我要出去快活一个晚上。就一个晚上。我也有权这样做。

我不敢去跟亚历克斯说再见。他正坐在不远处的沙滩上，沉默而孤独。我告诉过他，今晚爸爸会来接他。

他什么都没说，只是让沙子从他的指间滑落。

亚历克斯不是个内向的孩子，但他非常敏感。这场离婚迟早会把他逼疯的……

我后退几步，下定决心。说到底，我也不愿意撞见马夏尔。他的身影随时有可能出现在昏暗的沙滩上，他会要我对这条晚礼裙、手腕上的珠宝、脸上的妆容做出解释……我穿上外套，朝马夏尔的汽车看了最后一眼，然后关上餐吧的灯，抓起手机。

现在是 22 点 10 分。法布里斯一定在福拉格兰特·德里思餐厅等候已久。那是西海岸最好的餐厅。我在电话里用冰冷的声音告诉他，我出发了。

我会让他受尽折磨的，一想到这我就开心。

16 点 09 分

我发动汽车，熄灭车灯。我一边把车开出布康卡诺街，一边给格拉茨勒打电话。呼叫被转到餐吧的答录机上。当时我觉得自己特别幸运。格拉茨勒不接电话，正好省得我多费口舌。

"格拉茨勒，我是马夏尔。今晚我不来接亚历克斯了。你不能再这样一直寻找可笑的借口，不能再利用亚历克斯来控制我。我们得做负责任的成年人。"

然后，我就去了布康卡诺海滩另一头的酒吧，和几个老朋友喝到很晚。在酒吧里，三张桌子、十把椅子，就能把岛上不同肤色、不同种族的人团结在一起。这也是格拉茨勒从来不愿意踏入酒吧的原因之一。

16 点 10 分

早上 6 点，我听到了答录机里马夏尔的留言。昨晚我没有回家。法布里斯是一个缺乏想象力的情人，不过确实很持久。第一遍听留言，我没听明白。于是我按下那个像警灯一样忽闪忽闪的蓝色按键。马夏尔的声音重复道：

"今晚我不来接亚历克斯了。"

我顿时失声尖叫，冲到正对大海的玻璃窗前，又发疯似的跑向海滩。海滩上已经聚集了一堆人，有游泳教练，也有路人。

躺在由人腿组成的森林里的，是亚历克斯没有生命的小身体。

16 点 11 分

电话铃响时，我一下子还没有反应过来。

"是马夏尔·贝利翁先生吗？"

酒精在我头脑里冲撞。电话那头的警察试着提高分贝，可他说的话我完全听不懂。把一个六岁的孩子单独留在海滩不管。一个喜欢玩水的男孩。一片危险的海滩。

后来我听明白了。一切都在我脑中炸开。我根本不去向那个警察解释什么。我只是跑啊，跑啊，像个疯子一样，跑完了从圣保罗到布康卡诺的五公里路，一边跑，一边悲愤地朝大海怒吼。

我先是试着让警察明白，那天晚上轮到格拉茨勒照看亚历克斯。告诉他们早几分钟或晚几分钟的重要性。告诉他们我在香槟海峡餐吧电话机上的留言。格拉茨勒不承认收到了那条留言。她提到了十几个证人，个个都证明有听到她要求我破例来照顾亚历克斯，证明有看到我把车停在布康酒店附近。法布里斯·马丁——那个律师——确认格拉茨勒在 22 点过后确实和他在一起，在福拉格兰特·德里思餐厅。留尼汪岛是个小地方，尤其是对佐亥伊而言。他们掌管了岛上的医疗、教育、警防和司法系统。而法布里斯·马丁就是负责审查案件的马丁·伽利玛法官的堂弟。

要把一切责任都推到我头上，简直易如反掌。因为我根本不想为自己辩驳，更不想雇个律师来争论对于亚历克斯的溺亡我到底应该承担几成责任。看在我缄默的分上，马丁·伽利玛法官给出"意外事件"这个审判结果，把我放了。

我在次月离开留尼汪岛，回到阴沉沉的巴黎。一晃十年过去了。当时，重新开始生活在我看来是一道遥不可及的地平线，更别说重新抚养一个孩子。格拉茨勒最终还是赢了。我已经准备好独自扛下这一份罪孽，并将它背负终生。至于格拉茨勒是否有同样的罪恶感，这丝毫无法减轻我的重负。

离异夫妻只会共同承担孩子的生活，而不是孩子的死亡。

16 点 12 分

马夏尔是唯一的罪人。

这是我独自久久思索后得出的结论，没有心理医生帮我推断，我也没有听朋友的意见。

那不是我的错。

全都是马夏尔的错。那天晚上，他偷偷摸摸地到来，藏在暗处监视我们的孩子，然后又一言不发地离开，在几米开外喝得酩酊大醉……

马夏尔找不到任何借口。那天晚上没有，之前的每一天都没有。要不是马夏尔抛妻弃子，离开亚历克斯和我，这一切都不会发生。只要马夏尔愿意继续爱我们，哪怕是做做样子而已，亚历克斯都不会死。是马夏尔在散播死亡，如同一个噩运天使。

法官的审判刚刚落定，马夏尔就逃走了。一如既往。

而我留了下来。

我试着让自己继续活在这个世界上。我解雇了那些卡夫[1]，关闭了香槟海峡餐吧，换了一个海岛，换了一片海洋。可是，波涛依旧会向我推来亚历克斯的尸体。

每一天，每一个清晨。毫无例外。

是的，一切都是马夏尔的错，甚至比"错"更严重。

我真是琢磨了很久才明白。

亚历克斯的死是一个跳板。一个让马夏尔永远摆脱我的契机。为了在他和我之间安插九千二百公里的距离，马夏尔一定无数次期待过亚历克斯的死。他最终选择在5月3号这天晚上下手，就像朝亚历克斯的心脏捅一刀那样稳准狠。

"意外事故"……马丁·伽利玛法官真是个傻子，比他的堂弟更傻。事实明明就摆在眼前——这根本不是一场意外，而是一场蓄谋已久、意图明显的犯罪。

蓄谋已久。

意图明显。

---

1. 对卡夫尔人带有种族歧视的称呼。——作者注

马夏尔之所以要夺走亚历克斯的生命，就是为了在多年以后，把这条生命给另外一个人。

一个叫作约瑟法的金发女孩。

格拉茨勒花了几分钟时间调整情绪。她把手放在黑色四轮驱动车上，任由眼泪滑过她近乎橙色的脸庞。没关系，她以后多的是时间来晾干眼泪，从此再也不需要任何伪装。

在她对面，马夏尔抱着那个小姑娘走了过来。

一切按计划进行。

她挤出一个笑脸，努力让自己的声音显得自然一些，让音量盖过海浪撞击礁石的声音。

"你好，马夏尔。你终于准时了一次。"

44 天堂线

16 点 01 分

"喂？是圣吉尔专区警局吗？"

克里斯托不紧不慢地打开一瓶渡渡鸟啤酒，这才懒洋洋地接起电话。

"是的，虽然也没剩几个警察了……"

"克里斯托？我是圣皮埃尔警局的穆萨·第戎。你还记得我吧？"

克里斯托的脑海中浮现出一个高个子形象，爱笑，爱往专区警局打电话，每次会面后，喜欢在人背后用力一拍，并送上一句："好了，现在就看你的了。"

穆萨·第戎继续说道：

"我还以为会碰到答录机呢！你没去参加捕猎？"

"如你所见，没有。我已经过了玩官兵捉强盗游戏的年龄了……"

第戎连假笑都不装。看来情况不妙。

"还好是你接的电话，克里斯托。这是连环凶杀案！你知道吗？我这里有具尸体，在天堂线街区。听好了，是一个在那里踢足球的十一岁孩子用手机给我打的电话。被害者是一个卡夫尔女人，尸体被抛进河谷。也许是有人把车开到河谷上方，然后直接把她从后备厢扔进河谷的。她胸口正中一刀。你能想象吗？"

在做出回答之前，克里斯托先慢慢喝了一口渡渡鸟啤酒。从最新获得的信息来看，马夏尔·贝利翁还在火山附近逃亡，很难把这次谋杀算在他的头上。于是，克里斯托慵懒地回答：

"是个妓女吧？"

"不，我并不这么认为。那女的已经不年轻了，看着更像是家庭主妇，你明白吧？长得还算可以，不过是个胖子，特别胖。你能来一趟吗？"

克里斯托又喝了一口啤酒。他打算一口回绝这场奔波。他甚至都没时间打电话给阿加或是伊梅尔达，向她们讲述他与伊芙－玛丽的怀旧漫步呢！

"我现在一个人看家，眼下还有特别难缠的'鹬行动'，你知道我没法抽身。"

第戎提高了声调。

"等等！我只不过是个市政雇员而已！你们不能让我一个人去处理尸首！"

克里斯托叹了一口气。

"妈的。真是见了鬼了！你能说说细节吗？"

"没有太多信息。受害者没有身份证，没有手提包。只在她的口袋里找到一把大众车的钥匙。在三百米开外，停着一辆红色波罗车，有一扇车门是橙色的，而且变了形。车里没人。你要车牌号码吗？"

玻璃酒瓶瞬间从克里斯托手中滑落，下坠，如同慢镜头一般，最后在警局的地砖上砸得粉碎。一摊黏稠的液体在他脚边蔓延开来。

克里斯托没有任何动作。连接他心脏与其他器官的所有血管，顷刻间全部彻底爆裂。他的生命之钟也随之骤然停摆。

"喂？克里斯托？喂？你还在听吗？怎么样，你来还是不来？你倒是说句话呀！妈的……"

45 预支幸福

16 点 13 分

"你好，马夏尔。"格拉茨勒重复，"好久不见……"

马夏尔朝四轮驱动车走去。格拉茨勒摘下帽子，把它放在汽车引擎盖上。被解除束缚的一头浅栗色长发如瀑布般披散。她的皮肤被涂成橙色，两道白色痕迹一直从眼角延伸到下巴。这是眼泪在一片黏土中冲刷出来的两道沟壑。

格拉茨勒显然是哭过。她的声音极不自然，夹杂着一丝轻描淡写，像是要杜绝一切怜悯。

"我就知道你一定会想办法赶来的。"

马夏尔在距离她一米的地方停下脚步。他用双臂紧紧抱住白色被子中熟睡的索法。为了不把她吵醒，他压低声音说：

"我来了，格拉茨勒。我孤身一人，把索法也带来了。我信守了我的诺言。莉安娜在哪儿？"

"悠着点，马夏尔。你我是来寻求公正的解决办法的。不用着急，也不必动怒。"

马夏尔向前一步，接近他的前妻。

"告诉我她还活着，格拉茨勒。立刻告诉我，否则……"

格拉茨勒坐到满是黑色礁石的海堤上。她并不是无缘由地把约会地点选在这里。岩石的包围使卡斯卡德角远离游客的视线；惊涛拍岸的声音使任何谈话声都传不出五米远。

"你现在懂了吧，马夏尔，懂得什么叫作责任，什么叫作家庭，什么叫作透彻心扉的恐惧。来，把你的女儿介绍给我认识……"

"她还在睡觉。她很好，我能照顾好她。你想要怎样？"

格拉茨勒四下看看。二十米开外，有一只充气皮划艇在海面上漂着，拴住它的绳子系在一棵红刺露兜树上。她提高音量，好盖过涛声。

"我不是跟你说了吗？我想要寻找一个公正的解决办法。欠下的债总是要还的，马夏尔，过多少年也得还。为了摆脱那些冤魂的纠缠，我们别无选择。如果你不想遭遇这些冤魂的话，又何必带着老婆孩子回到岛上？"

马夏尔几乎是吼出他的回答，想要戳穿前妻虚伪的镇定。

"因为这些冤魂只存在于你的脑子里，格拉茨勒！你离开留尼汪岛，它们也就跟着你走了！"

"不，马夏尔。它们还在这里，在阿拉曼达，在布康卡诺，在香槟海峡餐吧。它们一直在沉睡，是你的归来吵醒了它们。"

她的目光掠过海面，先是环视卡斯卡德角的瀑布，然后定地看着马夏尔的双眼。

"你真的以为可以逃避过往吗？"

马夏尔在发抖，手臂上的负重变得难以承受。但是他不会妥协。他必须争取时间，保护索法。他回想起登岛次日就接到的那几通电话。

"你回来还债，这很好，马夏尔。因为你的幸福是提前预支的，总有一天你要为此付出代价。

"一命偿一命。用你女儿的命，偿我儿子的命。

"这样，我们就两清了。"

现在，格拉茨勒继续用相同的语调跟他对话，就像一个保持中立、陈述事实的法官：

"你们一定想过报警。也许你们已经偷偷地找过警察了。可是你们又能对警察说些什么呢？请他们为你们安排保镖？哪个警察会凭几句威胁就认定我有罪？哪个警察会不做最基本的调查就听信你们的话？"

一周前，电话里传来的恐吓，还在马夏尔的耳边回响。

"约瑟法本应该受到一次公正的审判，你现在呼救，为时已晚。马夏尔，一旦警察来找我，对我提哪怕是半个问题，我就立刻干掉你的女儿。"

同一个冷漠的声音，在今天有着同样的狂妄。

"我就知道你们不敢冒这个险……那些孩子被绑架的父母倒是可以赌一把，去报警试试。因为他们知道绑匪的目标是赎金，而不是孩子的性命。可是，你却不同。马夏尔，你面对的是一个幸福透支的问题。你一定在想该如何推迟还款期，以便继续逍遥享乐……"

马夏尔默不作声。他皱起眉头，又想起莉安娜去圣伯努瓦警局的事。那天上午，她差点就向警察和盘托出。他在汽车里等她，逼她发誓，绝口不提他们的名字。因为他们没有任何可以控诉格拉茨勒的实证。万一警察例行公事，展开调查，天知道格拉茨勒会做出什么荒唐事来。

"我了解你，"格拉茨勒继续说，"你又一次想要逃跑，不过所有的航班都满员了，不是吗？要不就得坐联程航班，价格贵得要命，你根本支付不起！我们要对自己的选择负责：要不是你娶了一个身无分文的女人，说不定早就远走高飞了！欠债还钱。现在你身陷囹圄，毫无保护，屠刀随时会砍向你的脖子。这一次，你开始在乎自己的孩子了，不是吗？你不再单独把孩子留在沙滩上，而是学会了用心扮演父亲的角色。你学乖了，就像一个希望用良好表现来获得减刑的囚犯。"

不要争辩，争取时间。

格拉茨勒时不时地朝充气皮划艇瞥一眼。

"虽然你是学乖了，但你还是想逃。我倒是要祝贺你，马夏尔，你差点就神不知鬼不觉地溜走了。我花了很长时间才猜透你的诡计。莉安娜突然失踪，你们特意布置好犯罪现场，让人以为是你把她杀了。两道毫无大碍的伤口，几处再明显不过的血痕，你明目张胆地向女清洁工借推车，再故意让好几个酒店员工看到你。莉安娜就这样偷偷地被运出房间，她其实活得好好的，可大家都以为你运送的是她的尸体。你故意留下许多线索，把矛头统统都指向你自己。警察别无选择，只能拘留你，同时给予索法司法保护。两天后，莉安娜会在飞机起飞前的几个小时内重新现身，并向警察解释，她不过是负气离家出走而已。警察不得不向你道歉，释放你们，然后你们全家飞回本土……你们的计划很复杂，但是很管用。"

"是我的计划。"马夏尔从唇齿间挤出一句，"一开始，莉安娜并不同意。她不想把索法单独留给我照顾。"

格拉茨勒再次把目光投向瀑布。

"只可惜，她最后还是听从了你的意见。这是她最大的不幸。马夏尔，你忘记了一个细节——冤魂都是很警醒的，我一直在暗中监视你们。莉安娜倒是有机会去我在圣皮埃尔的房子里，欣赏我贴在墙上的几张美好的全家福照片。当你把她留在阿拉曼达酒店的停车场时，已经有一个戴卡其帽的马尔巴人在恭候她，一等她走下推车，就把她请上了一辆雪佛兰科帕奇。"

这一次，马夏尔再也控制不住自己了：

"要是你胆敢把她……"

"悠着点。"格拉茨勒一挥手，打断了他的话，"别把角色搞反了，马夏尔。是你让妻子上演逃的戏码，可惜一场好戏被你这个蹩脚的导演给弄砸了。接下来的游戏规则你都清楚，无非就是受惩罚、关禁闭。可怜的莉安娜，她真是无辜，她唯一的错误就是遇见了你。你有没有意识到，是你亲手挖掘了全家人的坟墓？"

马夏尔后退一米，背靠一棵红刺露兜树，以便减轻手臂的负重。他必须尽量持久地保护索法不受这个疯女人的侵害。

"那么，是你杀了圣吉尔港口的那个家伙——罗丹？"

"是你的错，马夏尔。全是你的错。要不是你那个愚蠢的计划，那个卡夫根本不会死。他在最不恰当的时候转过头来，那时我正把莉安娜装进汽车后备厢。至于解决他的工具，你已经给我准备好了，就在莉安娜的提包里。那是一把刀锋上沾了她的鲜血、刀柄上留了你的指纹的刀。在杀死那个老女人的时候，我更是于心不忍。你们住在她的房子里，结果我在圣吉尔街道上看到了你的女儿。你把她打扮成男孩的模样。一个男孩，马夏尔！一个跟亚历克斯同龄的男孩！好像你也意识到，我们只能一命偿一命！接下来的事情就好办了，我跟踪你女儿，藏在离房子十米远的地方。几分钟后，那个老女人回来了。你想想，如果不是我阻止她，如果让她发现你们藏在她家，会有什么后果？你将不得不亲手把刀捅进她的喉咙，好让她闭嘴……难道我说得不对吗？难道你更愿意牺牲自己的女儿？"

格拉茨勒看着她的前夫，继续说道：

"不，你当然不愿意。你再次装出一副无辜的模样，好像这一切都不是你的责任。我能问你一个问题吗，马夏尔？"

红刺露兜树的气根露出地面，组成一个金字塔形。马夏尔找到一处并不太舒适的位置，暂时倚坐在上面。对于前妻的提问，他选择沉默。又争取到了几秒钟的时间。格拉茨勒继续说：

"我在想，你是何时意识到自己的计划失败了？我猜应该是在第一个晚上。莉安娜本应该给你打电话，告诉你一切顺利，说她已经如约藏好了，你可以去警察面前开始表演了……"

格拉茨勒故意停顿，又说：

"只可惜，她迟迟没有打来电话……"

马夏尔不由自主地想起他报警说妻子失踪后，那陡然剧增的焦虑感。

整个晚上，他没有收到一通来自莉安娜的电话……紧接着就是罗丹被杀、留在汽车车窗上的字、卡斯卡德角的约会。警察又怎么可能明白，一个准备好接受审讯的男人，为什么会在几个钟头后彻底转变态度？

警察不可能明白。对此他不抱任何希望。

马夏尔只关心一个问题，从一开始就是。

"莉安娜在哪儿？"

格拉茨勒露出一个表示安抚的微笑。

"她还活着，马夏尔，至少还能活上那么一小会儿。她在一个热乎乎的地方等你。她比我想象的要能扛。"

格拉茨勒的笑脸突然僵住。

"好了，说得够多的了，马夏尔。我才不在乎你的妻子是活是死。她不过是一块诱饵，作用是把你和你的女儿吸引过来。现在，弄醒你的女儿，把她放在地上。让我们做个了结。"

马夏尔飞快地思考。索法没听见格拉茨勒的这一番独白和威胁，已经是一个奇迹了。他的前妻真的忍心杀死一个小女孩，就像杀死那些碍事的证人一样吗？

他流露出期盼的眼神。

"别把约瑟法牵扯进来，格拉茨勒。这是我们成人之间的恩怨，与她无关……"

极度愤怒的表情，使格拉茨勒的脸庞前所未有地扭曲变形。

"啊，不！马夏尔！啊，不！这绝不是一场成人之间的恩怨。你有没有计算过，如果亚历克斯没死，现在该多少岁了？不，我想你从来没算过。他该有十六岁了！他会是一个帅小伙。我一定会努力呵护他成长，为他找一所好高中，让他入读欧洲项目重点班，学习实用艺术或者工程学。也许我会带他回法国本土，让他有更大的把握考入精英学校。快，弄醒你的女儿，马夏尔。她必须归还偷来的这条命。"

马夏尔恨不得不顾一切地扑向前妻，掐住她的脖子，逼她说出莉安娜在哪儿。

可惜太晚了。

格拉茨勒已经预见到马夏尔的反应。她猛地从库尔塔中掏出一把黑色的小型手枪。

"这是一把哈默利，"她解释，"瑞士制造，价格昂贵。但别人告诉我，这是市面上所能买到的枪声最小的一种手枪。我向你保证，涛声一定会盖过枪声。"

她举起武器。

"放下那个小家伙，马夏尔。放下她，否则我就开枪了。"

46 尸陈河谷

天堂线街区有一道干涸的河谷，如同大地的一道伤疤。居民们把废品和垃圾全扔在里面：生锈的铁桶、干瘪的破轮胎、没了屏幕的电视机、发霉的旧报纸、开膛破肚的沙发、空瓶子、塑料泡沫、纸箱、废铁、玻璃、粪便，还有猫、狗、耗子的尸体。每逢暴雨，这些肮脏之物就汇成一锅腥臭的粥，从高地翻滚着流入大海。

现在，河谷里又多了一具尸体。伊梅尔达的尸体。

如同一件被随意丢弃的垃圾。

克里斯托下到河谷里，两脚踩着肮脏的淤泥，双臂把那具已经冷却的躯体紧紧搂在怀里。他想要杀人放火，想要投弹开枪。他恨自己不是上帝，否则可以让人间下七七四十九天暴雨，刮起一场飓风，掀起一场海啸，夷平整座岛屿。他恨自己不能让火山喷发，让世界电闪雷鸣，让原本属于迎风面的洪水、泥浆和灾难，统统转移到海岛的背风面，吞没所有人，不管是住别墅的富翁还是住平房的穷鬼，不论肤色，不分种族。

穆萨·第戎站在河谷上方的人行道上，大气都不敢出。他那迎候的笑容，在看到克里斯托冲出马自达警车的那一刻就僵在了脸上。

克里斯托下车后不是用走的，而是一路狂奔。

他掏出警官证，推开人群。

他咆哮着朝死者奔去，像条狗一样。

克里斯托跪倒在地。他的双手消失在伊梅尔达浓密的长发里。他那猎犬的本能，终于在漫长的冬日后复苏，如同沉睡的魔鬼突然苏醒。

所有的问题都在他头脑中盘旋。

是谁杀了伊梅尔达？

为什么要杀她？

她来这个破败的街区干什么？而且是刚离开警局就来了？

孩子们怎么办？

克里斯托努力从脑海中驱赶五个孩子的身影。

纳齐尔骄傲的眼神；多里安鹳鸟般的细腿，在过大的短裤中晃荡；艾米克戴着歪掉的眼镜，露出羞涩而专注的神情；乔利坐在他的膝头，发出银铃般的笑声；多莱恩站在摇篮里，瞪着两只圆圆的眼睛。

他有五个孩子要去通知。

谁会向一个爱意拳拳的母亲下此毒手？

河谷上方的围观者越来越多。戴着草帽的老人，拖着鼻涕、穿着破 T 恤的孩子，伤心的克里奥尔人，还有嗤之以鼻的人。大家都把伊梅尔达当成死在丈夫铁拳下的孩子妈。

这种情况再常见不过。唯一让他们感到好奇的，是这位警察的眼泪。

第戎善意地伸出手来。

"来吧，克里斯托。抓住我的手。你没法让她再苏醒过来。"

克里斯托毫无反应，他只顾在口袋里找手机。他必须给纳齐尔打个电话。他是长子，他要照顾好弟弟妹妹们。克里斯托的手指摸到一个柔软的塑料包，那是今天上午他从纳齐尔那儿没收来的烟草。

是伊梅尔达坚持要他这么做的。她六点钟就守在家门口，不让他出门，直到他找出纳齐尔藏匿的烟草为止。他很快就找到了，就在床垫下面。

纳齐尔，十五岁，抽烟、卖烟草，余生将是个孤儿。

他能对四个弟弟妹妹负责吗？

他得首先学会对自己负责才行。

克里斯托想到穿着公主裙的小乔利。裙子是妈妈给她缝的。他想到艾米克，伊梅尔达答应过，等他学会骑自行车了，就带他去看海。他想到孩子们再也吃不到可口的饭菜，蔬菜也即将腐烂在菜园里。他想到即将分崩离析的家。

尽管连他自己都不相信，克里斯托依然对自己说，孩子们可能还有舅舅、堂兄……至少是一个成年亲戚，可以让他们投靠。再说，法国是个福利制国家。

他摸到手机，举到嘴边。但他不知道该怎样向纳齐尔开口，也不知道接电话的人会是谁、现在打电话是否合适。别的不说，他还能找到某天重返伊梅尔达家的勇气吗？

他看了一眼手机屏幕，目光突然亮了。

他有一个未接来电！

他按下显示来电人的按键。

是阿加。

未接来电不止一个，而是五个。

外加一条短信。

回电话，妈的。

克里斯托机械地按下回拨键。

看来马夏尔又溜了。

阿加尖厉的嗓门在他耳边炸开：

"克里斯托，你他妈在搞什么鬼？我给警局打了二十通电话！妈的！

你在哪儿？我需要你的帮助，十万火急！"

"你说吧，我听着。"

阿加停顿了一下。副官的服从令她感到意外。

"ITC Tropicar 租车公司的经理打电话来了。他刚刚找到了马夏尔·贝利翁租的那辆车！你怎么了，克里斯托？你没事吧？你的声音听上去不太对劲。"

"别担心，阿加。我撑得住。"

"你确定？我还真有点担心你。你在哪里？又出什么问题了吗？"

克里斯托提高声调。

"我的事晚点再跟你说，阿加。继续讲租车公司的事。"

"你永远猜不到那个经理在哪里找到了那辆克力奥。该死的马夏尔·贝利翁居然把它停在了租车公司的停车场上，和其他用来出租的汽车停在一起！而停车场距离阿拉曼达酒店不到三百米！要不是一小时前有顾客还车，经理说不定要到明天才会有所察觉。对此你怎么看？喂，你在听吗，克里斯托？"

"我在听。"

"你是不是又抽烟了？"

"我这就去租车公司，阿加，你别担心。"

"行，你去吧。我相信你，一定可以让那辆该死的汽车开口说话。还有，克里斯托……"

"什么？"

"我了解你，我的伙计。一定是有什么事情不对劲。我不知道究竟发生了什么，既然你不肯说，我也不烦你。但你得答应我，一定要多加小心。我很在乎你。"

"谢谢，我的美人儿，我很感动。"

他挂断电话。这头猎犬开始嗅探路线。

伊梅尔达是在警局看过关于马夏尔·贝利翁的案宗之后才死的。跟罗丹、尚塔尔·勒特里尔一样，她也是被刀捅死的。只是，当伊梅尔达遇害时，马夏尔有不在场证明：他正在萨布尔平原上逃亡，三十个全副武装的警察可以为他做证。结论不言而喻：杀死罗丹的人不是马夏尔·贝利翁。杀死尚塔尔·勒特里尔的人也不是马夏尔·贝利翁。

真正的凶手正在岛上逍遥。

而这个人把尖刀捅入了伊梅尔达的心脏。

克里斯托鲁莽地冲出人群，像一个开车撞向一群孩子的不负责任的司机。

他发动汽车。马自达的轮胎发出尖厉的摩擦声。

伴随着一阵刺耳的警笛声和一股橡胶发热的气味，他驾车拐过一个又一个急弯。

在他前方，从圣路易开往高地的汽车纷纷闪躲。

每转一道弯，窗外的景色就如画卷般舒展又收起。路边的高楼像被横扫而去的保龄球瓶。清真寺的蓝色尖塔，教堂的白色钟楼，戈尔庙顶上那些龇牙咧嘴的鬼怪，统统成了招摇撞骗的江洋大盗，被克里斯托狠狠地甩在身后，置之不理。

警车擦过路边摆满水果的售货摊，超越人行道上的行人，一路横冲直撞。

他很有可能会弯道侧翻，汽车刹车很有可能会失灵。但他都不在乎了。

47 一命偿一命

16 点 17 分

格拉茨勒的手指搭在哈默利的扳机上。

"我再说最后一次——放下那个女孩！"

马夏尔背靠红刺露兜树，站得笔直。他心意已决：如果看不到还活着的莉安娜，他就绝不妥协。

"莉安娜在哪儿？"

"我会朝那孩子开枪的，马夏尔。"

"莉安娜在哪儿？"马夏尔说话和动作都很轻柔，好让格拉茨勒明白，他是不会吵醒女儿的。

格拉茨勒犹豫了。她的食指慢慢向扳机施力。马夏尔紧紧抱住在他怀中熟睡的小身体，暗自祈祷。格拉茨勒应该不会满足于近距离开枪，从而迅速结束这一切。她一定为索法准备了一场更为隆重的行刑仪式。

他要继续跟她讨价还价。

"索法徒步穿越了一整座岛屿，就是为了见上妈妈一面。你应该满足她。"

格拉茨勒笑了，同时松开搭在扳机上的手指。

"你真是一点都没变，马夏尔。你还是那么善于为自己狡辩。行吧，既然你如此坚持的话，往前走。"

她把哈默利的枪管指向大海，正对那艘漂在水上的充气皮划艇。

"你先走。"她命令马夏尔。

马夏尔小心翼翼地踏上被海浪打湿的黑礁海堤。由于双臂被占用，他很难维持身体平衡。但他必须稳稳地走出几步。格拉茨勒不再催他弄醒索法。她知道何种情况对她更有利——他腾不出双手，就不可能做出任何绝望之举。

"你差不多到了。"格拉茨勒在他背后说，"朝船上看。"

马夏尔又向前一步。充气皮划艇由一根两米长的绳子拴在一棵红刺露兜树上，在海浪中不停摆动。马夏尔首先看到两桶二十公斤装的汽油罐，就放在皮划艇的马达旁边。

紧接着，他看到了莉安娜。

她躺在充气皮划艇上，嘴巴被堵住，双手和双脚被软铁丝捆住。

她还活着。

马夏尔转身朝向格拉茨勒，眼中燃烧着熊熊怒火。

"你都对她做了什么？"

格拉茨勒的眼中闪过一道寒光。

"你现在才发觉这不是一场游戏？那个卡夫和老佐亥伊女人死了，你根本就不在乎。不过，你这两个心爱的女人嘛……"

马夏尔气得浑身发抖。他克制住怒火，再次转向皮划艇。莉安娜空洞的眼神落到他身上，好像没认出他来。

她全身赤裸，皮肤干裂，仿佛有一个心狠手辣的刽子手，在她身上留下了好几百处烫伤。虽然只伤及浅表，但没有放过任何一寸肌肤。这个刽子手还在她身体的某些特定部位下了额外功夫：她的双脚像是被烧红的烙铁烫到发黑，手腕上的皮被生生剥去，两腿间的隐私部位又红又肿，像是经历过一场无休无止的轮奸。

312

格拉茨勒站到马夏尔和他妻子的中间。

"你说得对，不让莉安娜欣赏这出好戏，实在是可惜。再怎么说，她也是为了见到女儿才支撑到现在，让她抱抱女儿的尸体也是应该的。"

格拉茨勒的手指再次搭在哈默利的扳机上。

"我再说最后一次：马夏尔，请把你的索法介绍给我认识。"

"去死吧你！"

出于本能，莉安娜的身子在皮划艇里抽动了一下。格拉茨勒连看都不看她。

"果不其然，还是不能把孩子交给你带啊……亚历克斯的死，难道就没让你长点记性吗？"

马夏尔来不及做任何反应。格拉茨勒的食指突然弯曲。她就站在离被团不到一米的地方，枪口正对被团里孩子的心脏部位。

三声枪响。随即就被海浪声盖过。

三颗子弹的冲击力撕裂布片，被团立刻被染成鲜红色。

紧接着，马夏尔的手指、手腕、袖子都被染成红色。他的眼睛因暴怒而变得通红，他的眼角滚落红色的泪珠。

那是疯狂的眼神！

那是无以复加的盛怒！

马夏尔十分痛苦地把被团紧紧拥在胸前。

格拉茨勒面无表情，手里还举着那把枪。

"约瑟法去找亚历克斯了。一命偿一命。马夏尔，我们之间两清了。只有让她死，你才会明白什么叫作痛苦成魔，什么叫作不复仇不成活。"

48 星尘

16 点 23 分

ITC Tropicar 租车公司的经理像个被临时请来的证婚人，穿着皱巴巴的衬衫，系着软塌塌的领带，腋窝下湿了一大块。

"好在那个顾客打电话给我了，因为他的汽车空调……"

克里斯托根本不听他唠叨。这个经理完全就是个话痨，自以为生意都在舌头上。克里斯托朝灰色克力奥走去，自己也不清楚要去这辆被马夏尔·贝利翁抛下的汽车里找什么。他的喉咙里还有一团苦涩。有个家伙杀死了三个无辜者，而这个家伙并不是马夏尔·贝利翁。这一点，他现在深信不疑。

"好在我还知道从一数到七。"经理继续说，"不寻常啊，一辆自己跑回家的汽车，而且还是杀人犯的车。"

说完，他放声大笑，笑得差点背过气去。

太阳羞涩地躲到潟湖上空唯一的云朵后面。租车公司的淡紫色围墙、滑动铁门、成排的同款汽车，全都沉浸在一团化不开的暗光中，显得更加阴郁。

经理执意要为克里斯托的那辆马自达警车检查轮胎。马自达就横在停

314

车场中央，泥地上还保留着它急转和骤停时留下的痕迹。

"好在汽车刹车在下山时没出状况，警长，不然你连命都丢了。我一个朋友租了一辆雷诺拉古那去萨拉济冰斗，转到第五十个弯就……"

克里斯托一把抓住经理的领带。

"你给我闭嘴！听见没？去把那辆克力奥的车门打开，再找出租车合同，把与马夏尔·贝利翁有关的资料全部给我拿来。最重要的是——闭上你的嘴！"

"好的，好的。"经理战战兢兢地说，吓得半天都合不拢嘴。

他朝租车公司用来办公的淡紫色楼房小跑而去。

16 点 27 分

克里斯托已经找了手套箱，翻了座椅，掀了地垫。

汽车里什么都没有。没有任何线索。只有不少黑白混杂的沙子，来自留尼汪岛不同的沙滩。

他还能指望找到啥呢？他还会再次查找，不是他就是别人，带上荧光灯和试管。可是，除了马夏尔·贝利翁和他女儿留下的指纹，以及被他们的人字拖带上汽车的沙子，还能查出什么来？警察最多想想办法，通过分析车上沙子的来源地，画出他们在岛上逃亡的详细路线图。可这对办案又有什么帮助？

经理回来了，手里拿着一摞蓝蓝绿绿的纸。他看着克里斯托检查汽车，眼神充满了好奇与钦佩。

"你什么都别碰，"克里斯托从汽车里钻出来，如此告诫他，"我同事会过来采集汽车里的沙子和指纹。"

"好在他没有洗车。合同里写着呢，归还汽车时，车身必须整洁干净。"

又是一阵放声大笑。

在所有对案件毫无帮助的愚蠢行为中，克里斯托最想做的就是一拳挥到这个经理的脸上。然而，他只是无力地垂下双臂。一个凶手正在逍遥法外，而他束手无策。他还得告知五个孩子他们母亲死亡的消息。看来，岛上所有宗教的所有神灵，一个个全都撂挑子了，他们……

突然，太阳从云层里探出头来，照射出一个由明晃晃的汽车外壳组成的星座。这些汽车外壳全部用麂皮擦到锃亮，租车公司的经理无比骄傲地欣赏着他所拥有的这道"银河"。只有马夏尔·贝利翁的那辆克力奥灰头土脸。尤其是车窗，阳光一照，上面的掌印和指纹全都暴露无遗。

克里斯托惊呆了。

仿佛天上的某位神灵被惹毛了，用食指一点，指出了案件的真相所在，从而驳斥那个刚刚咒骂他的可怜虫。

驾驶室车门的车窗上，几行字迹跃然眼前。

充满魔性，超脱现实。

地点
卡斯卡德角
明天
16 点
带那个女孩来

49 神秘熔岩

我以最快的速度奔跑。在甘蔗林里，视野比在火山迷雾中更糟糕。可是我并没有放慢脚步。我用手臂推开甘蔗，它们抽打着我的脸和我裸露在外的双腿。

我又想起爸爸的话。他在到达大马路边时叫醒了我。

"开始奔跑，我的宝贝，在甘蔗林里跑，笔直向前跑。你要尽量跟随汽车的声音，但是千万不要被人发现。看见教堂的钟楼了吗？你可以用它来辨别方向。你既不能往高处跑，也不能往低处跑，试着停留在同一个高度上，这样才不会迷路。那个打伞的夫人，你还记得她吗？你得一直跑到那个打伞的夫人身边。那里有很多人，到那里你就得救了。"

我哭了好久。

我从一开始就知道，爸爸在骗我。

我再也见不到妈妈了。他还骗我说妈妈在等我，就在大马路的另一边，在那些黑礁石附近。

当时他蹲在我面前，就像我喜欢的那样。然后他开始飞快地说话，连气都不喘一口。

"你说得对，宝贝，妈妈就在马路的另一边等我们。但是，有一件事情我没跟你讲。那里还有另外一个女人，是很久以前，我曾经爱过的一个女人。她是亚历克斯的妈妈，你知道的，就是你死去的那个哥哥的妈妈。亚历克斯的死让她非常伤心，她从此变成了一个恶毒的女人，非常恶毒，就像故事书里的巫婆和卡尔祖母一样，你明白吗，索法？所以，你得帮帮我们。你是我的公主，对不对，宝贝？"

我的心揪成一团，无法回答。

"你是我的公主，对不对？"

"嗯……对。"

"那你就要用力奔跑，索法。你要跑到那个打阳伞的仙女身旁，请求她保护我们。你要用最快的速度跑。"

爸爸，我已经不再相信仙女了。

可我还是跑了起来，用我双腿所能达到的最快速度。

因为这一次，我相信你。

16 点 29 分

三根草莓番石榴树枝散落在石头上，断裂开来。黏稠的红色果汁立刻就被飞上礁石的海浪冲刷得干干净净。在靠近草莓番石榴树枝的地方，被子掉在地上，像是被原本藏在里面的鬼魂给丢弃了——三声枪响足以让这些鬼魂逃之夭夭。还有一截更粗壮的树枝，滚落到几米开外的地方。树枝上粗糙地裹了好几层甘蔗叶和红刺露兜树叶，被扎成一个小孩的模样。

格拉茨勒抑制住即将爆发的怒火。哈默利在她手中颤动。

"那个女孩在哪儿？"

"她在一个安全的地方。"

格拉茨勒向前一步。枪口距离他的胸口只有几厘米。她脸上的橙色颜料因为泪水和皱纹而裂开许多白色纹路，像是战士上阵前化的迷彩装。她努力平复情绪，企图重新控制局面，同时也控制她自己。

"你又在耍什么花招？"

"你不是说了吗，要救莉安娜的话，我必须带筹码来。不过，你真以为我会傻到把索法交给你？她只要尽量久地待在我身边就行。因为你肯定会收听广播，持续追踪关于我的消息。要是我把索法交给警察，所有媒体都会大肆报道，你立刻就会知道。"

格拉茨勒爆发出一阵假笑。

"真是感天动地啊……而且可笑至极。这样说来，索法一定还没有跑远。顺利的话，我完全可以先了结了你们俩，再开车去接她。"

格拉茨勒停顿了一下，把目光投向皮划艇。这一次，马夏尔没有片刻犹豫。他猛一挥臂，用手背打落格拉茨勒手中的枪。

枪飞到两米开外，卡在两块岩石中间。

格拉茨勒咒骂了一句。马夏尔狠狠推了她一把，然后一个箭步，冲向那把哈默利，弯腰捡枪、转身瞄准。让那个疯婆子去……

太阳突然消失在一轮黑月后方。

这是他见到的最后一帧画面。下一秒，格拉茨勒手中高举的黑石就向他的太阳穴砸来。

16 点 31 分

打着阳伞的仙女！

她就在那儿，就在我眼前。我能看到甘蔗林上方那把大大的蓝色阳伞。

我快要到了！

那是一把阳伞，不是一把雨伞。爸爸告诉过我的。

蓝色仙女并没有看见我。她一直在微笑。她的眼睛和笑脸很像妈妈原谅我时的样子。

我又一次推开甘蔗。我好像是在一个长满锋利海藻的大海中游泳，它们弄得我很疼。不过，现在甘蔗少些了，我猜应该是快到甘蔗林边缘了。

我可以跑得更快些。我能听到马路上传来的声音，还能看见远处的房子。爸爸说要我抓住遇见的第一个人，告诉他我名叫约瑟法·贝利翁。

"光是凭你的名字，"爸爸对我说，"他就一定会报警。"

就按你说的做，爸爸。

如果你觉得警察比仙女更会对付巫婆的话。

索法永远也不会知道，警察和仙女，到底谁更厉害。

她双眼看向那把蓝色的阳伞，猛地冲过最后一排甘蔗。可她万万没想到，与甘蔗林接壤的居然是一道熔岩。

她的右脚踢到深灰色的熔岩上，身体失去平衡。紧接着左脚又绊到另一块凝灰岩上。

小女孩跌倒在地，一连滚出好几米。她看见打阳伞的蓝色仙女在空中翻滚，就像表演大转轮的杂技演员；她感到自己的身体被一路上又黑又尖的石头撕扯着。

她来不及哭泣，来不及叫苦。

她的头已经撞到从岩缝里冒出来的一棵树上。

50 环环相扣

16 点 32 分

地点

卡斯卡德角

明天

16 点

带那个女孩来

克里斯托反复琢磨这五行字。

不知是谁的手——也许是马夏尔·贝利翁的，曾试图抹去这些写在灰色克力奥驾驶室车窗上的文字。字迹嵌入玻璃窗上的灰尘里，在阳光下变得透明，一笔一画都清晰无比。

字迹浑圆，透露出紧张气息。

经理手握五张收据，呆若木鸡。他也在细看车窗上的字迹。眼前这位警察的神情是如此肃穆，他觉得很有必要调节一下气氛。

"好在我把汽车送去清洗之前，先认出了这是连环杀手的车。"

他再次爆发出一阵大笑。克里斯托置之不理，假装没听见。经理不再出声。他的从业经历告诉他，一个好商人必须具备两个优点，一是幽默，二是识趣。

克里斯托全神贯注，再凑近车窗一点。

地点
卡斯卡德角
明天
16 点

他下意识地看了看手表。

16 点 33 分

是谁在约马夏尔·贝利翁见面?
克里斯托紧盯车窗，想要发现更深一层的线索。阳光透过车窗，灼烧着他的双眼。他知道，答案近在眼前。这五行字，足以说明这场连环凶杀案另有蹊跷。

带那个女孩来

克里斯托深感无力。拼图的全部部件就在他眼前，他却不知道该如何将它们拼接好。伊梅尔达却做到了这一点。
她因此被杀。他却无法帮她报仇雪恨。
克里斯托又看了看手表。时间紧迫，他决定放弃。就像在一场限时游戏中，人们绝对不能在某个无法迎刃而解的问题上停留太久。

克里斯托把留言读了最后一遍。除了一个约会地点、时间和受邀人员，没有更多信息。他得打电话通知阿加。他的手紧张地寻找手机。

最关键的事情，就发生在接下来的几秒钟内。发挥决定性作用的不是他本人，而是他的手指。多年以后，当他回忆往事，他总会不由自主地想起这一幕。

手指在他的帆布裤口袋里摸索，绕开那包烟，继续往下走。当它们找到手机时，同时也触碰到一张被折叠起来的纸片。于是，中指和食指齐心协力，把格拉茨勒·多雷发来的邮件从口袋里夹了出来。这是一张打印出来的信纸，上面有淡红色的字迹。克里斯托的目光掠过蓝湾酒店的标识、七个难以辨认的克里奥尔人名，以及下方被扫描上去的手写内容：酒店名称、地址、电话，以及格拉茨勒·多雷的签名。

字迹浑圆，透露出紧张气息。

格拉茨勒·多雷
3526 蓝湾酒店林克路
毛里求斯
+ 230 248 1258

克里斯托的心跳开始加速。
他拿着信纸上的手写字，与克力奥车窗上的那五行字一一比对。

卡斯卡德角
格拉茨勒

虽然信纸的打印效果一般，他也从来没有研究过字体学，但事实是如此明显，容不得半点质疑：不管是在克力奥车窗上还是在信纸上，所有的字母"e"和"a"都拥有同样的造型。一个未封口的圆，尾巴上拖着一个小圈。

就像一个无穷无尽的循环，一道通向疯狂的旋转楼梯。

克里斯托突然跳起，像个在沙滩上踩到海蜇的人，把租车公司的经理惊得目瞪口呆。他掏出手机，激动地按键，然后朝电话里大吼，声音大得足以把木麻黄树上所有的变色龙都震落在地。

"阿加？听得见吗？我是克里斯托。上帝呀，我们从一开始就搞错了！马夏尔·贝利翁是无辜的。是他的前妻戏弄了我们，是格拉茨勒·多雷！"

"等等，克里斯托，你慢点说。她又是从哪里冒出来的？我还以为她在毛里求斯岛呢！"

"妈的，阿加，你至少信我一次，行吧？赶快去卡斯卡德角，把你能调用的警力全部带去。我们说不定还有一线救人的希望。"

"我听不懂你在说什么，克里斯托。你是说救谁？"

"救马夏尔·贝利翁和他的女儿！听我说，这一切全他妈是个该死的陷阱！格拉茨勒把他们引到海岛的另一侧，目的只有一个：杀死他们！这就是整个谜团的谜底——她要杀死马夏尔·贝利翁和他的女儿，就像她杀死莉安娜·贝利翁一样！"

51 天使降临

马夏尔蜷缩在皮划艇上，他的太阳穴还在流血。折磨人的马达声让他的思绪变得混乱。记忆一幕幕闪现，把过去几分钟内发生的事重新定格。

他的昏迷状态并没有持续太久。在这段时间内，格拉茨勒扔掉手中的石块，从四轮驱动车的后备厢里找来铁丝，捆住他的手腕和脚踝。当他惊醒时，前妻正用哈默利顶住他的脖子，命令他一直爬到皮划艇上。整个过程她都没有帮他，只是站在石头上看着他，就像顽童用施虐者的目光看着地上一条饱受折磨、痛苦扭动的蚯蚓。马夏尔终于爬上皮划艇，他的头先着地，然后是身体。他的衣服被温热的海水和皮划艇里的血水打湿。

莉安娜……

她就在他身边，脚踝和手腕被捆住，双手被反剪在背后。除了那团堵住她嘴巴的布团，她全身一丝不挂。

她的身体被严重灼伤，像是被活生生按在烤架上……

当格拉茨勒解开拴住皮划艇的绳索时，莉安娜在血水中爬向马夏尔，动作异常艰难。她依偎在他的胸膛上，用眼神问出唯一的那个问题：

索法在哪里?

如同呢喃一般,马夏尔用温柔的声音作答,免得惹怒格拉茨勒:

"索法很好,莉安娜。她得救了。"

格拉茨勒登上皮划艇,打开发动机。她居高临下地俯视这对囚徒夫妻,刻意忽略他们之间虚弱的爱抚。

"我稍后再去看望你们的小宝贝。以后你们不在了,总得有人照顾她吧。"

莉安娜转动两只惊恐的眼睛。马夏尔倚着皮划艇的船舷站起来,既是为了震慑格拉茨勒,也是为了安抚莉安娜。

"约瑟法现在在警察手里,你别想处处都赢。"

格拉茨勒发出一阵狂笑,同时按下皮划艇的加速器。皮划艇猛地弹起来,冲破近海的波浪,也是最剧烈的波浪。莉安娜和马夏尔失去平衡,身体撞到一起。

"你的天真烂漫实在是感人,马夏尔。你以为能这样逃出去吗?难道你还不明白吗,警察要找的人是你! 是你杀死了可怜的罗丹,是你杀死了老太太尚塔尔·勒特里尔,是你把尖刀插进了那个倒霉的女黑鬼的心脏。马夏尔,你是唯一的罪人,这句话还要我对你重复几遍?你想想看,如果找不到你和你妻子的尸体,警察们会怎么想?他们一定会认为,是你杀害了妻子,然后销声匿迹。克里奥尔人最爱听这种离奇的谋杀故事。你将声名远扬,成为没有坟冢的西达汉,成为活不见人、死不见尸的连环凶杀犯。人们会不停追问,马夏尔·贝利翁在哪里?他真的死了吗?于是你成了一个传奇,甚至会有克里奥尔人坚持说曾在灌木丛里撞见过你的鬼魂……"

格拉茨勒的目光在云端游走。马夏尔愤恨地捏紧拳头。他把太阳穴贴在皮划艇的船舷上,擦掉不断溢出的鲜血。海岸的礁石已经变成一条黑线,在巍峨险峻的火山下显得十分渺小。他们已经越过最初的浪潮,海面突然变得宁静。

"你现在搞清楚状况了吧?"格拉茨勒重新开口。

她先是沉默了一会儿，继而又咄咄逼人地说：

"可怜的马夏尔，你又一次做出了错误的选择。你让我改变了主意。细细想来，就算杀了你的女儿，也换不回我的亚历克斯。不过，如果你们两个都死了，我倒是可以去探望你们的小索法。我甚至还可以仁至义尽地提出收养这个精神受到重创的孤儿。如此慷慨的举动，再加上我作为你前妻的身份，谁又会拒绝把你的女儿交给我领养呢？"

马夏尔没有反驳，也没有怒骂。他知道这些都没用，格拉茨勒就是想看到他抓狂的样子。他只是死死地盯着前妻，用所剩无几的力量迎战她挑衅的目光。然后，他转过身去，带着无限柔情，轻轻亲吻了莉安娜。他的吻落在她皮肤受伤最少的部位——眼睛，肩膀，上臂，胸部。

格拉茨勒不做任何反应。她的右手死死抓住船舵，眼里快要喷出火来。

马夏尔继续他的动作，嘴唇一路向下，经过她那布满红色伤疤、紫色勒痕和灼烧皮肤的腹部，就像一只用舌头舔舐伤口的猫。慢慢地，莉安娜的呼吸声变成布团遮挡不住的低声呻吟。

"停止你愚蠢的把戏，马夏尔。"

他并没有停止，而是用更温柔的动作继续这场冒险。

皮划艇突然静止在大海中央。格拉茨勒举起哈默利。

"行，你想玩是吗，马夏尔？那我就陪你玩！游戏规则很简单，你碰她哪儿，我就打她哪儿，明白吗？如果是手臂，腿，手掌，她或许还能再活几分钟。如果是别的地方……"

马夏尔很快掂量出格拉茨勒目光中的决绝。他想起那三颗近距离打在被团上的子弹。被团里面本应该是熟睡的索法。

他把身体往后挪了挪。

皮划艇重新发动。

很长一段时间内，三人之间只有沉默。他们离海岸线越来越远。

16 点 41 分

"你该不会是打算开着这个皮划艇去毛里求斯岛吧?"

马夏尔的问题把格拉茨勒逗乐了。

"这里距离毛里求斯岛还有一百七十公里,坐船的话三个小时就到了。海洋气象预报说今天海面风平浪静,适合航行。我们本来可以享受一趟美好的海上之旅,唯一的问题是汽油不够。这也是拜你所赐,害我昨天在留尼汪和毛里求斯之间跑了一个来回。因为鹞行动,我知道警察一定会去毛里求斯岛找我问话。考虑到三个小时的海上航行,于是我跟警察约在晚上见面,好给自己留足赶回毛里求斯的时间。坐飞机对我来说太张扬了。在蓝湾酒店录完口供后,我又等了几个小时,这才连夜回到留尼汪。我的四轮驱动车就在卡斯卡德角等我。所有警察都在追捕你们,我不忍心扔下你们太久。再说,我还得给我的女囚换牢房呢。我把她从我在圣皮埃尔的房间转移到另外一间海景房,离这里只有两步之遥……我们不是有约会吗,为了把你吸引过来,我得让诱饵活得久一点。"

马夏尔根本不敢想象莉安娜所经历的炼狱。她现在尽量避免与他接触,只把身体靠在皮划艇上。她的皮肤变成棕色,上面布满伤痕和水泡,就像一个打满补丁的娃娃。

格拉茨勒向海平面眺望,仿佛已经看见了毛里求斯岛。

"当然,蓝湾酒店的员工不知道我到底在哪里。我吩咐过他们,把所有来电全部转接到我手机上。我在毛里求斯和在留尼汪都一样,一部苹果手机足以签发所有文件。不久前给我打过电话的警察,比领事馆的那个家伙更精明,也更好奇。不过,对他也是一样,我只拣他想听的故事讲。这些佐亥伊最喜欢听克里奥尔人栽跟头的故事。这也难怪,优越性使然嘛!他一定循着阿罗耶·纳迪维尔那条线索去了……你还记得阿罗耶吧,马夏尔?她是另一个受害者。要不是遇见你,她说不定已经嫁了一个好丈夫,有一栋漂亮的房子,还有够组成半支足球队的孩子……"

阿罗耶？

另一个受害者？

马夏尔并不反驳，他努力把前女友的身影赶出脑海。

不要分心……

他必须保护好莉安娜和索法。

他看向地平线。他们刚驶离海岸线不到一公里。陆地上连绵起伏的山峰仍然清晰可见。

"你要对我们做什么？"

格拉茨勒把目光投向无边无际的大海。

"马夏尔，你还记得那些你出海潜水、留我独守空房的日子吗？你曾经告诉过我，在距离海岸只有十几米远的水底，那里有极深的深渊，深度可达数百米，深渊里鱼群聚集。马夏尔，我认真听了你的话，并好好记了下来。待会儿我们就会到达深渊区。如果我想要收养索法的话，就不能留下任何隐患，也不能让人发现你们的尸体……"

格拉茨勒看着马夏尔沁血的额头，又看看莉安娜身上斑驳的伤痕，装出一副假惺惺的同情模样：

"不过，也许你们不会花太长时间沉入海底。鲨鱼的审判说不定比人类的来得更快。"

马夏尔努力控制身体的每一个动作，不流露任何恐惧之情，不给格拉茨勒任何得意的机会。他向莉安娜靠了靠，他湿淋淋的衣服和她裸露的皮肤只相隔几厘米。他们服从格拉茨勒的游戏规则，不再触碰彼此，但他们的目光紧紧交织在一起，就像在画布上彼此交融的颜料。他们的灵魂合二为一，胜过任何一种肌肤相亲。

只要他们还活着，格拉茨勒就无法拆散他们。

皮划艇在平静的海面上漂着。留尼汪岛渐行渐远。

一切都结束了。他们已经置身渺无人烟之境。

16 点 44 分

在皮划艇发动机的轰鸣中，时间一分一秒地流逝。莉安娜想要改变一下姿势。她用双腿作为支撑，痛苦地扭转身体，终于坐了起来，背靠充气皮划艇的船舷。持续的卧姿让她忍受不了。

格拉茨勒只是露出一个狱卒般的嗤笑，然后再次望向海面。

只要一个眼神，马夏尔就明白了。他垂下眼睛，望向莉安娜的双手。她的手被捆在背后，手掌微微张开。

他表面平静，心头却为之一震。

她的手里握着一根约十厘米长的用玄武岩磨成的尖角。

又是一个眼神。莉安娜在征询马夏尔的同意，如同一次静默的求婚。

从此相伴到永远。

悲喜相同，生死与共。但这一次，他们只有悲，没有喜；只有死，没有生。

马夏尔最后一次望向地平线，火山已经消失在海上的薄雾中。接着，他点点头。莉安娜眉头紧蹙，手臂肌肉开始发力。她的伤口纷纷裂开，鲜血直流。但这些都不重要了。

格拉茨勒立刻觉察到不对劲。

可是为时已晚。

顷刻间，爆裂声盖过马达声，随之而来的是气体泄漏时尖锐的声音。皮划艇开始变瘪、塌陷。

格拉茨勒失声尖叫，关停马达，举起手枪，用力推开莉安娜。

塑料船体上有一道长十几厘米的开口，在外泄气流的冲击下不断扩大。再过几秒钟，皮划艇就会变成一张软塌塌的塑料皮，被沉重的马达和六十升汽油拖向海底。

"你这该死的疯婆子！"格拉茨勒喊道。

她站在皮划艇上，飞快目测了一下海岸的距离。

一公里。最多一公里。

她苦笑了一下，五官扭曲变形。她想要重新掌控局面。

"你们果然是想简化我的工作。你们死在这里或是死在别处，其实区别不大……"

裂口喷出的热气吹到他们脸上。莉安娜滚向马夏尔，船体在他们的重压下倾向一侧。格拉茨勒保持住平衡。

"你们手脚被捆，我很担心你们游不到岸边。至于我嘛，问题倒是不大。既然海上之旅泡汤了，那我将就将就，跟其他人一样，坐飞机回毛里求斯吧。"

她望向蓝色海面。

"我会替你们亲吻索法的。"

水开始往塌陷的皮划艇里灌。格拉茨勒撕开身上那件库尔塔，露出两件叠穿的救生衣。这也是她用来扮演矮壮马尔巴人的最后伪装。

很快，她就变成了浮在海面上的一个红点。

16点46分

马夏尔无法呼吸。水灌进他的嘴里，又被他吐出来。皮划艇已经消失在水面，像一个巨大的水母，随着洋流漂向深海。莉安娜紧贴着他，他能感觉到她与他贴合在一起。但他们无法帮助彼此。由于腾不出双手，两人都不可避免地下沉，只能靠摆动两条被绑在一起的腿，做短暂而徒劳的挣扎，就像摆动一条可笑的鱼尾。

他们的身体彼此触碰。

最后一次，亲吻莉安娜。

在水平面以下，马夏尔的嘴唇靠向莉安娜的脸庞。他用牙齿咬住贴在她脸上的用来固定布团的不干胶，一扭脖子，猛地将它撕扯下来。

突如其来的疼痛，让莉安娜发出野兽般的嘶吼。

就在下一秒。

他们同时沉沦。他的嘴唇找到了她的嘴唇。

一记永恒之吻。海洋无法拆散他们。他们彼此分享最后一口氧气，等待恋人之间最凄美的死亡降临。

他们不再试图浮出水面。

马夏尔仿佛已经看到了天堂的光景，那儿有一座由荧光色珊瑚组成的小教堂。

就在他放弃挣扎、停止思考的时候，莉安娜突然狠狠咬了他一口。他猛然惊醒，两人的目光最后一次相遇。莉安娜抬起眼睛，目光指向距离他们头顶一米远的水面。

马夏尔分明感到水在震动，海水似乎在往他脑子里灌。他的眼前开始浮现弥留之际最后的幻影。他看到自己周身都被珊瑚包围，这些珊瑚不仅来自水底，也来自水面。珊瑚的颜色很奇怪，有橙色的、红色的、蓝色的。

看来他已经失去理智了。

莉安娜又咬了他一口，这次咬在他的下巴上，咬出血来。她的眼神在祈求。她还想挣扎，还想最后一次浮出水面。

他们紧紧依偎，凭借腰力向上浮起，像两条疲惫的美人鱼。终于，他们的头探出水面，呼吸最后一口氧气。

他们共同的呼吸。

莉安娜爆发出银铃般的笑声，又一次亲吻了他。

他抬起双眼，不明白状况。

在他们周围，有许多天使从天而降。

那是无声的天使，张开巨大的四边形彩色翅膀，向他们飞来。

52 瀑布之下

17 点 27 分

一条长长的橙色塑料警戒带，拦住了几百号前来观看热闹的人。他们来自野餐亭、圣罗斯峰上的村子和沿海公路，公路上的汽车胡乱停成一团。警戒带的另一侧只有三个人，站在被四棵粗壮的红棕榈树围住的草坪上。

这三个人分别是马夏尔·贝利翁、莉安娜·贝利翁、阿加·普尔维。

圣吉尔专区警局的女警长让其他警察先退下，包括那些愿意从富凯火山凹地一跃而下、降落两千米，像雄鹰一般俯冲向海平面的警察。他们是通过望远镜发现海面上有一个黑点的。

接下来多的是时间接受谢意、发表感言；多的是时间歌功颂德、赞美政府。

莉安娜裹着一块应急保温毯，身体仍止不住瑟瑟发抖。坚持不肯去换下湿衣裳的马夏尔，始终把她拥在怀里。

"我们会尽快送你们去圣但尼的菲利克斯－盖伊恩医院。"阿加柔声告诉他们，"直升机正在下降，很快就……"

莉安娜好像并没有在听她说话。

"索法在哪儿？你们找到索法了吗？"

阿加站得笔直，橡胶潜水服敞开一角，露出里面的泳装。她用飞快的语速连珠炮似的回答：

"我们一定会找到她的，你们不要着急。一切都结束了，这不过是个几秒钟的时间问题。"

苍白的回答。阿加已经尽力了。马夏尔安抚性地摸了摸妻子的肩头。

"您也不知道索法在哪儿，是不是，警长？您掌握的信息并不比我们多吧？"

他停顿了一下，似乎在寻找一个介于担忧与释怀之间的得体说法。

"你们能从天而降，这已经是一个奇迹了。我不会麻烦你们再飞上天去的……"

阿加笑了。水珠顺着莉安娜的金色长发滴落在毯子上。她仔细倾听身后瀑布传来的清脆水流声。远处的榄仁树下，有众人纷纷扰扰的声音：汽车的开门关门声，警察的号令声，大人的说笑声，孩子的喊叫声……在所有旁观者看来，这绝对是一个令人难忘的复活节。

"您有孩子吗，警长？"

莉安娜的提问出乎阿加的意料。

"我……有。"

"那您最近几天一定很少见到他们吧。他们几岁了？"

"一个五岁，一个七岁。"

莉安娜努力露出笑脸。马夏尔做了一个挥手致敬的动作。

"真好。您的孩子们一定会为您感到骄傲。"

阿加咬住嘴唇。她很感动，同时也为这种亲密的友好而感到局促。老天爷，那个该死的吉佩把直升机开去哪儿了，怎么还不来？

17 点 31 分

人群突然骚动起来。四名警察筑起人墙，不由分说地从围观者中隔出一条一米宽的通路。有人从包里掏出相机，有人朝远处指指点点。阿加以为是吉佩来了，随时等着看他带着两个担架员出现在她眼前。

可是她猜错了。

来者是拉罗什！

他简直就是天才变装大师，居然有时间换上一件亚麻西装，一条白色帆布长裤，一双尖头皮鞋。说不定，他已经接受了三场电台对话、两场电视访谈。

紧接着，拉罗什满脸笑容地闪到一边。

一支飞箭从他身后射出。那是一支金色的小箭，头上还裹着白色绷带。小箭直直地向莉安娜射去。

"妈妈！"

索法一路奔跑，手里捧着一束木槿花。紫色的花瓣很快被挤压在莉安娜和索法的身体间，成了值得她们珍藏一辈子的象征奇迹的标本。

"我们在圣罗斯山的熔岩上找到了她，"拉罗什解释，"她撞到树干，晕了过去，但是现在已经没大碍了。我们本来要到得更早，但是小家伙坚持要去采一束鲜花。"

莉安娜激动地笑了。

尽管被母亲搂得紧紧的，索法仍然能说出几个词来：

"妈妈，这些花是送给那个打阳伞的仙女的。是她救了我们。"

马夏尔抚摸着女儿头上从绷带里冒出来的几撮头发：

"你做得对，宝贝。承诺过的事情就要做到。"

相机的快门声响成一片。阿加故意退到远处，把位置留给拉罗什。再过几个小时，这些照片将会传遍脸书和博客，与当地的海啸、熔岩流、海上大营救等特大新闻照片相媲美，还会配上献给神父、消防员、武警等护岛英雄的溢美之词……

但几乎不会有献给她个人的。

她朝瀑布走去。她突然意识到自己已经多年没来过这里，意识到雅德和萝拉还不知道岛上有这样一方小天堂，意识到那两个小鬼其实对这片海岛根本不够了解，意识到她和汤姆很少花时间去野餐、游泳，也很少把汽车停在路边，然后下车漫无目的地闲逛……她突然意识到，时间过得真快。

她突然意识到，她恨不得立刻就见到家人。对，就是现在！她要把他们紧紧搂在怀里，拥抱一辈子！她要把小家伙们送去她们外婆家位于弗勒里蒙的那座瓷砖宫殿里，然后和汤姆一起出逃，好好爱他个三天三夜。

53 告别烟草

浪潮把格拉茨勒一直带到危险角，几乎是在海岛的正南岸，位于圣菲利普和圣约瑟夫之间。她的双脚终于能踏上由小草、沙子和石头组成的坚实地面。她用无力的双手脱下两件湿漉漉、沉甸甸的救生衣，把它们甩到一边。

她整个人都瘫倒在花岗岩悬崖下的小沙滩上，筋疲力尽。

但是她只能休息几秒钟，不能在这里逗留过久。万一马夏尔·贝利翁和他的臭婆娘得救了，她将成为岛上所有警察的追捕对象。

她抬头看天，仿佛又看到了那场洒向马夏尔和莉安娜的大雨。雨点由盘旋的四边形滑翔机组成，就像一群冲向被抛出渔船的死鱼的鹦鸟。

好了，该走了。她不能冒任何风险。

在她头顶上方，有几粒石头从悬崖上滚落下来。她咒骂了一句——自己怎么就忘了呢，今天是那些该死的卡夫外出烧烤的日子。不管是危险角、卡斯卡德角，还是贝勒孔布步道，到处都被他们占领了。她恨不得立刻回到毛里求斯。瞧瞧这个穷得叮当响、充斥着咖喱和牛肉腥味儿的破岛，真不知道自己当年是怎么熬过来的！

又有一些石头滚落，比先前的数量更多。一个声音不知从何处突兀响起，盖过了石子滚落的声音。

"我在岛上有不少玩冲浪的朋友。一开始，我的想法跟娘儿们一样，觉得这种玩法风险太大。后来，他们告诉我，只要对洋流稍加了解，就能从一个人的下水地点推断出他将被海浪带去哪里……"

克里斯托一直走到悬崖边。五米之下，就是格拉茨勒所在的沙滩。他手里拿着手枪，枪口指向格拉茨勒。

"所以，我比其他警察来得早。"

格拉茨勒的脸唰的一下白了。她伸长脖子，朝悬崖上张望，只能看见一个逆光的身影。但她认得这个声音——是圣吉尔专区警局的那个警察。他都知道些什么？她意识到自己看起来跟那个矮壮的马尔巴人一点关系都没有。是那个马尔巴人杀死了罗丹、蓝头发的白人老太婆和那个黑女人。而现在，她既没有戴帽子，也没有穿库尔塔，身上没有堆积的赘肉，脸上的肤色也变了——那些发酸的颜料早就被海水冲走了。

"是马夏尔·贝利翁把我引到卡斯卡德角去的。他对我说……"

枪声突然响起。子弹擦过格拉茨勒的耳朵，炸飞了远处的三粒石头。

她被吓得跳了起来。

"你简直疯……"

克里斯托用浑厚的嗓音打断她的话：

"没必要找你不在场的托词，多雷女士。我想你是……怎么说呢……认错人了。你可能把我当成了另一个你认识的人，一个圣吉尔的警察。你还记得吗？就是不久前被你当傻子要的那个。没错，我跟他长得确实很像。不过，人不可貌相。这一点根本不需要我来教你。"

克里斯托一猫腰，在俯瞰沙滩的悬崖边上坐了下来，气定神闲。他手里一直举着那把席格-索尔手枪。

格拉茨勒后退一步，无处可逃。

在她眼前，灰色的悬崖笔直矗立，如同监狱的围墙。而那个警察就站在瞭望台上，虎视眈眈地盯着她。

"我还没自我介绍呢：我是伊梅尔达·卡吉的丈夫。你还记得吗，在天堂线街区，那个被你在胸口捅了一刀又被你抛尸河谷的卡夫尔女人。"

"你真是疯了，你……"

格拉茨勒毅然决然地朝悬崖下方一条长满草海桐的小径走去。

又是一声枪响。子弹擦过她的腿，落在几米开外，这是在警告她不要乱动。

"如果你落在一个警察手里，他可能会送你上法庭，接受法律的审判。但是，如果你遇上一个刚刚痛失爱妻的男人……"

他故意把枪口指向女人的额头。格拉茨勒被吓破了胆，连大气都不敢出。她无法从克里斯托的眼神中读出任何情绪，没有害怕，没有仇恨，没有坚决，只有一片空洞。她知道自己对他完全无计可施。投机取巧也好，软磨硬泡也好，都起不到任何作用。

因为他什么都不在乎。他已经失去了一切，没什么好交换的了。

他一定会开枪的。

"我可以帮你一个忙，多雷女士。平心而论，我觉得伊梅尔达不会喜欢我就这样一枪崩了你。她拥有你所无法想象的聪明才智，但她和这个岛上的其他居民一样，特别迷信：献祭、祈祷、对死者的尊重，诸如此类……你明白吗？你听过卡夫尔人的祷告吗，多雷女士？"

格拉茨勒不敢吭声，只是难以察觉地微微点头。克里斯托盯着这个女人，把手枪搁在身旁，从口袋里掏出烟草袋。他慢慢卷起一支烟，点燃，接着说道：

"你没听过吧？你从来不需要向卡夫尔人的神灵祈求什么，对不对？那就让我来念一篇祷文给你听吧，只念我记得的那些。我不敢给你打包票，但我几乎每晚都会听见多里安、乔利和艾米克在床边低吟这篇祷文。他们是伊梅尔达·卡吉的三个孩子。多雷女士，你得感谢这三个卡夫尔小孩，是他们让你多活了几分钟。我给你个提示，祷文的结尾大概是这样的：'Mé tir anou dann malizé'——'救我们脱离凶恶'，如果你需要翻译的话。"

克里斯托再次把枪口对准格拉茨勒那双狂躁的眼睛，然后缓缓浅吟：

> 我们在天上的父
> 愿人都尊你的名为圣，
> 愿你的国降临，
> 愿你的旨意，

祷文牵引着克里斯托的思绪。

一个警察近距离打死一个手无寸铁的罪犯，哪怕她是最凶残的罪犯，要坐几年牢？三五年？算上缓期和减刑的话，或许更少……

> 行在地上，如同行在天上，
> 我们日用的饮食，
> 今日赐给我们。

他吸了一口烟。被关进监狱将是最好的借口，这样一来，等到社会福利院搬空圣路易的那个家、把五个孩子送去勒唐蓬孤儿院的那天，他就不用露面了。

幸运的话，当他出狱时，纳齐尔早已成年。甚至还有可能，在他从多蒙乔德监狱被刑满释放的那天，纳齐尔正好因偷盗和贩卖毒品罪被关了进去。他们的房子也许会被变卖，从此再也无人提及那五个孩子的名字。

> 免我们的债，
> 如同我们免了人的债。

几滴泪珠从他的眼角滑落。他擦了擦眼睛，假装是迎面而来的海风把烟味吹进了他的眼里。格拉茨勒在悬崖下方一动不动，等待审判。也许她也在做相同的祈祷，只不过用的是拉丁语版或毛里求斯版祷文。他的脑海中响起孩子们的欢声笑语，与每天晚上他们都会吟唱的祷文交织在一起。

你今天不去上班吗，耶稣？

你能不能别再盯着妈妈的屁股看了？

我能睡到你们俩的大床上来吗？

烟雾拉起一道帷幕，将他与这群孩子的身影隔开，就像他们挂在他身上，要求他抱抱、陪他们玩闹时那样。抽烟还能让他陷入沉思，自言自语。

不，伊梅尔达，不！你连想都别想！我只是一个玩世不恭的老废物，成天只知道坐在港口抽烟喝酒。

别闹了，伊梅尔达。这种事情，恐怕连你自己都不信吧？

你觉得我会是当家庭主"父"的料？

而且是一口气拉扯五个孩子！

烟雾幻化成各种奇怪的形状，有头有脸，有声音，有气息。

你早该想想的，伊梅尔达。我甚至都不是这些孩子的父亲。说到底，对这些孩子而言，我算什么？我什么都不算……你精明得很，伊梅尔达，你是所有卡夫尔人中最精明的那个。但是这一次，你找错男人了。你找了一个酒不离口、烟不离手的男人。

你打错算盘啦！

不叫我们遇见试探，

救我们脱离凶恶。

救我们脱离凶恶。

开枪。结束这一切。

克里斯托，你给我讲个坏蛋的故事吧？

很坏很坏的坏蛋。

克里斯托突然抓起他卡在两膝之间的烟袋，用一个老练渔夫才有的姿势，把烟袋远远地扔向大海。

他的手枪指向格拉茨勒。她闭上双眼，十指紧扣。

一切都结束了。

"格拉茨勒·多雷，你杀害了阿莫里·瓦罗、尚塔尔·勒特里尔、伊梅尔达·卡吉，我现在正式逮捕你。你将为犯下的罪行受到本岛的法律制裁。"

他不再言语，只是长长地、仿若永久地吸了一口烟，然后一个弹指，把烟头弹向沙滩。

这是他的最后一根烟。

接下来，他将接受属于他的判决。

判决结果是照顾五个孩子……

他的脑海中，回荡着伊梅尔达的朗声大笑。